Liebe

Süddeutsche Zeitung Edition

Liebe

Die besten Liebesgeschichten
aus dem Süddeutsche Zeitung Magazin

Inhalt

Vorwort

VON MAX FELLMANN

Die Liebe. Tja, die Liebe ... Nein, halt, das klingt so geseufzt. Also besser: Die Liebe, yeah, die Liebe! Hm, klingt ein bisschen aufgesetzt. Sagen wir: Ach, die Liebe. Ach ... Ja. Genau. Das kann beides bedeuten: glückserfülltes Schmachten genauso wie verzweifeltes Sehnen. Und darum geht es doch. Denn ist es nicht ein Wahnsinn: Was die Liebe mit uns anstellt? Zu was sie uns Menschen bringt, was sie in uns entfacht, wie sie uns jubeln lässt und weinen und tanzen und schreien zugleich?

Vielleicht gibt es überhaupt nichts, was nahezu alle Menschen auf der Welt, ob arm oder reich, ob hart oder weich, ob wild oder brav, so gleichermaßen beschäftigt, bewegt, über den Haufen wirft wie die Liebe. Und ist sie nicht auch das Thema, zu dem alles wieder zurückfindet? Wer sich durch die vergangenen fünf oder sechs Jahrgänge des SZ-Magazins blättert, wird auf viele verschiedene Arten von Texten stoßen: die großen Reportagen, die von Mord und Totschlag handeln; die Interviews, in denen die Weltpolitik diskutiert wird; Essays voll schwerer Gedanken. Aber immer und immer wieder geht es in den großen und kleinen Geschichten dann doch um dieses eine große, wunderbare, allumfassende Gefühl. Die Liebe. Die Liebe, die Menschen antreibt, die unglaublichsten Dinge zu tun, die Liebe, die Menschen zu Träumern macht und zu Dichtern, zu Leidenden und zu Lachenden.

Dieses Buch versammelt die besten SZ-Magazin-Beiträge über die Liebe. Zum Beispiel die berührende Geschichte zweier Menschen, die einander nach dreißig Jahren wiederfanden. Zum Beispiel die großen

Gespräche, in denen Menschen wie Doris Dörrie oder Peter Maffay über die Liebe ihres Lebens reden. Zum Beispiel die Geschichte des Mannes, der sich auf Facebook in eine Frau verliebte, die es nicht gab. Zum Beispiel das Porträt der wunderbaren Familie aus zwei schwulen Männern, einer lesbischen Frau und ihren zwei gemeinsamen Kindern.

Texte also, die von der ganz großen Leidenschaft erzählen, aber auch von den kleinen Gefühlen im Alltag, von der unerfüllten Sehnsucht ebenso wie vom Happy End, von den merkwürdigsten Zufällen des Lebens und den Momenten, in denen Menschen so zusammenkommen, wie sie es nie zu träumen gewagt hätten. Dieses Buch versucht in vielen unterschiedlichen Ansätzen, Formen und Ideen, ein Bild von dem zu entwerfen, was die Menschen seit Menschengedenken beschäftigt und befeuert wie wenig anderes.

Die Liebe.

Ach, die Liebe.

Ingrid und Peter

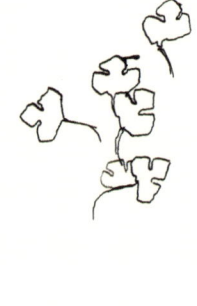

VON ANDREAS WENDEROTH **ILLUSTRATION** GEORGE BUTLER
FOTO JO JANKOWSKI

Es war nur eine Nacht. Sie waren beide mit anderen verheiratet. Aber sie vergaßen einander nie. Bis sie sich wieder trafen, dreißig Jahre später. Heute gehen sie putzen, immer zusammen – damit keiner von ihnen allein ist.

Dreißig Jahre lang wusste er nicht, dass sie ein Kind von ihm hat. Dann klingelte das Telefon.

Er hatte es darauf angelegt. Sie war zwanzig, er 23. Sie kannten sich schon vorher. Hatten sich ein paar Mal mit ihren Ehepartnern zusammen gesehen. Und dann war seine Frau auf einmal im Urlaub. Und ihr Mann bei der Nachtschicht. Er besuchte sie. Musste keine Widerstände überwinden oder überzeugen. Atome, die sich anziehen, in gleicher Schwingung vereint. Es war so schön. Es tat so gut.

»Der Peter war eben ein richtiger Mann«, sagt Ingrid Gieseler heute. Ihr eigener war es damals nicht. Auch Peter war mit seiner Ehe unzufrieden. Aber sie beide zusammen: ein loderndes Feuer. Doch sie legten keine neuen Scheite nach, sie sahen sich nur das eine Mal. Ihre Geschichte schien vorbei zu sein. Zukunftslos. Ein Sturm, der vorüberzieht und ein paar zerbrochene Fenster hinterlässt, die man reparieren kann. Keiner von beiden war an einer Fortsetzung interessiert. Beide hatten bekommen, was sie wollten. Sie ein bisschen mehr als er. Aber das wusste er noch nicht.

»Sex, was anderes war es nicht«, sagt sie heute. »Ja, ganz genau!«, pflichtet er bei. Hand in Hand sitzen Ingrid und Peter Gieseler ein halbes Jahrhundert später auf ihrem Sofa und erinnern sich an jenes Rendezvous, das sie zusammenführte und zugleich trennte. Erst dreißig Jahre danach sollten sie sich wiedersehen.

Bei aller Beiläufigkeit war ihre erste Begegnung ein nachhaltiges Treffen. Zumindest für sie. Damals will sie nichts mehr von ihrem Mann wissen, den sie, minderjährig und nur mit Zustimmung des Jugendamtes, ohnehin nur geheiratet hatte, um der großelterlichen Obhut zu entfliehen. Und: Sie ist schwanger von Peter Gieseler. Ihm, ihrem Liebhaber, sagt sie nichts. Die Wahrheit bleibt bei ihr, denkt sie. Aber sie ist auch anderen bekannt.

Ihrem damaligen Mann zum Beispiel, der zeugungsunfähig ist, ihr dies aber verschwiegen hat. Auch die Mutter ihres Liebhabers hat einen Verdacht. Als sie eines Tages den Kinderwagen sieht, sagt sie zu ihrem Sohn: »Der ist von dir!« Peter Gieseler selbst kann sich keinen Reim darauf machen. Weder seiner Mutter noch seiner damaligen Frau hat er von jenem Abend erzählt, »aber irgendwie hat sie was geahnt«. Weil Frauen ja meist etwas ahnen. Nach drei Jahren schlechten Gewissens gesteht er es. Aber ob dieses Kind, das

tatsächlich ein bisschen aussieht wie seine anderen Kinder, wirklich von ihm ist, kann auch er nicht sagen. Denn wenn es so wäre, hätte sich diese Frau doch sehr wahrscheinlich bei ihm gemeldet. Wieso hätte sie auf seine Unterhaltszahlungen verzichten sollen?

»Weil ich das Kind ja wollte«, sagt Ingrid Gieseler. Warum hätte sie diesen verheirateten Mann in die Pfanne hauen sollen? Ein Kind. Eine schöne Erinnerung. Und eigentlich auch ein Versprechen. Wie es sein kann zwischen Mann und Frau. Natürlich hätte sie einen Vaterschaftstest erzwingen können. Aber das will sie nicht. Dass das Kind nicht von ihrem Mann stammen kann, erfährt sie erst beim Scheidungstermin. Eigentlich hätte sie es ganz gern früher gewusst. Vermutlich hätte sie keinen Mann geheiratet, mit dem sie keine Kinder bekommen kann. Kinder gehören für sie dazu. Jetzt hat sie eins. Aber keinen Mann.

Dreißig Jahre später, im August 1996, klingelt bei Peter Gieseler das Telefon. Ein junger Mann, der ihn gleich duzt und sagt, er würde ihn gern mal kennenlernen. »Du hast mit meiner Mutter mal irgendwann...« – »Ja, stimmt«, sagt Gieseler, er weiß sofort Bescheid. Sie treffen sich. Keine Vorwürfe, dass er sich nicht gekümmert habe. Nur unsicheres Interesse. Eine kleine Verlegenheit auf beiden Seiten. Am Ende lässt er ausrichten, dass er die Mutter eigentlich auch gern wiedersehen würde. Er sagt es absichtslos. Kein Gedanke an das, was passieren wird. Aber als er sie dann zwei Wochen später sieht, kann er verstehen, wieso er sie damals, an jenem Abend, besucht hat. Ihr Lächeln, das sich in ihn eingegraben hat. Ihr Mund, der immer noch reizvoll ist. Aber sie sind jetzt älter. Er 56, sie 53. Da fällt man nicht mehr einfach übereinander her. Aber erinnern darf man sich schon daran.

Sie erzählen sich ihr Leben.

Sie von ihrer zweiten Ehe, die – trotz der drei Kinder – ein noch größerer Fehler war als die erste. Wenn sie früher die Kraft gefunden hätte, hätte sie sich diese 16 Jahre gespart. Ihr Mann säuft, prügelt andere krankenhausreif und schlägt auch die Kinder. Sie versteckt die Küchenmesser vor ihm. Er randaliert, dreht mitten in der Nacht die Musik ohrenbetäubend laut auf, und sie schämt sich am nächsten Tag, wenn sie den Nachbarn im Hausflur begegnet. Außerdem ist er Spieler, verzockt

Er begleitet sie. Was er natürlich nicht müsste. »Ich kann doch nicht zu Hause rumsitzen, wenn meine Frau arbeitet«, sagt er. Zusammen schaffen sie es in der Hälfte der Zeit.

das gemeinsame Geld oder verschenkt es in der Kneipe. Sie muss es wieder einsammeln. Erst vor Kurzem hat sie die Reißleine gezogen.

Ihr Leben hat nun eine Freistelle.

Seines noch nicht. Obwohl es sich bereits abzeichnet. Er hat drei Kinder mit seiner ersten Frau, hat noch einmal geheiratet, aber seit Langem verkehren sie, wie er sagt, »nur noch wie Bruder und Schwester«. Vor einer Woche erst hat sie diesen Satz in den Raum geworfen, der seltsam in ihm nachhallt: »Dann können wir uns ja scheiden lassen.« Ein bisschen hat ihn der Satz geärgert, weil er so dahingesagt war. Weil er eine Kühle in ihm gelesen hat, die ihm Angst machte. Und vielleicht auch, weil er ihn nicht selbst gesagt hat.

Nun trinkt er Kaffee mit einer Jugendaffäre, die sich vor vielen Jahren aus seinem Leben verabschiedet hat, und wird langsam nervös.

Theoretisch, stellen sie fest, hätten sie sich viel früher kennenlernen können. Ohne voneinander zu wissen, sind sie in derselben Straße aufgewachsen. Friedbergstraße, Berlin-Charlottenburg, sie in der 12, er schräg gegenüber in der 25. Aber sie laufen sich nicht über den Weg. Sie lebt bei der Großmutter und schaut nicht nach den Männern, weil es sich nicht gehört. Und weil sie ein bisschen rundlich ist, denkt sie, war sie vielleicht nicht so interessant für ihn.

Dabei ist ja auch er nicht der professionelle Herzensbrecher, für den man ihn leicht halten könnte, wenn man ihn auf den alten Fotos mit seinen breiten Schultern und der Elvistolle sieht. Seine Mutter hat ihm mal gesagt: »Weißt du, mein Junge, ich war für deinen Vater die erste Frau. Und dein Vater war für mich der erste Mann.« Was für ein schöner Satz, hat er sich gedacht und sich vorgenommen, ihn auch für sich zu beherzigen. Mit 19 hat er zwar schon geküsst, aber weiter geht es erst, als er mit 21 seine erste Frau heiratet.

Am Ende ihres ersten Wiedersehens nach all den Jahren will er mit der U-Bahn zurück, aber sie bietet ihm an, ihn nach Hause zu fahren. Irgendwann fragt sie: »War es das nun?« Er braucht eine Weile, bis die Frage bei ihm ankommt. Er spürt, dass sie gern etwas von ihm hören würde. Aber er hat in seinem Leben immer gewartet, bis er sicher sein konnte. Weil er Gefühlen nie ganz traute – mit Ausnahme jener Nacht vor dreißig Jahren. »Ach, so meinst du das«, sagt er, nachdem er eine Weile nachgedacht hat. Je länger sich ihr Satz in ihm setzt, desto klarer wird ihm, dass ihre gemeinsame Geschichte, die eigentlich kaum eine ist, vielleicht eine zweite Chance verdient. Und dann schiebt sie noch einen Satz hinterher, gegen den er sich nur schwer wehren kann: »Wir können ja da weitermachen, wo wir letztes Mal angefangen haben…«

Ingrid und Peter Gieseler gehen zusammen putzen.
Er kümmert sich ums Grobe, sie übernimmt die Feinarbeiten.

Wie lange kann man von einer Erinnerung zehren? Wann muss man sie mit Wirklichkeit auffüllen? Wissenschaftler können relativ exakt bestimmen, wie lang radioaktive Isotope strahlen. Aber über die Halbwertszeit von Gefühlen gibt es keine Daten. Man weiß, wie ein Haus gebaut werden muss, damit es nicht zusammenbricht. Aber über die Statik der Liebe ist wenig bekannt. Wie belastbar sie ist, was sie aushält, kann niemand sagen. Wie zwei Himmelskörper haben sie einander umkreist, dreißig Jahre lang, jeder auf seiner Bahn, nun treffen sie erneut aufeinander. Und holen das nach, von dem sie denken, dass sie es viel zu lange versäumt haben.

So wird eine Nacht, die sie zunächst beide eher bereut haben, dreißig Jahre später zur Grundlage einer ganz anderen, viel größeren Geschichte: Sie entdecken die Liebe, die für sie immer nur Sehnsucht war. Sie haben sie ja nie empfangen. Er nicht von seiner Mutter, die schwer arbeiten musste, um die Kinder durchzubringen. Nicht von seinem Vater, den er nie kennengelernt hatte, der trank und im Krieg blieb. Und wo hätte sie die Liebe lernen sollen? Ihre Mutter hatte acht Kinder, drei davon gab sie weg, auch Ingrid, das uneheliche Kind. In ihren beiden Ehen gab es keine Liebe. Der erste Mann herzenskalt. Der zweite ein prügelnder Trinker. Aber jetzt ist Peter da. Peter, der sich nie jemandem wirklich geöffnet hatte, auch seiner ersten Frau nicht, der von sich selbst sagt, er sei »kein Gefühlsmensch«, wird in ihrer Gegenwart ganz weich. »Wir haben die Liebe erst im Alter gelernt«, sagt sie.

Vor 15 Jahren haben sie geheiratet. Jetzt sitzt Peter Gieseler auf dem blaugrauen Ledersofa, das sie, als der Sessel hinüber war, kurzerhand in zwei Hälften geteilt haben, und wünscht sich, dass er nach der Liebe seiner Frau mal wieder etwas anderes gewinnt. Vor vier Jahren war er ganz nah dran. Normalerweise setzt er einfach auf die Minuten, in denen bei Hertha die Tore fallen. Aber da war grad keine Bundesliga. »Mensch, was machste?«, hat sich Gieseler da gefragt. An einem 23sten haben sie sich kennengelernt, Ingrid und er, an einem 28sten war Hochzeitstag, er Jahrgang 40, sie 43, an einem 11ten und einem 16ten. Macht sechs Lottozahlen. »War'n Fünfer«, sagt Gieseler und holt, damit die Sache sozusagen amtlich wird, die Gewinnbestätigung von nebenan: 4026 Euro. Stellt man seine kleine Rente und die seiner Frau auf die eine Seite und ihre Schulden auf die andere, wird schnell klar: Eigentlich hätten sie einen Sechser gebraucht.

Dabei hat er ein gewisses Händchen dafür. Etwa zur gleichen Zeit, als er beim Fußballtoto einmal satte 77 000 Mark gewann, bekam Ingrid Gieseler von ihrer Großtante ein Haus geschenkt. Hätte sie es schlau angestellt, wäre sie damit einigermaßen über den Berg gewesen. Aber sie machte Fehler. Verkaufte das Haus, spendierte ihren Kindern mehr, als nötig gewesen wäre. Und begann sich für Autos zu interessieren. »Hatte so einen kleinen Autofimmel.« Alle drei Jahre einen Neuwagen. Und jedes Mal einen größeren. Immer nur die Hälfte der Kaufsumme gezahlt, weil die andere Hälfte ja durch den Wagen gedeckt wurde, den sie in Zahlung gab. Ein verführerisches Modell. Verständlich nach einem Leben voller Entbehrungen. Aber wieder einmal die falsche Liebe: »Das letzte Auto hat mir das Genick gebrochen.«

Ein Honda Accord. »Schöner Wagen«, sagt sie und fährt mit der Hand fast zärtlich über den Lack, der im letzten Licht der Abendsonne immer noch funkelt wie ein Versprechen. Dunkelblau metallic. Sonderausstattung. Navi, Einparksensoren, 201 PS, wie ein Brett auf der Straße, »auch bei 230 bleibt er ganz ruhig«. Ihr Mann hat bis zuletzt gehofft, dass sie den Kredit nicht bekommt, aber er wusste auch, dass es keinen Sinn hatte, ihr die Sache auszureden. Verkaufen geht nicht, weil er finanziert ist. »Die Suppe, die man sich einbrockt, muss man auch auslöffeln«, sagt Gieseler, der durch seine Arbeit - 28 Jahre technischer Arbeiter in einer Nervenklinik - gelernt hat, dass man Probleme am besten pragmatisch angeht.

Deshalb gehen sie putzen. Rund neunzig Stunden jeden Monat. Etwa achthundert Euro, die sie ihrem Traum, schuldenfrei zu sein, ein bisschen näher bringen. Sie hat schon früher geputzt, es ist kein Traumjob, das wissen beide, aber doch eine Möglichkeit. Weil sie niemanden stören wollen, und auch weil es besser ist, selbst ungestört zu sein, richten sie es so ein, dass sie zu ihrer Arbeit kommen, wenn noch niemand da ist. Oder alle schon weg sind. Sehr früh am Morgen oder nach Feierabend. »Wir möchten nicht unangenehm auffallen«, sagt Ingrid Gieseler. »So ist unsere Art eigentlich«, ergänzt ihr Mann.

Es ist ein Liebesbeweis, dass er sie begleitet, was er, streng genommen, natürlich nicht müsste. »Ich kann doch nicht zu Hause rumsitzen, wenn meine Frau arbeitet«, sagt er. Zusammen schaffen sie es in der Hälfte der Zeit. Er macht das Grobe, sie die Feinarbeiten. Sie schaut noch genauer hin als er. Bei den Tischplatten, anders als beim eigenen Leben, das man am besten mit etwas Abstand betrachtet, guckt sie immer aus der Nähe, schräg von der Seite. Weil man dann die Fettspuren am besten sieht.

Wenn alles gut geht, ist der Wagen in vier Jahren bezahlt. Ingrid Gieseler weiß, dass er ein Fehler war. Aber sie bereut ihn nicht: »Wir haben gelebt.« Wenigstens zwischendurch.

Irgendwann, wenn ihre Liebe mal wieder mehr Zeit bekommt, würden sie mit dem Wagen gern wie früher nach Österreich fahren. Wandern. Sie hofft, dass sie sehr alt werden. Dass Peter ihr lange erhalten bleibt, ihr spätes Glück. Sie möchte die Dinge stets genauso haben, wie sie es sich vorstellt; er nimmt sie lieber, wie sie kommen. Er habe keine Angst vor dem Tod, sagt er. Auf Sorgen, die ihm gelten, reagiert er eher ungehalten. Was sie ungerecht findet, weil Sorgen zwar niemandem nutzen, aber genau genommen doch Zeichen der Zuneigung sind. Wenn er sich nicht gut fühlt, behält er es meist für sich. Es gab zwei, drei Momente der Eifersucht, nicht mehr. Sie findet, dass er ihr beim Einparken manchmal etwas zu sehr dreinredet. Sonst hält er sich zurück, hört lieber zu, als selbst zu reden. »Bringt doch nüscht, wenn zwei quatschen.«

Sie ergänzen sich. Er liest die Zeitung, sie schaut die Serien. Sie hat einen Computer, ihm sind sogar Handys nicht geheuer. »Bin noch vom alten Zopf«, sagt er. Wenn sie mal streiten, dann fast nie über sich, meist über andere. Ihren gemeinsamen Sohn zum Beispiel, der Maler ist, aber auch gut tischlern kann – leider aber beides nicht tut. Oder seine Kinder, die den Kontakt abgebrochen haben, was vermutlich mit seiner Exfrau zu tun hat. Er würde sich freuen, wenn sie eines Tages wieder vor ihm stünden. Aber er hat sein Pulver verschossen. Zweimal hat er versucht nachzuhaken, jetzt wäre es an ihnen, findet er.

Zwischen den Arbeitszimmern des Labors, das Gieselers gerade vom Staub befreien, gibt es eine Art Durchreiche. Während der Arbeit reden sie nur das Nötigste, aber hin und wieder wirft Gieseler, mit einer ganzen Menge Restverliebtheit, einen Blick durch die Luke.

»Wenn ich die Frau arbeiten seh, könnt' ich meinen Hut ziehen«, sagt Gieseler in aufrichtiger Verzückung. Als er den Staubsauger schwenkt, spürt er plötzlich ein Stechen an seiner künstliche Hüfte. Irgendwas bei der Operation ist schiefgelaufen. Beim Aufstehen muss er sich immer ein bisschen abstützen, aber er kann damit leben, sagt er. »Bewegung hat noch nie geschadet.« An Tagen, wo sie vier oder fünf Jobs hintereinander haben, muss er eine Schmerztablette nehmen, weil die Narbe manchmal auf den Nerv drückt. Aber Gieseler ist hart im Nehmen. Natürlich hat er sich seinen Ruhestand etwas anders vorgestellt.

Aber sie sind zusammen, immerhin.

Freitagabend, halb elf, nach einem langen Putztag gönnen sie sich vor dem Fernseher das einzige Hefeweizen der Woche. Ein paar Stunden Ruhestand, die Vorfreude auf den freien Tag. Am Sonntag müssen sie wieder früh raus. Sie leben bescheiden. Weil es nicht anders geht, aber auch, weil sie beide aus ihrer Vergangenheit wissen, wozu es führt, wenn man das Maß verliert. Das letzte Mal im Restaurant essen waren sie vor vier Jahren, beim Jugoslawen, zum Hochzeitstag. Im Supermarkt kaufen sie nur Angebote und frieren sie ein. Mit Geschenken ist es weniger geworden, aber das wäre es vielleicht sowieso.

Dabei hat sich der Frühling bei ihnen – über alle Jahreszeiten hinweg – gehalten. Nach so vielen Jahren müsse man sich natürlich nicht mehr jeden Tag versichern, dass man sich liebt, sagt seine Frau. »Wir wissen das!« – »Ja, genau«, sagt Gieseler und nickt. Und damit ist es sozusagen amtlich.

Was sie am meisten aneinander schätzen? »Seine Zuverlässigkeit«, sagt sie, »eigentlich den ganzen Mann.« Der beste, den sie je hatte. Sie ist stolz auf ihn. Und natürlich auch ein bisschen auf sich. Weil sie ihn noch einmal, wenn auch sehr spät, in ihr Leben gelassen hat. Er ist der letzte Sonnenstrahl ihres Beziehungslebens. Aber wenn man es genau nimmt, ja eigentlich auch der erste.

Nach so vielen Jahren müsse man sich nicht mehr jeden Tag versichern, dass man sich liebt, sagt seine Frau. »Wir wissen das!« – »Ja, genau«, sagt Gieseler und nickt.

Vielleicht liegt es daran, dass sie gerade vom Putzen kommen, auf jeden Fall hinkt ihr Mann bei diesem komplexen Thema noch ein wenig hinterher. Er sagt: »Meine Frau ist eine saubere Frau, sie ist sehr sauber, macht eher zu viel als zu wenig, so ist sie. Ja, mmh, eigentlich ist damit alles gesagt.« Jedenfalls auf der Putzebene. Aber als er merkt, dass er den Kern des Ganzen damit noch nicht ganz getroffen hat, schwingt er sich noch zu einem Satz auf, der den Raum bis in alle Ecken füllt. »Die Liebe«, sagt er, »das ist so ein Punkt: Die steht.« Vielleicht merke man sie besonders dann, wenn der andere nicht da ist. Einmal musste seine Frau ins Krankenhaus, zwei oder drei Tage, und Gieseler war allein zu Hause: »Da hab ich einen Weinkrampf bekommen, weil sie auf einmal weg war.« Als hätte jemand das vertraute Schlagen der Wanduhr abgestellt. Als würden die Vögel im Hof nicht mehr singen. Als gäbe es nur noch dunkle Stille. Als er sie dann endlich besuchen durfte, sagte sie zu ihm: »Ein Tag ohne dich ist ein verschenkter Tag.« Jedenfalls was in der Art.

Im Flur ein selbst gemaltes Bild der Cousine, bei dem sich beide fragen, was es wohl zeigt: »Soll 'ne Frau sein«, sagt Gieseler. Na, seine sieht zum Glück anders aus. Er findet sie immer noch schön. Sie ist wie ein spätes Geschenk für ihn. Und dann schaut er sie an und murmelt, dass sie eigent-

lich nur zusammen sind, weil sie damals einen Fehler gemacht haben. »Aber im Nachhinein«, sagt Gieseler, »war es dann ja doch kein Fehler.« So ist das manchmal im Leben.

»Wer zu wenig Liebe in seinem Leben hat, muss selber lieben«

INTERVIEW MAX FELLMANN **FOTOS** CHRISTOPH VOY

Die Sängerin Judith Holofernes hat in ihren Liedern schon oft gute Worte für große Gefühle gefunden. Ein Gespräch über die Übungssache Glück.

Wer sich offenbart, kann auf die Mütze kriegen: Das weiß Judith Holofernes aus eigener Erfahrung.

Frau Holofernes, wir wollen mit Ihnen über die Liebe sprechen, vielleicht versuchen wir es am besten mal anhand berühmter Songtitel, oder?

JUDITH HOLOFERNES Sehr gern.

Also: *What Is Love?*

Das von Haddaway? Schrecklich! Aber gute Frage: Was ist Liebe? Einerseits wohl Anhänglichkeit, das menschliche Bedürfnis nach Verbindung. Auf der anderen Seite denke ich als Buddhistin, dass die persönliche Liebe eigentlich nur der Widerschein von so etwas wie universeller Liebe ist.

Was ist universelle Liebe?

Oh weia. Sofort voll ans Eingemachte! Na gut, dann: Liebe, oder Verbindung, ist die Natur der Dinge. Dass wir uns als getrennt von anderen wahrnehmen, ist Illusion. Wir sind alle verbunden. In der Liebe versucht man diese Trennung zu überwinden.

Das aber nur mit Einzelnen.

Ja, weil wir anhängliche Wesen sind. Und ängstlich. Man braucht die Exklusivität, um keine Angst vor Verletzung haben zu müssen.

Nächster Song, Pat Benatar: *Love Is A Battlefield.*

Die Liebe als Schlachtfeld. Hat so für mich nie gestimmt. Ich kenne aber viele Leute, die sich nur im Kampf spüren können. Vor allem Frauen, die unglückliche Verliebtheiten regelrecht brauchen. Das große Drama.

Haben Sie selbst nie Dramen erlebt?

Doch, doch. Mit meinem ersten richtigen Freund war ich vom 16. bis zum 24. Lebensjahr zusammen. Mit allen Höhen und Tiefen. Zu früh, zu fest, ich habe gemerkt, ich muss noch was ausprobieren im Leben. Es ging drunter und drüber, mein romantisches Herz und mein neugieriges Herz haben sich gegenseitig die Fresse poliert.

Halt dich an deiner Liebe fest.

Rio Reiser, ganz groß! Ein sehr spiritueller Gedanke. Das heißt ja: Halt dich an DEINER Liebe fest, egal, ob dich jemand anders liebt oder nicht. Anders gesagt: Wer zu wenig Liebe in seinem Leben hat, muss eben selber lieben.

Wie geht das?

Im Buddhismus gibt es dafür Übungen. In denen geht man über die persönliche Liebe hinaus, versucht das Gefühl zu übertragen auf Menschen, die einem gleichgültig sind, vielleicht sogar auf welche, die schwierig sind.

Und das funktioniert?

Absolut! Sagt ja auch die Hirnforschung: Man kann durch solche Übungen die entsprechenden Bahnen im Kopf breiter machen. Sodass Liebe zum selbstverständlichsten Impuls wird.

Aber wer will das? Lieben, ohne geliebt zu werden, ist doch eine frustrierende Erfahrung.

Man kriegt doch Liebe zurück! Wenn Sie den unfreundlichen Bäcker morgens oft genug anlächeln, wird er irgendwann zurücklächeln. Und auch romantische Liebe kommt nicht gern zu denen, die mit verschränkten Armen warten.

Sich an der Liebe festzuhalten kann auch bedeuten: Jemand bezieht all seine Kraft aus einer Beziehung.

Also Abhängigkeit. Fürchterlich. Viele Menschen halten an unguten Beziehungen fest, weil sie sich so sehr darüber identifizieren.

Was kann man dagegen tun?

Es ist wie mit anderen Süchten, es gibt leider keinen anderen Weg als die Leute unten aufschlagen zu lassen und zu hoffen, dass sie mit dem letzten Rest von Selbstachtung wieder neu anfangen. Und als gute Freundin bloß nicht immer sagen, du bist doch viel zu gut für die oder den! Genau daraus ziehen die leidenden Liebenden ihre Energie.

Tocotronic: *Du bist der Jackpot meines Lebens.*

Süß!

Sehen Sie morgens neben sich den Jackpot?

Ja! Auch wenn ich dann meistens gleichzeitig ein Kinderknie in der Nase habe. Aber hey: Ich bin verheiratet mit einem Schlagzeuger! Der eine große Plattensammlung hat! Bingo.

Wie haben Sie sich kennengelernt?

Wie so viele Menschen, bei der Arbeit. In unserem Fall die Band. Wir haben ja schon ein Jahr zusammen gespielt, bevor wir ein Paar wurden.

Spielt es für Sie und Ihren Mann eine Rolle, dass Sie im Vordergrund stehen und er immer im Hintergrund bleibt?

Das kommt unseren Persönlichkeiten sehr entgegen! Er ist schon sehr Schlagzeuger, er will die Dinge aus dem Hintergrund zusammenhalten. Das passt. Er geht jetzt auch nicht mit auf Tournee – er bleibt mit den Kindern zu Hause.

Sie sind Paar und Kollegen. Geht das gut zusammen?

Es ist eher erstaunlich, wie weit das oft voneinan-

»Wer liebt, hängt sein Herz an etwas Endliches. Selbst wenn die Liebe tatsächlich ein Leben lang hält, wird es trotzdem eines Tages das schmerzhafte Ende geben.«

der weg ist. Auf den bisherigen Tourneen gab es oft Tage voller Termine, da haben wir uns gerade mal im Hotelzimmer kurz abgeklatscht, ach ja, du bist's, ich erinnere mich.

Es ist für Ihren Mann vermutlich nicht ganz leicht, dass seine Frau in den Songtexten ihr Gefühlsleben ausbreitet. Jeder Zuhörer kann sich denken, aha, damit meint sie jetzt ihn.

Stimmt, dafür darf er aber auch Lieder auf sich beziehen, bei denen andere Männer froh wären, wenn ihre Frauen so was über sie singen würden.

Bela B: *Altes Arschloch Liebe.*

Tja. ... und altes Arschloch Tod.

Wie meinen Sie das?

Wer liebt, hängt sein Herz an etwas Endliches. Selbst wenn die Liebe tatsächlich ein Leben lang hält, wird es trotzdem eines Tages das schmerzhafte Ende geben, der Verlust ist vorprogrammiert. So, ich bin gespannt – nächster Titel?

Rammstein: *Liebe ist für alle da.*

Ich würde das gern im Sinne Rio Reisers interpretieren: Wenn keine Liebe von außen kommt, ist immer noch die eigene da. Aber ich vermute, die meinen es ein wenig grobschlächtiger. Man darf es aber vielleicht auch ein bisschen hippiemäßig verstehen.

Freie Liebe?

Ich kenne viele Menschen aus der Generation meiner Mutter, die die freie Liebe gepredigt haben – aber in Wirklichkeit gelitten haben wie die Hunde.

Warum?

Weil es eben doch weh tut, zu lieben und den anderen ständig ziehen lassen zu müssen. Außerdem hat die freie Liebe in den Siebzigerjahren wohl hauptsächlich bedeutet, dass die Männer frei lieben. Und für die Männer war es dann wiederum nicht so locker, wenn zur Abwechslung die Frauen miteinander durchgebrannt sind – wie im Fall meiner Mutter.

Wie lief das bei Ihrer Mutter?

Die hat bei all der freien Liebe rausgefunden, dass sie Frauen liebt. Das tut sie, seit ich drei Jahre alt war.

Und wie war das für Sie?

Meine Eltern haben ihre Trennung verhältnismäßig gut hinbekommen. Wenn Paare in meinem Bekanntenkreis sich trennen, finde ich es auch heute beruhigend zu wissen: Die romantische Liebe der Eltern ist den Kindern im Grunde scheißegal. Dem kleinen Kind geht's nur um seine eigene Beziehung zu den Eltern. Solang beide weiter präsent sind, ist alles gut. Kompliziert wird's erst später, wenn Teenager ihre Beziehungen mit denen der Eltern abgleichen und ihr Bild der Liebe nach ihnen modellieren.

Jürgen Marcus: *Eine neue Liebe ist wie ein neues Leben.*

JUDITH HOLOFERNES

Die gebürtige Berlinerin, Jahrgang 1976, wurde bekannt als Sängerin der Band *Wir sind Helden*, verkaufte Berge von CDs, spielte vor ausverkauften Stadien, sogar noch, als sie im siebten Monat schwanger war. Nach vielen aufwühlenden Jahren zog sich die zweifache Mutter zurück. Jetzt wagt sie sich nach drei Jahren Pause wieder an die Öffentlichkeit, diesmal solo. Auf ihrem Album »Ein leichtes Schwert« spielt der Schlagzeuger der Helden trotzdem mit – er ist ihr Ehemann.

Finde ich ein bisschen traurig. Das bedeutet doch: Man verwandelt sich als Mensch komplett, man legt mit einer alten Liebe ein altes Ich ab. So viel Macht sollte Liebe nicht haben, oder?

Die Medizin sagt, Verliebtsein ähnelt manchen psychischen Krankheiten: Der Serotoninspiegel sinkt, der Mensch wird unzurechnungsfähig.

Das kann ich voll unterschreiben. Man sollte nie den Kopf schütteln über liebesverrückte Freunde, sondern ihnen einfach mal über die Straße helfen.

Letztes Lied, Connie Francis: *Die Liebe ist ein seltsames Spiel*.

Schön! Aber noch besser finde ich Dolly Parton: *Love Is Like a Butterfly*. Das Bild ist hübsch: Die Liebe als etwas, was sich nicht richtig einfangen lässt, sie landet einfach auf uns, in uns.

Und kann auf diese Weise auch viel Schmerz bereiten.

Natürlich, weil wir Unmögliches von der Liebe erwarten. Wer annimmt, Liebe sei identisch mit Glück, wird zwangsläufig Enttäuschung erleben. Man setzt eine hohe Wette auf ein störrisches Pony. Es ist wie mit Geld: So viele Menschen glauben, wenn sie nur ganz viel davon hätten, wäre alles toll. Irrtum. Glück ist Übungssache.

Bedeutet Liebe, dass man im anderen etwas sucht, was man in sich selbst nicht findet?

Oft, ja. Ich war mal rasend in einen jungen Mann verliebt, der in einer Band gesungen hat. Ich habe dann einen Song geschrieben, der ging so: »Popstar, eins lässt mich noch nicht schlafen / Eins lässt mir keine Ruh / Popstar, will ich dich lieber ficken / Oder wär ich lieber du?«. Ich war nicht nur in ihn verliebt, sondern eben auch in diese ganze Idee von Rock'n'Roll und Rampenlicht.

Sie haben in ihm eine andere Version von sich selbst gesehen.

Ja. Und häufig ist doch auch, dass Menschen mögen, was die Liebe aus ihnen macht. *Love to love you, baby*. Um es mit einem Disco-Refrain zu sagen.

Sie sind 1976 geboren. Den ersten richtigen Freund hatten Sie mit 16. Was haben Sie in diesen 21 Jahren über die Liebe gelernt?

Vor allem: dass man in der Liebe nicht vollkommen verschmelzen muss, sondern auch ein Einzelner bleiben darf. Und was den körperlichen Aspekt angeht, würde ich jeder jungen Frau raten, auch mal mit einem Mann zusammenzusein, in den sie nicht verliebt ist. Weil das ganz viel freisetzt.

Was genau setzt es frei?

Junge Mädchen sind fürchterlich gehemmt durch ihre Gefühle, die wollen immer gefallen. Also machen sie vieles, was sie eigentlich nicht wollen. Mit einem Kerl zusammenzusein, der einem nicht so wichtig ist, kann entkrampfen.

»Häufig ist auch, dass Menschen mögen, was die Liebe aus ihnen macht. *Love to love you, baby.* Um es mit einem Disco-Refrain zu sagen.«

Eine neue Umfrage hat ergeben: Zwei Drittel der Deutschen legen in ihrer Partnerschaft mehr Wert auf Harmonie als auf sexuelle Erfüllung.

Aber wissen Sie, was Paartherapeuten heute oft empfehlen? Eine Zeit lang täglichen Sex. Weil das Verbindung schafft. Nicht andersherum, wie man meinen möchte. Mehr Sex kann mehr Liebe erzeugen.

Aber wenn die Leute vielleicht gar nicht mehr so richtig wollen?

Auch okay. Es gibt ja Menschen, die sich gar nicht so für Sex interessieren. Nur die Medien tun so, als gäbe es ein normiertes Maß an Libido. Ich habe mal gehört, dass hinter der Paarung alter Mann/junge Frau oft eine Motivation steht, die gar nicht dem Sugardaddy/Trophy-Wife-Klischee entspricht: eine Frau, die nicht sehr an Sex interessiert ist, aber durch die mediale Prägung total verunsichert, trifft auf einen älteren Mann, für den der Sex keine große Rolle mehr spielt – und beide sind froh, dass sie endlich ohne Stress mit einem netten Menschen auf Weltreise gehen können.

Warum ist Liebeskummer so hart?

Weil man, wenn man sich offenbart, ordentlich auf die Fresse kriegen kann. Es ist wie in dem wunderbaren Song *Jolene* von Dolly Parton: Sie gibt aus lauter Liebe ihre Selbstachtung auf, sie fleht ihre Nebenbuhlerin an, ihr den Mann zu lassen, weil sie weiß, dass sie keine Chance hätte gegen die wunder-

schöne Jolene. Sie sagt, du kannst doch alle haben, lass mir den einen. Das rührt mich wahnsinnig.

Zum Abschluss bitte noch Ihre drei liebsten Liebeslieder.

Jolene. Dann noch *Le Vent Nous Portera* von Noir Désir.

Deren Sänger Bertrand Cantat seine Frau totgeschlagen hat. Schwer, das heute unbelastet zu hören, oder?

Ja, schrecklich. Und trotzdem ein großes Lied.

Und zuletzt …

… zuletzt noch *Hallelujah* von Leonhard Cohen – weil es zugleich ein Liebeslied für einen Menschen ist und die Liebe zur Musik an sich formuliert.

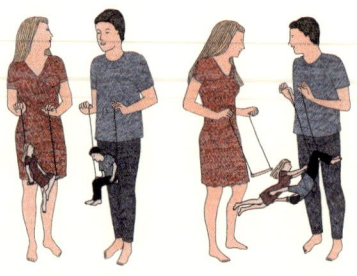

Vom Blitz getroffen

VON TOBIAS HABERL   **ILLUSTRATION** MARION FAYOLLE

... so fühlt sich unser Autor manchmal – er verknallt sich in der Stadt oder der U-Bahn, ja sogar am Telefon in eine Fremde, und nach fünf Sekunden ist alles vorbei.

Ich saß im neunten Stock unseres Verlagshauses und betrachtete die Alpen, als mein Telefon klingelte.

»Ja?«, sagte ich gereizt.

»Hey«, sagte sie fröhlich, »hier ist Lara. Wo steckst du?«

Halten Sie mich für unreif, aber diese sieben Worte waren genug: Ich war verliebt. Diese Art, »Hey« zu sagen, und diese Stimme, nicht süß oder verführerisch, eher unbekümmert und forsch, vielleicht sogar eine Terz zu tief für eine junge Frau. Ich schätzte sie auf 26, 27, höchstens dreißig. Und obwohl ich nur ihre Stimme gehört hatte, sah ich sie vor mir: kastanienbraunes Haar, am Hinterkopf flüchtig zusammengesteckt, die Augen grün oder blau, die Nase elegant, der Hals schmal, ein Muttermal in der Nähe des Schlüsselbeins.

»Florian?«, sagte die Stimme, leicht verunsichert, »bist du dran?«

Vor meinen Augen zogen Bilder vorbei: Lara und ich, wie wir von einem Felsen ins Meer springen; Lara und ich zwischen zerknüllten Bettlaken, auf die sich die ersten Sonnenstrahlen des Tages legen; Lara erschöpft nach der Geburt unseres Kindes; Laras Blick, als ich ihr den Schleier aus dem Gesicht streife; Lara und ich, um vier Uhr in der Nacht verzweifelt auf den Anruf unserer Tochter wartend, mit dampfenden Kaffeebechern in der Hand; Lara und ich auf einer Parkbank, zwischen kahlen Bäumen, Händchen haltend, gebrechlich und dankbar.

Also eigentlich war alles geklärt – bis auf eine Kleinigkeit: Ich heiße nicht Florian.

»Sorry«, sagte ich, »hier ist nicht Florian, aber vielleicht ...«, und hörte nur noch tüt-tüt-tüt. Ich war verdattert und gekränkt. Wollte zurückrufen. Ihre Stimme noch mal hören, dieses Gefühl festhalten und mit Leben füllen, aber ich zögerte. Ich musste an die Frau denken, die ich liebe. Sicher lag sie noch im Bett. Ich wusste, dass sie an diesem Tag frei hat. Ich wusste, wie gern sie lange schläft. Ich wusste, sie würde kurz aufstehen, sich eine Tasse Lotustee aufbrühen und noch mal hinlegen. Ganz kurz war mir, als könnte ich ihre Haut riechen. Zwanzig Sekunden später hatte ich Lara vergessen.

Die Sekundenliebe schlägt zu, wenn man es am wenigsten erwartet, wenn alles ganz schnell geht und man den anderen nur für ein paar Sekunden sieht, hört oder erahnt: Ich steige in die U-Bahn, sie steigt aus, unsere Mäntel streifen sich. Ich warte am Flughafengate, sie hetzt auf der anderen Seite der Glasscheibe zum Gepäckband. Ich sitze im ICE von München nach Hamburg, sie steht am Bahnsteig in Würzburg oder Göttingen, wird kleiner und kleiner, bis sie verschwindet. Und weil man den anderen ja nicht kennt, oft nicht mal genau sieht, heftet man seine Sehnsucht an Details, um sie mit Bedeutung aufzuladen: ein hüpfender Pferdeschwanz, ein verträumter Blick, ein schöner Knöchel, eine besonders diskrete oder besonders aufregende Art, den Kopf zu drehen.

Es sind diese drei bis fünf Sekunden, in denen man sein Leben und sein Schicksal so heftig spürt wie sonst nie. Es sind Augenblicke, so intensiv und wahrhaftig, dass einem der Rest, der Alltag, das wirkliche Leben wie eine Lüge oder ein Missverständnis vorkommen. Es sind Momente, so zerbrechlich schön wie eine Melodie, die alle Facetten und Möglichkeiten des Daseins in sich trägt, am Ende verklingt und zur Stille wird.

Tage später habe ich meinem besten Freund von Lara erzählt. Eher so im Spaß. »Das kenn' ich«, hat er gesagt und gelacht. »Glaub' mir, Lara war blond, hatte braune Augen und kein Muttermal neben dem Schlüsselbein, sondern ein Arschgeweih auf dem Rücken.« Er stellte die These auf, dass solche Tagträume und Projektionen nötig seien, weil man sonst verrückt würde vor lauter Alltag und Gewöhnung. Ab und an eine kleine Täuschung, eine tröstende Fantasie, warum nicht, wichtig sei nur, dass man ihnen nicht auf den Leim gehe, sondern in die Wirklichkeit zurückfinde.

Ich glaube, er hat Recht. Ich glaube aber auch, dass die Wirklichkeit eine Notlösung ist, ein Kompromiss, eine mittelmäßige Kompensation für alle Versuchungen, die für ein paar Sekunden gelockt haben und denen man trotzdem nicht nachgegeben hat.

Der Weg zum Glück

VON HOLGER GERTZ **FOTOS** PASCAL AMOS REST, THOMAS RABSCH

Die Weseler Straße in Duisburg ist eigentlich nichts Besonderes. Aber wenn es um den schönsten Tag ihres Lebens geht, kommen Menschen aus dem ganzen Ruhrpott hierher. Auf diesen paar Metern gibt es so viele Brautmodengeschäfte wie nirgends sonst.

Millimeterarbeit am Kleid, denn an keinem anderen Tag ihres Lebens soll eine Frau schöner sein als an dem ihrer Hochzeit.

Alis Kuru war der Dritte. Er ist eigentlich nicht daran gewöhnt, Dritter zu sein, nur Dritter, Alis Kuru ist ein selbstbewusster junger Mensch, zerstrubbelte Haare, Bartschatten. Er kommt ziemlich breitbeinig daher, im übertragenen Sinn und im direkten. Kuru setzt sich in einen flachen Stuhl mitten in seinem Laden, im Laden wird nicht geraucht, aber er ist einer dieser Typen, bei denen man sich die Zigarette automatisch dazudenkt.

Ceyda heißt sein Geschäft, Weseler Straße 38, bei Ceyda gibt es Braut- und Abendmode, seit 1998 sitzt er hier, Weseler Straße in Duisburg-Marxloh. Er war der Dritte, der den Kunden Brautkleider und Anzüge verkaufte, zwei türkische Geschäftsleute hatten damit angefangen, sie hatten die Hochzeit als Geschäftsmodell sozusagen entdeckt. Inzwischen gibt es fünfzig Läden an der Weseler Straße, Brautmoden, Goldschmuck, Änderungsschneidereien, Friseure, Hochzeitsfotostudios. Alis Kuru war nur Dritter, aber auch der Dritte ist ein Pionier. »Du musst die Nase im Wind haben«, sagt er, »du musst die Welle erkennen, wenn sie sich aufbaut.«

Hinter ihm hängen an Stangen Kleider, Samt und Tüll und Glitzer. Kuru schneidert nicht selbst, er hat Mitarbeiter, die das für ihn tun. Kuru ist Elektroingenieur, »eine Hose kürzen kann ich natürlich auch«. Aber in erster Linie ist er Kaufmann. Er steht gern in der Nähe der Tür, wie die Koberer auf St. Pauli, nur in romantischerem Auftrag. Wenn er draußen ein junges Paar sieht, das sich noch nicht entschlossen hat, ob es reinkommen soll, das vielleicht noch nicht mal weiß, wie belastbar die Idee von der Hochzeit ist, tritt er auf die Straße und bittet das Paar herein, mit der Geste eines dieser Zirkusdirektoren, die »Hereinspaziert!« gerufen haben, zu einer Zeit, als mit einem Zirkus noch Geld zu verdienen war. Wenn sie drin sind, gehen sie so schnell nicht mehr raus, sagt Kuru. Wenn sie im Laden sind, verdichtet sich die vage Heiratsabsicht zu einem Plan. »Wenn du dein Mädchen erst mal in meinen Klamotten siehst, kannst du nicht anders: Dann willst du es heiraten.«

Die Weseler Straße, Postleitzahl 47169, ist die Hauptverkehrsader von Marxloh, Duisburger Norden, sie war mal so was wie der Ku'damm des Ruhrpotts, Thyssen war der größte Stahlkocher Europas, es gab Jobs und Geld. Die Weseler Straße ist ziemlich breit, angelegt als Straße in einer Stadt, die wächst, aber Duisburg wuchs nicht, Duisburg wurde vom Strukturwandel geschüttelt, die Geschäfte an der Weseler Straße machten dicht, die Schaufenster wurden verrammelt. Die Weseler Straße war auch in ihrer großen Zeit kein Boulevard, tief in den Achtzigern war sie dann wie der trockengelegte Arm eines Flusses. Achtzehntausend Menschen leben in Marxloh, Schulabbrecher, verkrachte Hauptschüler, Arbeitslose darunter. Was sollen die kaufen? Die Zeitungen berichteten von Kreuzberg als sozialem Brennpunkt, vielleicht meinten sie in Wahrheit Marxloh, aber es ist Teil des Schicksals von Duisburg, von Marxloh und der Weseler Straße, dass die Leute von draußen eher nicht hierherschauen. Wenn sie schauten, sahen die Schimanski im Fernsehen, den Duisburger Kommissar, aber nicht mal der kam bis nach Marxloh. Schimanski war unverheiratet.

»Wir sind im Stillen untergegangen. Und im Stillen auferstanden«, sagt Alis Kuru, geboren in der Türkei, aufgewachsen in Gelsenkirchen, inzwischen Duisburger Bürger, der »wir« sagt, wenn er die Türken meint oder die Marxloher. Es kommt aufs Selbe raus. Der Ausländeranteil in diesem Stadtteil liegt bei über dreißig Prozent. Kuru war dabei, als die Idee aufkam in der deutschtürkischen Community: Brautmoden verkaufen. Geheiratet wird immer, das wussten die Türken, die Räume an der Weseler Straße waren billig zu mieten, Startkapital war vorhanden. Wer seine Arbeit bei Thyssen verloren hatte, ging zurück in die Türkei, oder er investierte in diese Idee. Wenn es am Anfang schwierig werden würde, wenn es Zeiten der Dürre gäbe, wären die Türken diejenigen, die diese Dürre aushalten könnten, das war allen klar, sagt Kuru. »Du musst kein Personal einstellen, wir sind ja Familienbetriebe, da kann der Vatter einsteigen, die Cousine, die Mutter. Du kannst reagieren. Wenn's am Wochenende brummt, holst du eine deiner vielen Schwestern, die verkaufen dann mit. Bei uns« – er lächelt leise – »kann ja jeder alles verkaufen.«

»Wenn du dein Mädchen erst mal in meinen Klamotten siehst, kannst du nicht anders: Dann willst du es heiraten«, sagt Alis Kuru.

Die Weseler Straße in Duisburg ist wie eine kleine Schwester der Simmeringer Hauptstraße in Wien. Schnörkellos, gerade Strecke, beide Straßen haben ihren Sinn gefunden, einen sehr diesseitigen oder eher jenseitigen, je nachdem. In den Geschäften an der Simmeringer kann man Trauerkarten kaufen, Kränze und Gießkannen aus rostfreiem Metall; sie führt zum Zentralfriedhof. Dort riecht es, wenn der Wind entsprechend steht, ein bisschen auch nach Krematorium. An der Weseler Straße riecht es nach großzügig parfümierten Bräuten und ein bisschen auch nach dem Qualm der Stresszigaretten der dazugehörigen Männer. Vor dem Fotostudio, Hausnummer 35, steht Seyfiali Yilmaz, daneben seine Braut Reyhan, gerade haben sie die Hochzeitsbilder machen lassen. Sie wohnen in Hagen, in der Dickenbruchstraße, die Adresse klingt wie ein absichtsvoll gesetzter Kontrast zu ihrer Erscheinung. Er: ein zierlicher Tänzer, der dünne Bart rahmt das Jungsgesicht. Sie: eine Elfe, das weiße Brautkleid bauscht in Wellen an ihr herab. Der Bräutigam raucht und schlägt die Asche zur Straße hin ab, die Braut kontrolliert mit Blicken, ob nicht trotzdem ein Funken Glut sich in ihrem Kleid einnistet.

Reyhans Kleid ist von Hatice, ein paar Meter weiter, Weseler/Ecke Kaiser-Wilhelm-Straße, es gibt drei große Spiegel in diesem Laden und eine Bühne. Väter, Brüder, Onkel sitzen auf bequemen Sesseln und trinken Tee, irgendwann wird dann die Braut in ihrem maßgeschneiderten Kleid auf die Bühne geführt. Das ist der Augenblick, in dem die in der Regel schnauzbartgeschmückten Münder der Väter, Brüder, Onkel über dem Rand des Teeglases zur Ruhe kommen, für einen Moment gespannter Andacht.

Dass eine Frau an keinem Tag ihres Lebens schöner ist als am Tag ihrer Hochzeit, daran besteht für Reyhan kein Zweifel. »Sieht schon irre aus«, sagt sie, während sie sich im Fensterglas des Fotoladens zu spiegeln versucht. Der Bräutigam grinst, wie ein Junge grinst, der die Braut auch schon ohne Kleid gesehen hat. Die beiden warten auf ein Auto, das sie zum Festsaal bringt, in wenigen Stunden geht es los. Seyfiali Yilmaz sagt: »Die Rückbank ist reserviert für die Braut, also für das Kleid.« Er raucht. Sie lacht. Seine Hand sucht ihre Hand. Ihre Hand ist allerdings damit beschäftigt, den Stoff des Kleides zu streicheln. Dann kommt das Auto, und als der Bräutigam und ein paar andere Männer versuchen, die Braut in den Wagen zu verfrachten, sieht es aus, als wollten sie einen Wasserfall in einem Koffer verstauen.

Braut-Schaulaufen auf der Weseler Straße: Naz Celik, Nuran Albas, Bana Öztürk
und als Letzte: Brautmoden-Designerin und Ladeninhaberin Hatice Kök.

Die Weseler Straße ist vielleicht ein Wunder, auf jeden Fall ist sie ein Weg. Sie stellt eine Verbindung her. Das ist das Wesen von Straßen.

»Haben Sie gesehen? Dieses Glück!«, sagt Ali-Riza Özman, dem das Studio gehört. Sein Geschäft, Foto Özman, ist der Ort, an dem das Glück konserviert wird, digitalisiert, auf Einladungskarten gedruckt, auf Leinwand gezogen. Ali-Riza Özman ist seit zwanzig Jahren in Duisburg, seit zehn Jahren an der Weseler Straße, da war die Straße schon die Brautmeile, so stand es in der Zeitung, und so erzählten es die anderen Deutschtürken in Marxloh. Komm doch auch, sagten sie, lohnt sich. Und Özman zog her mit seinem Laden, er ist Teil eines kleinen Wirtschaftswunders geworden, das sich ereignet hat in einem Stadtteil, der mit einem Wunder gar nicht mehr rechnete. Inzwischen steht kein Geschäft mehr leer, wer heiraten will, kommt nach Marxloh, aus Holland und Belgien, sogar aus Frankreich. Samstags herrscht ein Gedränge wie im Herbst auf der Kirmes. Ali-Riza Özman führt auch Traubonbons mit Mandeln.

Die Brautmeile? »Wie sagt ihr dazu, wenn alle über was reden?«, fragt Özman, und ein Mitarbeiter an einem der Computer brummt ungefragt die Antwort rüber: Kult. Das Wort lässt Özman dann so stehen.

Die besten Fotos stellt er ins Schaufenster oder veröffentlicht sie auf seiner Website. Den Männern steht das Glück des Augenblicks nicht so sehr ins Gesicht geschrieben wie den Frauen, die zu den Männern aufschauen, das Verhältnis der Geschlechter zeigt sich auf jedem dieser Bilder. Früher sahen auch Hochzeitsfotos deutscher Paare so aus. Özman findet, dass das anders geworden ist, »sie schauen immer sehr konzentriert, auch in so schönen Momenten«. Kein Vorwurf an die Deutschen. Es ist, wie es ist. Manchmal kommen auch »Grieche, Italiaaner, Nederlands« zu ihm, um sich fotografieren zu lassen. Deutsche praktisch nie.

Die Weseler Straße war verloren, die Türken und die Deutschtürken haben sie gerettet. Eine gute Idee traf eine günstige Gelegenheit. Die Straße lebt jetzt wieder. Sie wird bevölkert von Müttern, Vätern, Töchtern, Söhnen, Kindern, Enkeln, die für eine Hochzeit eingekleidet, frisiert, mit Gold bestäubt, fotografiert werden müssen. »Wenn die Deutschen sagen, wir heiraten, dann kommen die Schwiegereltern, man geht in die Kirche, und das war es«, sagt Alis Kuru. »Bei der türkischen Hochzeit kommen Hunderte. Man trifft sich zu guten und schlechten Zeiten, bei Hochzeiten und Beerdigungen. Trauer und Freude, das ist bei uns ausgeprägter.« Die türkische Großfamilie sorgt dafür, dass die Weseler Straße wieder lebt. Die türkische Großfamilie erregt allerdings Argwohn bei den Deutschen, die inzwischen – freiwillig oder gezwungenermaßen – einen Hang zur Kleinfamilie entwickelt haben, oft besteht sie nur aus einem einzigen Menschen. Das Wunder von der Weseler Straße zeigt, dass Türken mehr können als Kebab. Es beweist gleichzeitig, dass sie oft ganz gern unter sich bleiben. Auf der Weseler Straße beschwört man den Zauber der Heirat. Das Verhängnis der Zwangsheirat ist ein Thema, das jeder lieber überhört.

»Zwangsheirat?«, fragt Ali-Reza Özman, dessen Deutsch brüchiger wird, wenn die Stimmung danach ist.

Die Weseler Straße sei die romantischste Straße Europas, heißt es. Ein Reklamespruch. Marxloh ist längst eine Region geworden, deren Vorzüge von kreativen Werbern ins Licht gestellt werden. Es gelten, auch in Marxloh, die Gesetze der Mediengesellschaft, Regel eins: Nichts geschieht einfach so.

Aber einer wie Alis Kuru spricht nicht von Romantik, er sagt, dass der Konkurrenz- kampf natürlich härter geworden ist, jetzt, wo es so viele Geschäfte gibt. »Man muss knapp kalkulieren, um – sag ich mal – am Markt was wegzuziehen.«

Die Fassaden der Geschäfte an der Weseler Straße sind manchmal schäbig, die Namen auf den Leuchttafeln sind immer strahlend. Duett Brautmoden, Prestij-Festmoden, Elizi & Poem, Sultan's Mode, der Apostroph ist natürlich falsch, dafür hat er die Form eines roten Herzens. Zwischen den Modeläden: Handyshops und die Sport-Laola-Spielhalle, aus der einer der wenigen Deutschen kommt an diesem Tag. Er taumelt, in der Hand hält er ein Flaschenbier der Marke Landfürst.

Die Weseler Straße war dabei, als das Ruhrgebiet Kulturhauptstadt Europas war vor einem Jahr. Die A40 wurde für ein paar Stunden stillgelegt. Der Ruhrschnellweg wurde zu einem Ort der Begegnung. Die Marxloher schickten hundert Bräute zu diesem Happening, eine Marketingaktion für den Stadtteil und die Weseler Straße. Und sogar für ein bisschen mehr. Weil in der Eile keine hundert türkischen Bräute aufzutreiben waren, wurden auch deutsche Bräute ins Team aufgenommen.

Die Weseler Straße ist vielleicht ein Wunder, auf jeden Fall ist sie ein Weg. Sie stellt eine Verbindung her. Das ist das Wesen von Straßen.

Wir können auch anders

VON PETER MÜNCH **FOTO** JONAS OPPERSKALSKI
ILLUSTRATION CHRISTOPHER DELORENZO

Ein Mann liebt einen Mann, hat aber zwei Kinder mit einer Frau, die Frauen liebt. Sie bilden zusammen eine sehr spezielle Familie – und finden sich selbst allen Ernstes spießig.

Die »befreite Familie« (von links): Tochter Mika (geboren 2006), Eliya Ben-Shushan,
Partner von Vater Omri Astel, Sohn Yanai (geboren 2011) und Mutter Tali Kark.

H O-M-E. Vier hölzerne Würfel stehen auf der Anrichte in der Küche, auf jeder Seite ein Buchstabe. »Wenn man die Würfel rumdreht«, sagt Omri Astel, »dann steht da L-O-V-E.« Und das ist auch schon fast die ganze Geschichte.

In diesem Haus in Tel Aviv wohnt und lebt und liebt die Familie Astel-Kark. Familienfotos schmücken die Wände, vor dem Familiensofa streckt sich Chupa aus, der Familienhund. Der sechsjährige Yanai spielt versunken in einer Wohnzimmerecke, er hat sich ein Büro eingerichtet mit Schreibmaschine und Spielzeugtelefon. Mika, die Elfjährige, die von der Mutter die Locken und vom Vater das Lächeln hat, liegt im Kinderzimmer auf ihrem Hochbett. Über dem Bett hängt ein Bild, daneben hat Mika eine Erklärung an die Wand geschrieben, eine Liebeserklärung: »Das sind meine Eltern, und es gibt kein Paar wie sie auf der ganzen Welt.«

Die Eltern, das sind: Tali Kark, Mitte vierzig, Schauspielerin an einem Tel Aviver Theater, eine Frau von mitreißender Lebensfreude. Omri Astel, ebenfalls Mitte vierzig, Chef einer PR-Agentur, klar und kreativ. Und dann gehört dazu noch Eliya Ben-Shushan, Ende dreißig, Tourismusmanager, ein Mann von wunderbar ruhigem Wesen. Er ist der Partner von Omri. In dieser Familie, in diesem Heim gibt es ein Elternpaar und ein Liebespaar, nebeneinander und miteinander. Tali als lesbische Mutter. Omri als schwuler Vater. Eliya als Omris große Liebe. Seit sieben Jahren sind die beiden zusammen. »Seitdem gehört er zu uns«, sagt Tali, die bis vor einem Jahr ebenfalls in einer festen Beziehung lebte. Fragt man Omri und Tali nach ihrem Status, sagen sie: »Eltern, Partner, beste Freunde.« Alle zusammen sehen sie sich als »befreite Familie«.

So hat das vor ein paar Jahren mal ein kleiner, kluger Junge genannt, ein Freund von Mika. Für die Erwachsenen muss man da vielleicht eher ein Organigramm aufzeichnen - wer mit wem und warum. Kompliziert. Und trotzdem, Omri sagt, »ich mag es, wie normal unser Modell für unsere Kinder ist. Mika und Yanai wachsen auf in dem Wissen, dass alles möglich ist.«

Tel Aviv ist dafür genau der richtige Ort. Die Stadt definiert sich als pinkfarbenes Paradies, sie zeigt das mit schrillen Paraden, aber auch durch die lässige Selbstverständlichkeit, mit der schwule und lesbische Paare ihre Kinderwagen über den Rothschild Boulevard schieben. »Allein in unserem Wohnblock sind fünfzig Prozent der Paare schwul, viele davon mit Kindern«, sagt Omri. »Für die sind wir fast schon wie eine Hetero-Familie: total langweilig«, meint Tali.

Sie lieben und kultivieren das: ungewöhnlich zu sein und dabei ganz gewöhnlich. Bis dahin aber war es ein langer Weg. Am Anfang des Weges war Omri verlobt mit einer Engländerin und kurz davor, mit ihr eine Familie zu gründen. »Ich war 23 Jahre alt, ich hatte eine Vision davon, wie ich leben wollte, aber die Liebe war unvollständig«, sagt er. Es war die Zeit, als er sich eingestand, dass er Männer liebte.

Er löste die Verlobung, behielt aber seine Vision: »Für mich war immer klar, dass ich eine Familie und Kinder haben wollte.« Ein paar Jahre hat er gekämpft - mit dem Coming-out, seiner neuen Identität, den Möglichkeiten und Modellen für sein Leben. »Nichts, was ich gesehen habe, passte zu mir«, sagt er. Dann setzte er sich hin und verfasste ein Manifest.

Es folgte zwei Leitsätzen: »Keine Lügen mehr, auch nicht mir selbst gegenüber«, lautet der eine. »Ich will nichts verpassen, was ich wirklich will«, heißt der andere. Mit diesen Prinzipien im Kopf schrieb er auf, wie er sich sein Leben vorstellt - mit einem Mann an seiner Seite, mit Kindern und mit einer Frau, die als Mutter mit ihm zusammen diese Kinder großzieht.

Er stellte das Manifest in ein Familienforum im Internet. Die ersten Reaktionen kamen prompt, und sie waren deutlich: »Das geht so nicht«, schrieb einer. »Du lebst in einer Traumwelt«, ein anderer. Ein Dritter erklärte: »Niemand wird das akzeptieren.« Manche mutmaßten, er sei nicht richtig schwul, sonst würde er keine Frau in seinem Leben wollen.

Tali lebte zu der Zeit mit einer Partnerin zusammen, die geschieden war und vier Kinder hatte. Zuvor hatte Tali einige Beziehungen mit Männern gehabt. »Ich hatte Freunde, die ich wirklich geliebt habe«, sagt sie, »ich liebe es zu lieben.« Mit 24 verliebte sie sich erstmals in eine Frau. »Danach habe ich das mit den Männern gelassen.«

»Allein in unserem Wohnblock sind fünfzig Prozent der Paare schwul, viele davon mit Kindern«, sagt Omri. »Für die sind wir fast schon wie eine Hetero-Familie: total langweilig«, meint Tali.

Auch Tali spricht von einer »Vision«, die sie immer hatte: »Ich habe mein Elternhaus gesehen, davor eine Decke mit einem Kind darauf und im Hintergrund einen Mann.« Dieser Mann, das war klar, sollte der Vater ihrer Kinder sein und er sollte mit im Bild bleiben. »Ich habe immer gedacht, es muss jemanden wie mich auf der Männer-Seite geben«, sagt sie.

Auf der Suche nach einem Vater für ihre Wunschkinder fing sie an, sich mit schwulen Männern zu treffen, aber die fand sie alle »irgendwie seltsam«. Dann stieß sie auf Omris Manifest. Das stand inzwischen seit einem Jahr online. Omri hatte seine Idee innerlich schon aufgegeben, als er eine E-Mail von Tali bekam. Noch am selben Tag trafen sie sich. »Wir haben uns gesehen und uns umarmt«, sagt Tali. Auch Omri erinnert sich genau an diesen magischen ersten Moment, »wie in Zeitlupe« sieht er Tali auf sich zukommen. »Das war wohl Liebe auf den ersten Blick«, meint sie.

Für den zweiten Blick fuhren sie zusammen in die Wüste, eine Woche lang, zum Kennenlernen. Aus dieser Woche stammt ein Foto, das in der Küche steht, direkt unter dem hingewürfelten »HOME«: zwei Teetassen mit zwei Teebeuteln, deren Schnüre miteinander verknotet sind. So haben sie damals ihre beiden Leben miteinander verbunden. Rund um die Uhr redeten sie, immer

ging es nur um eins: Familienplanung. »Gleich am ersten Tag haben wir darüber gesprochen, wie wir unsere Kinder nennen wollen«, sagt Tali.

Dann ging alles schnell: Nach zwei Monaten zogen sie zusammen. Kauften ein Haus in Jawne, einem Städtchen südlich von Tel Aviv. Jeder hat sein eigenes Stockwerk, jeder eigene Partner, aber ihre Familienvision hatten sie gemeinsam. In diesem Haus kam Mika zur Welt. Nach ein paar Jahren in der Provinz zogen sie nach Tel Aviv, vorübergehend in getrennte Wohnungen. »Das war eine Zeit, in der jeder von uns Platz brauchte für sein eigenes Leben«, sagt Omri. »Ich bin ein Partner, aber auch ein Individuum«, sagt Tali. Ein Platz fürs eigene Ich – auch das gehört zur Freiheit in dieser Familie. »Viele unserer Hetero-Freunde beneiden uns, weil wir unsere eigenen Zimmer haben«, sagt Omri. »Aber es ist immer klar, dass die Familie die Top-Priorität bleibt.« Eine Zeit lang also lebten sie als Nachbarn und trotzdem weiter als Familie. In dieser Zeit wurde Yanai geboren.

Das ist ihr Leben der vergangenen Jahre im Zeitraffer. Omri und Tali erzählen es wie einen Film – fröhlich, eingespielt wie ein altes Ehepaar, immer mit verteilten Rollen.

Zum Beispiel die Sache mit dem Kinderkriegen. Omri: »Als wir Mika gemacht haben, war ich in meinem Zimmer und machte Liebe mit

Mann liebt Mann, Frau liebt Frauen, alle lieben ihre Kinder: ungewöhnlich und doch das Normalste der Welt.

meinem Computer, während Tali nebenan auf mich wartete.«

Tali: »Er kam an mit diesem Röhrchen voller Sperma. Wir lagen fast auf dem Boden vor Lachen.«

In Folge zwei, bei Yanai, war Eliya schon mit im Spiel.

Omri: »Das war das Lustigste überhaupt. Eliya und ich haben uns bei mir zu Hause geliebt. Dann musste ich raus auf die Straße und rüber zu Tali. Ich hab mich beeilt, weil ich nicht wusste, wie lange sich das hält.«

Tali: »Ich lag schon auf dem Bett bereit, da kam er angerannt und rief: Lieferservice!«

Beide Male klappte es sofort. Tali sagt: »Wir brauchen keinen Doktor und kein Labor.«

Nach Yanais Geburt zog die Familie wieder zusammen. Seither leben sie in dieser Wohnung mitten in Tel Aviv. Vom Wohnzimmer mit der offenen Küche aus zweigen die Schlafzimmer ab. Eins für Tali, eins für Omri und Eliya, eins für die Kinder. Eliya hat noch ein eigenes Apartment, doch meistens ist er hier. »Er ist der Glückspilz, er kann gehen, wenn es ihm mal zu viel wird«, sagt Omri. Eliya lächelt: »Aber ich bin auch ein Familienmensch.«

Daran allerdings hat er sich erst mal gewöhnen müssen. »Ich habe nicht gewusst, auf was ich mich da einlasse«, erzählt er. Es gab nicht wenige, die ihn damals vor diesem Abenteuer gewarnt haben. Doch er hat es angenommen – und wurde angenommen, sofort, stürmisch, herzlich. Auf dem Familiensofa sitzt Yanai auf seinem Schoß, Mika sitzt daneben und schmiegt den Lockenkopf an die Schultern ihres Vaters. Eliya war auch dabei, als Yanai auf die Welt kam, es war eine Hausgeburt. Und wenn Mika in der Schule eine Theateraufführung hat, dann gehen sie alle zusammen hin. »Die Kinder sind sehr stolz auf diese Familie«, sagt Eliya. Und das sagt auch er mit großem Stolz.

Der Alltag in dieser Familie ist wie überall. Arbeit, Schule, Hektik. Yanai vom Kindergarten abholen, Mika zur Flötenstunde bringen. Und so, wie andere Eltern darauf achten, als Liebespaar nicht unterzugehen im Familientrubel, so versuchen Tali und Omri, ihre Freundschaft zu pflegen. Wenn sie mal gemeinsam ausgehen am Wochenende, fragt Mika sie beim Rausgehen, was sie denn da so machen und ob sie sich am Ende auch küssen. Morgens dann kommen die Kinder oft zuerst zu Omri und Eliya ins Bett, anschließend ziehen sie weiter zu Tali.

Natürlich ist auch in dieser Familie manches heikel. Eifersucht ist ein Thema. Zwar nicht zwischen den Eltern, aber Omri hatte mal einen Partner, der eifersüchtig war – »er war nicht in der Lage, mein Leben voll zu akzeptieren, er wollte mich für sich allein.«

Tali hat Ähnliches erlebt. Jetzt ist sie wieder auf der Suche und merkt, dass es nicht leicht wird. Sie ist Mutter, sie ist Partnerin in einer Elternschaft, exklusiv ist sie nicht zu haben. »Weißt du, wo das zweite Date bei den Frauen stattfindet?«, fragt Omri. »Bei Ikea.« Tali lächelt, ein wenig gequält.

Als neulich die Stadt mal wieder beflaggt war mit den Regenbogenfahnen der Schwulenbewegung, da wollte Mika wissen, was es mit den bunten Farben auf sich hat. Tali erklärte ihr, dass die Farben Toleranz symbolisieren und Vielfalt. Und Mika sagte: »Dann steht jede Farbe für eine Möglichkeit, die anderen Menschen zu lieben.«

Zilla und Max

VON MAX KÜNG   **ILLUSTRATION** GEORGE BUTLER

Zwei Jahre lang nur Mails und Handy-Nachrichten. Dann stehen sie einander endlich gegenüber. Da ist es längst Liebe.

Der Mann ging zu einer Vernissage in einer Bar, die auch eine Galerie war. Die Mitbewohnerin des Mannes hatte ihn dort hinbestellt. Sie wollte ihm jemanden vorstellen, der gerade in der Stadt war: eine Frau, von der die Mitbewohnerin glaubte, sie könnte ihm gefallen, sie würde zu ihm passen, vielleicht. Für Frauen, die ihm vielleicht gefallen könnten, war er immer zu haben. Die Mitbewohnerin aber war dann verhindert, sie kam nicht. Niemand wurde dem Mann vorgestellt. Er trank allein ein Bier und ging nach Hause. Ein, zwei Tage versuchte er sich vorzustellen, wie sie wohl ausgesehen hätte, bald aber dachte er nicht mehr an sie. Das Leben ging weiter.

Eine Weile später stolperte er über einen seltenen Vornamen. Ihren Vornamen. In einer E-Mail, die eine Einladung war für eine Vernissage. Er schrieb ihr eine Mail, fragte sie, ob sie sie sei. Sie schrieb zurück: Ja, sie sei die, die er meine, die Bekannte seiner Mitbewohnerin. Er schrieb ihr erneut. Sie antwortete. Er fand, sie hatte einen guten Humor. Er fand, sie schrieb sehr schön. So ging es hin und her. Irgendwann fingen sie an zu chatten. Er schrieb ihr auch Briefe. Sie ihm ebenfalls. Er schickte ihr selbstgebrannte CDs mit seiner Lieblingsmusik und gab sich sehr viel Mühe bei der Gestaltung der Covers. Sie schickte ihm Zeichnungen von Haustieren, die sie nicht hatte. Er war viel unterwegs, und überall sah er Dinge, die er ihr schenken wollte: Er kaufte Turnschuhe in Tokio und brachte das Paket zur Post. In Chicago bei einem Juwelier zwei Ringe aus Silber mit jeweils einem Namen: ihrem, seinem. Er schickte ihr den Ring, der seinen Namen trug. Sie streifte ihn manchmal über den Finger, heimlich. Sie war in einer festen Beziehung, seit Jahren. Es war kompliziert. Sie lebte in Berlin. Er in Basel. Er trug den Ring mit ihrem Namen ständig. Wenn jemand fragte, was dieser Name auf seinem Ring bedeutete, dann sagte er: Das ist der Name meiner Frau. Er fand, das klang gut: meine Frau.

Nie sahen sie sich. Nie hörten sie ihre Stimmen. Irgendwann tauschten sie ihre Handynummern und fingen an, sich SMS zu schreiben, in einem Monat 848 Stück.

Sie gingen ins Kino. Sie in Berlin, er in Basel. Sie gingen in denselben Film. Der Film im Kino in Berlin fing eine Viertelstunde früher an. Sie sahen den Film und schrieben sich SMS. »Achtung, das rote Auto kracht gleich in die Gemüseauslage eines Ladens!«

Einmal rief sie ihn an. Sie sagte nichts. Er sagte nichts. Er hörte, dass sie irgendwo draußen war, er hörte Vögel zwitschern. Er wollte etwas sagen. Sie wollte etwas sagen. Beide wussten nicht, was sie sagen sollten. Also schwiegen sie. Es genügte.

So ging es zwei Jahre. Briefe. Pakete. SMS. Dann hatte der Mann in Berlin zu tun. Er nahm ein Hotelzimmer am Alexanderplatz, mit Blick auf den Fernsehturm. Er schickte ihr eine SMS, nur mit der Zimmernummer: »2310«. Eine halbe Stunde später klopfte es an der Tür. Er öffnete. Da stand sie. Was sollten sie tun? Sie schwiegen, hielten sich an den Händen, mehr nicht. Er roch ihr Parfum. Er hörte ihren Atem. Sie waren wie gelähmt. Irgendwann sagte er: »Bitte geh wieder. Wir fangen noch mal an.« Sie ging aus dem Zimmer. Er schloss die Tür. Sie wartete einen Moment, vielleicht eine Minute. Eine Minute ist eine lange Zeit, manchmal. Dann klopfte sie, es klang genau wie zuvor. Er öffnete die Tür. »Komm herein«, sagte er. Sie betrat das Zimmer, dann küssten sie sich.

Das war vor mehr als eineinhalb Jahrzehnten. Heute haben die beiden zwei Kinder und sie sind glücklich. Der Mann bin ich. Die Frau ist meine Frau.

Aber sicher, Schatz, das steht dir ausgezeichr ... chr ... chr ...

VON PETER PRASCHL   **FOTOS** CHRISTIAN LESEMANN

Die Läden unserer Innenstädte sind bevölkert von einer ziemlich müden Spezies: Männer, die ihre Frauen beim Shopping begleiten.

Einfach in der Zwischenzeit einen Kaffee trinken gehen, wäre taktlos.
Aber während der Anprobe warten ist ..., nun ja, sagen wir so: Es macht nicht gerade wacher.

Doch, Schatz, das erste hat mir gut gefallen. Wie, das zweite magst Du lieber? Ja, doch, das hat mir auch gefallen.
Und was ich von dem dritten halte? Öh, sicher, auch total gut, doch, doch.

Warum dauert das so lange?
Hat sie nicht gesagt,
dass sie nur mal gucken will?
Nur eine Hose braucht?

Er könnte anderen Frauen auf die Figur schauen, ohne Ärger zu bekommen. Oder seiner eigenen Frau, aus ein paar Metern Entfernung, als sähe er sie zum allerersten Mal. Und denken: Die würde ich gern kennenlernen. Er könnte von den Verkäuferinnen etwas für sein eigenes Leben lernen. Wie vorbildlich sie es schaffen, einer Kundin zu sagen, dass sie vielleicht ein anderes Top in Erwägung ziehen sollte, eines, das besser fällt. So also spricht man unangenehme Wahrheiten aus, ohne verletzend zu werden. Er könnte sich auch ein Tuch schnappen, wenn seine Frau es gerade nicht merkt, um es sich an der Kasse als Geschenk einpacken zu lassen. Für sie. Weil es so schön ist, mit ihr ein Paar zu sein. Macht er aber nicht. Sondern sitzt da wie ausgesetzt und langweilt sich. Warum dauert das so lange? Hat sie nicht gesagt, dass sie nur mal gucken will? Nur eine Hose braucht? Um dann in Begeisterung auszubrechen, weil sie genau solche Schuhe schon ewig gesucht hat. Wer sucht denn bitte ewig Schuhe? Jetzt wartet er. Während sie mit sieben Teilen (mehr durfte sie glücklicherweise nicht) in der Kabine ist. An einem kostbaren Samstagnachmittag. Fischt sein Handy raus (Superhandy, er hat ewig gesucht) und macht die Angry Birds an. Bringt aber auch keinen Spaß. Weil es ja nur eine Ablenkung von der Demütigung ist, dass er warten muss. Er ist nun einmal nicht Warter, sondern Macher. Was sie weiß. Es könnte noch so gut werden an diesem kostbaren Samstagnachmittag. Er müsste bloß anders sein, als er ist. Sie fragen, ob sie vielleicht noch anderswo nach Hosen schauen will. Sie würde sich freuen wie schon lange nicht. Weil er so an ihrem Leben teilnimmt. Später können wir eine Kleinigkeit essen, könnte er sagen. Und dass sie ihm zu Hause unbedingt gleich vorführen muss, wie sie in ihren neuen Klamotten aussieht. Sicher toll. Könnte er alles tun. Er tut es aber nicht. Weil er ein Mann ist. Was für ein Depp.

Bleibt alles anders

VON GRETA TAUBERT   **ILLUSTRATION** RYAN TODD   **FOTO** KATHRIN HARMS

Die Amerikanerin Rose Franko liebte ihr Leben lang Frauen. Das änderte sich erst, als ihre Partnerin zu einem Mann wurde. Die Geschichte einer Liebe, die in keine Schublade passt.

Lesbisch? Hetero? Bi? Keine der üblichen Zuschreibungen passt zu Rose Franko.
»Ich bin US-Marine«, sagt sie. Das genüge ihr.

Penisse waren Rose Franko ihr ganzes Leben lang egal. Seltsame Organe zwischen Männerbeinen waren das für sie, mehr nicht. Die Amerikanerin ist lesbisch, seit sie denken kann. Noch nie hatte sie einen Mann – nicht zum Leben, nicht zum Lieben, und schon gar nicht zum Sex. Und nun, mit Mitte siebzig, sitzt sie plötzlich in einer Stadtwohnung in Belgrad, krallt ihre rosarot lackierten Fingernägel nervös in die Lehnen ihres Sessels, und kann an nichts anderes denken als einen Penis. Er gehört der Liebe ihres Lebens. Aber erst seit einigen Tagen.

»Sie hat gesagt, dass sie als Mann beerdigt werden will«, erzählt Rose. »Falls irgendetwas schiefgehen sollte.« Im Badezimmer der muffigen Wohnung steht Arleen, die Frau, mit der sie seit dreißig Jahren zusammen ist. Das heißt, eigentlich steht dort Arlen, der Mann, mit dem sie für den Rest ihres Lebens zusammenbleiben will.

Hinter der verschlossenen Badezimmertür überprüft ein serbischer Arzt die Wunden Arlens. Das Paar hat die Reise von Florida nach Belgrad angetreten, neuntausend Kilometer weit, damit sich Arleen der Operation unterziehen kann, von der sie so lang träumt. In den USA hat sie bereits ihre Brüste verkleinern lassen, die inneren weiblichen Organe entfernen, sich Hormone verschreiben lassen. Es fehlte nur dieses letzte, kleine Stück Männlichkeit untenrum. Den Traum hat sich Arleen in Belgrad erfüllt. Nun nennt er sich Arlen Jay, kurz: AJ.

Rose kümmert sich schon seit Tagen fürsorglich um ihren Freund und sein neues Organ: waschen, desinfizieren, Katheter wechseln. Wie sich das für sie anfühlt, wo sie sich doch nie für Penisse interessiert hat? Für sie als gelernte Krankenschwester sei das Routine, sagt sie. Und mehr will sie zu dem neuen Ding an ihrem Liebsten auch nicht sagen. Was zähle, sei der Mensch drumrum.

Als sich die Badezimmertür öffnet, hört man bereits AJs raues Lachen. Das Testosteron hat seine Stimme verändert. Sein Gesicht ist jetzt viel kantiger als früher, ihm wachsen dichte Haare auf der Brust, er trägt einen grauen Bart. Und Rose? Kann sie nun einen Mann lieben, wo sie sich doch nur für Frauen interessiert? Rose antwortet nicht, sondern legt den Kopf an die Brust ihres Lebensgefährten und lächelt. Seine Brusthaare kitzeln ihre Wange. Sie seufzt. »Ich mag das Gefühl«, sagt sie. Arlen grinst und erzählt, dass er am Anfang Angst hatte, sie ihr zu zeigen.

Doch Rose hat bemerkt, dass sie vieles mag an Männerkörpern. »Einen schönen Mann gucke ich mir lieber an als eine hässliche Frau«, sagt sie. Im gemeinsamen Apartment am Strand von Florida verbringen die beiden fast jeden Tag am Pool. Es ist eine körperliche Gesellschaft, in der man auf Schönheit bedacht ist. Arlen, der sich jahrzehntelang als Mann in einem falschen Körper fühlte, machte jede Alterungserscheinung zu schaffen. »Alles hängt und ist verrunzelt, ich konnte mich gar nicht mehr selbst angucken«, sagt er. Heute sieht er für sein Alter sehr muskulös aus. Man sieht ihm sein Training an.

Im Schlafzimmer stehen die Reisekoffer der beiden. Zwei Überseekoffer für Rose, zwei kleine Trollys für Arlen. Sie wollen sich umziehen für ein Essen mit den serbischen Ärzten, um die gelungene Operation zu feiern. Rose zieht drei Jacken aus dem Klamottenstapel und steht unschlüssig davor. Arlen sieht ihr zu. »Sie nimmt immer zu viel mit«, stichelt er, ganz wie ein Klischee-Ehemann, ein Klischee-Hetero-Ehemann, »und dann kauft sie sich trotzdem noch was Neues nach.« Rose spielt kurz die empörte Hetero-Ehefrau, dann gehen die beiden Arm in Arm auf die Straßen Belgrads.

Obwohl Geschlechtsumwandlungen in Belgrad vergleichsweise günstig sind und viele Europäer und Amerikaner den Eingriff hier vornehmen lassen, sind Homo- und Transsexualität in Serbien ein Tabu. Auf den Straßen von Belgrad gibt es keine sich küssenden lesbischen Paare, die Bars für Homosexuelle sind in keiner Karte eingezeichnet, und die Schwulenparade endete 2010 nach einem Überfall durch Hooligans mit vielen Verletzten. Seitdem ist die Parade verboten. Unvorstellbar für zwei Lesben, Hand in Hand durch die Straßen zu gehen. »Aber jetzt ist das ja kein Problem mehr«, sagt Rose und hakt sich unter. »Wir sind jetzt normal.«

So normal, dass sie nun in den Lesbenbars in den USA schief angeschaut werden. Man dreht sich um nach ihnen und die Frage steht im Raum: Was habt ihr hier zu suchen? Einmal musste AJ sogar seinen Ausweis herausziehen, um einer lesbischen Stammtischrunde zu beweisen, dass er als Frau geboren wurde. Rose mag das. Ihr war das Etikett »Lesbe« immer zuwider. »Ich mag den Ausdruck nicht und ich mag diese ganze Welt nicht.«

30 Jahre legte Rose Franko ihren Kopf auf die Schulter der Frau,
die sie liebte. Nun gehört die Schulter einem Mann.

Rose hat als 18-jährige Puerto Ricanerin bei der Navy angeheuert, erst bei der Armee hat sie Englisch gelernt, und sich dann zum Offizier hochgearbeitet. Sie hat Truppen in Lateinamerika befehligt und schließlich ist sie sogar im Pentagon gelandet. Dass sie Frauen liebt, hat sie jahrzehntelang verheimlicht. »Ich wäre unehrenhaft entlassen worden«, erzählt sie. »Einmal Marine, immer Marine.« Zu Hause in ihrer Wohnung hat sie eine ganze Wand voller Fotos. Sie zeigen eine stolze junge Frau in weißer Garde-Uniform mit Orden am Revers, in Grün mit einem Sportlerpokal in der Hand oder in Blau mit weißen Handschuhen und Hut.

Als Rose nach 23 Jahren bei der Marine in Rente geht, kehrt sie zurück in ihre Heimat Puerto Rico. Und sie trifft dort Arleen, die sie schon aus frühester Kindheit kennt: Arleen und Rose sind Cousinen. »Meine damalige Partnerin war auch mit AJ befreundet. Wir haben uns oft gesehen«, erzählt Rose. In den Achtzigerjahren stirbt ihre langjährige Partnerin überraschend an einem Herzinfarkt. »Und dann war AJ einfach da«, sagt sie. Arleen hilft ihr mit der Beerdigung und mit ihrer Trauer. Irgendwann verlieben sich die beiden. »Es war an einem Abend, als ich mich verabschieden wollte«, sagt AJ. »Statt ihr wie sonst einen Abschiedskuss auf die Wange zu geben, bin ich abgerutscht und auf ihren Lippen gelandet. Ich wollte mich entschuldigen und

war ganz verlegen, aber Rose sagte nur: Das ist völlig okay!« Von da an gab es so lange weiter Abschiedsküsse, bis es keine Abschiede mehr gab.

Zwei Monate später standen die zwei in weißen Hosenanzügen in einer Gay Church in New York und ließen sich zu Frau und Frau erklären. Damals war das noch nicht offiziell erlaubt, aber das machte nichts – AJ verstand sich selbst ja sowieso nie als homosexuell, sondern als Mann in einem Frauenkörper. Vor einem Jahr haben die beiden noch einmal offiziell geheiratet, diesmal als Mann und Frau.

Im Restaurant in Belgrads Villenviertel hilft Arlen seiner Frau aus dem Mantel – und ist dann plötzlich verschwunden. Rose sieht sich um. Er steht nicht bei den Ärzten aus der Privatklinik und auch nicht am Tresen bei den Kellnern. Sie sucht ihn, geht zur Toilette, aber niemand ist dort.

Als Arlen endlich auftaucht, fragt sie ihn:
»Wo warst du denn, um Himmels willen?«
»Mir die Hände waschen«, antwortet AJ.
»Aber da war ich doch gucken.«
»Auf dem Herrenklo?«
Es ist schwierig, sich daran zu gewöhnen, dass der Partner plötzlich die Männertoilette aufsucht – nach so vielen Jahren.

Die beiden brechen in schallendes Gelächter aus. »Sie ist das Beste, dass mir je passiert ist«, sagt Rose. »Er ist das Beste«, korrigiert AJ. »Er!«

Building A Bridge To Your Heart

PROTOKOLLE SUSANNE SCHNEIDER, JOSEF WIRNSHOFER
ILLUSTRATION CHRISTOPHER DELORENZO **FOTO** EVELYN DRAGAN

Woran machen wir unsere Liebe fest? Millionen Paare auf der Welt finden: an einem Brückengeländer. Die Liebesschlösser beschäftigen inzwischen eine ganze Industrie, die Bürokratie – und die Theologie. Stimmen zum Eisernen Steg in Frankfurt.

Mancher Prinz verspricht seiner Prinzessin ein Schloss. Schön, wenn er sein Versprechen hält.

LIEBESSCHLOSS24.DE, NACH SELBSTAUS-
KUNFT »158 721 ZUFRIEDENE KUNDEN«,
ÜBER DEN EISERNEN STEG IN FRANK-
FURT Brücke mit attraktiven Stahlauf-
bauten und wunderschönem Blick auf Frankfurt.
Offiziell für Liebesschlösser zugelassen. Nur we-
nige Gehminuten vom Stadtzentrum entfernt.
Barrierefreie Aufgänge.

**LILLY LÖWEN, JAHRGANG 1988, VERWALTUNGS-
ANGESTELLTE, FRANKFURT** Wir haben das Schloss
zu unserem einjährigen Jubiläum am 7. September
2014 aufgehängt. Ich hatte es heimlich gekauft. Wir
waren beim Abendessen und sind anschließend
zum Eisernen Steg spaziert. Ich habe zu Christopher gesagt: »Guck mal, wie schön die Aussicht ist.«
Dann habe ich das Schloss aus der Tasche gezogen.
Er war sehr überrascht. Wir haben es gemeinsam
aufgehängt, an der Stelle, wo wir bei unserem ersten Date die ersten Fotos gemacht hatten. Das ist
ein besonderer Platz für uns. Danach haben wir den
Schlüssel ins Wasser geworfen.

**CHRISTOPHER GRASSMANN, JAHRGANG 1988,
MECHATRONIKER, OFFENBACH** Mich hat das sehr
berührt. Ein Schloss ist ja für die Ewigkeit. Dass Lilly
mir das geschenkt hat, war etwas ganz Besonderes.

LILLY LÖWEN Wir sind zum dritten Mal hier, auch
wenn heute nicht unser Jahrestag ist. Aber mir ist
es wichtig, sich noch mal an die schönen Momente
zu erinnern. Leider haben wir unser Schloss nur
einmal wiedergefunden, einige Monate nachdem
wir es aufgehängt hatten. Seitdem nicht mehr. Es
hängen zu viele dort.

**TILO HEILMANN, VERKÄUFER IM »FRANKFURTER
SCHLÜSSELDIENST JOSEPH BECKER«** Ich schätze,
es hängen zwanzigtausend Schlösser am Eisernen
Steg. Aber wer kann das schon zählen! Man hat nur
eine Chance, es wiederzufinden, wenn man sich
einen markanten Pfeiler sucht und sich die genaue
Zahl der Schritte merkt.

**ILONA NORD, PROFESSORIN FÜR EVANGELISCHE
THEOLOGIE UND RELIGIONSPÄDAGOGIK, UNIVER-
SITÄT WÜRZBURG** Es scheint für das Ritual wich-
tig zu sein, sein Liebesschloss an einer Stelle an-
zubringen, wo viele Schlösser hängen. Die Men-
schen suchen nach Orten, wo schon andere sich ihre
Liebe versprochen haben, um miteinander eine
Entscheidung zu teilen. Es hält dem reißenden
Strom der Modernisierung etwas entgegen, was

Festigkeit inszeniert. Ich beschäftige mich seit meiner Dissertation Mitte der Neunzigerjahre mit den
Themen Liebe und Trauung in der evangelischen
Sozialethik. Ungefähr im Jahr 2010 fiel mir auf: Es
gibt ja parallel zur Trauung auch ein Ritual ohne
institutionelle Anbindung, das offensichtlich mas-
senhaft gefeiert wird. Nicht nur von Paaren, auch
von Gruppen.

**NICHOLAS WARBURG, MITGLIED DER KÜNSTLER-
GRUPPE »FRANKFURTER HAUPTSCHULE«, DIE ZU
EINER AKTION GEGEN DIE LIEBESSCHLÖSSER AM
EISERNEN STEG AUFGERUFEN HAT** Uns nervt vor
allem die Vermassung dieser Symbolik. In seiner
Falschheit ist das Schloss vielleicht sogar ganz
passend, weil viele Beziehungen heute wie ein
Knast funktionieren, Leute ketten sich aneinander,
aus Konvention, aus Angst vor dem Alleinsein.

ILONA NORD In der Regel sind es normale Vorhän-
geschlösser, die junge Paare an ein Brückengeländer hängen. Als Entstehungsort dieses Rituals
kursieren mehrere Städte, zum Beispiel Rom. Das
lässt sich aber schwer prüfen. Ich glaube, dass es
an verschiedenen Orten entstanden ist. In Deutschland war die Hohenzollernbrücke in Köln wahrscheinlich die erste Brücke, an der Liebesschlösser
aufgehängt wurden. Dort lässt sich das ungefähr
seit 2008 beobachten. An dem Geländer hängen
mehr als vierzigtausend Stück. Inzwischen gibt es
Liebesschlösser in Russland, den USA, Korea, China, in vielen asiatischen Ländern. Ich meine sagen
zu können, dass das Phänomen in Afrika nicht so
verbreitet ist. In Tansania zum Beispiel habe ich
kein einziges Liebesschloss gesehen.

***DER TAGESSPIEGEL*, 16. OKTOBER 2011** In Venedig
und Berlin sind diese Liebesschlösser strikt verboten. In der italienischen Lagunenstadt führten sie
im vergangenen Monat zu heftigem Streit, weil seit
Neuestem das Wahrzeichen betroffen ist – die Ri-
alto-Brücke. Die Stadt reagierte: Schlösser wurden
entfernt, das erneute Aufhängen untersagt. Bis zu
dreitausend Euro Bußgeld blühen Liebespaaren,
die beim Missachten des Verbotes erwischt werden.

***SPIEGEL ONLINE*, 13. JUNI 2014** Unter der Last von
Tausenden »Liebesschlössern« ist vor knapp einer
Woche ein Geländerteil an der bekannten Pariser
Fußgängerbrücke Pont des Arts zusammengebro-
chen. Die Stadt musste zu drastischen Maßnahmen
greifen. Die Stadtverwaltung ließ am Donnerstag auf

Lilly Löwen und Christopher Graßmann finden ihr rotes Liebesschloss im Durcheinander am Eisernen Steg nicht mehr: Es gibt nur noch wenige Stellen, an denen keine Schlösser hängen.

der Pont des Arts und der Pont de l'Archevêché 37 Geländerstücke abmontieren, die mit jeweils einer halben Tonne Vorhängeschlössern behangen waren. **MICHAELA KRAFT, LEITERIN DES AMTES FÜR STRASSENBAU UND ERSCHLIESSUNG, FRANKFURT** Prinzipiell dulden wir Liebesschlösser. Aber wir haben natürlich die Unterhaltungspflicht für die 483 Brücken in der Stadt. Die Vorschrift DIN 1076 gibt vor, in welchen Abständen eine Brücke zu untersuchen ist. Sobald die Schlösser eine Gefahr darstellen – für die Brücke an sich oder weil Verletzungsgefahr für die Nutzer besteht –, muss die Behörde handeln. In dem Fall müssten unsere Techniker einzelne Schlösser abmontieren. Der Eiserne Steg ist eine sehr massive Brücke, bisher war sie nicht gefährdet. Gäbe es aber Verformungen am Geländer, müssten wir einschreiten.

LILLY LÖWEN Wir haben unsere Namen und den 7. September 2013 eingravieren lassen: das Datum, an dem Christopher und ich zusammengekommen sind. Ich habe mich für ein rotes Schloss mit ganz vielen Steinchen in Herzform entschieden. Rot ist die Farbe der Liebe, Blau wirkt kalt auf mich. Ich wollte kein Schloss wie alle anderen, sondern eines, das raussticht. Dafür habe ich gern mehr investiert.

CHRISTOPHER GRASSMANN Lilly hat meinen Geschmack getroffen. Unseren Geschmack.

TILO HEILMANN Bei uns kosten die kleinen Schlösser zehn Euro, für die Gravur kommen noch mal zehn dazu. Ein großes Schloss farbig zu gravieren, falls man zum Namen noch ein Herzchen oder ein Paar Ringe möchte, kostet 17,50 Euro, für die beidseitige Gravur kommen 14,50 Euro dazu. Es gibt auch herzförmige Schlösser, die kosten mit Gravur 25 Euro. Das Gravieren dauert in der Regel zwanzig Minuten. Touristen oder Reisende machen ungefähr sechzig Prozent der Liebesschloss-Kundschaft aus. Wahrscheinlich sehen sie die Liebesschlösser an der Brücke und fragen sich dann durch, wo es die gibt. Wir sind ja nur knapp dreihundert Meter vom Eisernen Steg entfernt. Wegen der Aussicht wurden auf der Brücke schon Hochzeitsfotos gemacht, lange bevor die Liebesschlösser aufkamen.

ANTON LUSKAN, GRÜNDER UND GESCHÄFTSFÜHRER DES ONLINE-ANBIETERS LIEBESSCHLOSS24.DE Ich habe 2016 eine Umfrage unter unseren Kunden gemacht, nach Bestellabschluss. Zweitausend Kunden haben bisher daran teilgenommen. Zwanzig Prozent davon bestellen ihr Schloss, weil sie verliebt sind und eine frische Beziehung führen. Die waren jeweils weniger als ein Jahr zusammen. 29 Prozent bestellen es zum Jahrestag, 16 Prozent zur Hochzeit – nicht unbedingt für sich selbst, auch für befreundete Hochzeitspaare. Zwölf Prozent bestellen ein Schloss zum Geburtstag, zwei Prozent zur

»Manchmal kommen drei, vier Leute in einer Woche, manchmal fünf am Tag. Rund um den Valentinstag sind es deutlich mehr als sonst.«

Verlobung, elf Prozent ohne Anlass, und acht Prozent nannten »Sonstiges«.

TILO HEILMANN Manchmal kommen drei, vier Leute in einer Woche, manchmal fünf am Tag. Rund um den Valentinstag sind es deutlich mehr als sonst. Obwohl wir Schlösser in vielen Farben anbieten, sind das goldene in Herzform oder rote Schlösser unsere Topseller. Komischerweise gehen auch schwarze ganz gut.

ILONA NORD Die Brücke ist seit der Antike ein Symbol für Verbindung. Man wirft auch den Schlüssel nicht einfach ins Wasser, sondern in hohem Bogen hinter sich, und malt damit eine Art Brücke in den Himmel. Das Schloss ist ebenfalls symbolisch aufgeladen, als Verschließen eines Schatzes. Vielleicht ist das Liebesschloss semantisch auch mit dem Märchenschloss verwandt: dass im Hintergrund eine märchenhafte Verbindung des Paares steht und man mit dem Schloss die Heimat, das Zuhause des Paares symbolisiert.

JÖRG PUSEMANN, WASSERBAUMEISTER IM AUSSEN-BEZIRK FRANKFURT DES WASSERSTRASSEN- UND SCHIFFFAHRTSAMTS ASCHAFFENBURG Am Eisernen Steg befinden sich beleuchtete Verkehrsschilder für die Berufsschifffahrt. Wenn wir dort zum Beispiel Lampen austauschen, behindern uns die Schlösser bei der Arbeit. Die Leute hängen diese Schlösser ja überallhin, an jede Öse, die sie finden.

Die Schlösser kommen in die Schrottkiste. Was sollen wir mit denen schon machen? Die sind kaputt, Schrott.

MICHAELA KRAFT Die Schlösser können Korrosionseffekte an den Geländern verursachen. An Brücken wie dem Holbeinsteg mit seinem Edelstahlgeländer mussten wir deshalb schon Liebesschlösser entfernen, ebenso an der Honsellbrücke. Korrosion bedeutet ja, dass das Bauwerk leidet. Es rostet. Sollten wir die Schlösser deswegen auch mal beim Eisernen Steg entfernen müssen, könnten Paare ihre Schlösser bei uns abholen. Aktuell stehen in den Büros drei Zehn-Liter-Eimer mit Schlössern, etwa 250 Stück. Wir haben keinen Grund, sie wegzuwerfen. Wir würden eher ein Kunstprojekt daraus machen, damit der Gedanke der Liebesschlösser weiterleben kann. Im vergangenen Jahr haben Unbekannte Schlösser am Eisernen Steg abgemacht, über eine Strecke von einigen Metern. Wir haben nicht herausgefunden, wer es war. Wir vom Amt waren es jedenfalls nicht.

NICHOLAS WARBURG Damit hatte unsere Gruppe leider nichts zu tun. Aber wir hatten ein paar Wochen davor zu einer anderen Aktion gegen die Liebesschlösser aufgerufen. Ursprünglich hatten wir überlegt, die Dinger in einer Nacht-und-Nebel-Aktion selbst abzumachen. Wir fanden aber die Idee schöner, die Bewohner aufzufordern, diese

Schlösser abzuschneiden und uns zu bringen. Jeder bekam einen Euro pro Schloss. Wir haben über Youtube und Facebook zu dieser Aktion aufgerufen. Die Grenze waren dreißig Schlösser pro Person. Insgesamt haben wir dreitausend Schlösser bekommen. Wir haben sie eingeschmolzen und daraus eine Badewanne in Originalgröße gegossen. Die Aktion hieß »Stahlbad ist 1 Fun«, ein abgewandeltes Zitat von Adorno und Horkheimer aus der *Dialektik der Aufklärung.* Unser Fun war, eine stählerne Badewanne in der Galerie »con[SPACE]« auszustellen, die mit Bier und Crémant gefüllt war. Die Besucher der Vernissage durften sich dann bedienen.

ILONA NORD Vielleicht erträgt die Welt weniger Liebe, als die Menschen es gern hätten. Diese Liebesschlösser haben schon auch eine zerstörerische Wirkung, allein wegen ihres Gewichts. Vielleicht könnte man das als einen Kontrapunkt zum Kitsch sehen. Irgendwann kann dieser Kitsch zu viel werden, dann stürzt das Ganze ein.

NICHOLAS WARBURG Uns nervt diese Verkitschung, mit der man uns im öffentlichen Raum behelligt. Unsere Aktion war ästhetische Notwehr und praktische Psychohygiene. Wir wurden ziemlich heftig angegriffen – als würden wir den Leuten ihre Liebe nicht gönnen oder irgendwas kaputt machen wollen. Doch das Ärgernis ging ja nicht von uns aus, sondern von den Paaren, die angefangen haben, den öffentlichen Raum zu verändern. Die ihre sehr dumm symbolisierten Vorstellungen dorthin getragen und ein normatives Zeichen gesetzt haben.

JÖRG PUSEMANN Die Schlüssel wandern stromabwärts. Werden sie in kleine Senken gespült, beginnen sie zu rosten und bilden große Klumpen. Wir nennen das Rostbrocken. Wenn die Leute weiter massenweise Schlüssel in den Main werfen, wird die große Frage sein, wie sich das auf die Ökologie und das Wasser auswirkt.

ILONA NORD In einem Ritus wird immer eine Raumtrennung vorgenommen. Hier ist der sichere, dort der unsichere Raum. Genau das geschieht in der Wahl der Brücke. Sie ist der sichere Ort über dem reißenden Fluss. Bei einem Ritual wird meistens das, was in der Intimität geschieht, öffentlich gefeiert. Die anderen sehen dadurch: Aha, die beiden gehören jetzt zusammen, die haben sich verbindlich versprochen. Und das ist an keine Religion gebunden.

LILLY LÖWEN Ich bin schon Ende zwanzig, irgendwann denkt man an Kinder. Aber erst mal wollen Christopher und ich unser Leben genießen.

CHRISTOPHER GRASSMANN Im Moment wohnen wir getrennt. Aber wir sind bereit, den nächsten Schritt zu gehen und zusammenzuziehen. Ich wünsche mir, dass unsere Beziehung so stark bleibt.

ILONA NORD Es gibt Paare, die ihr Schloss mit einem Bolzenschneider wieder absägen. Die meisten Schlösser aber bleiben hängen und werden bedeutungslos. In Hamburg gab es den Fall, dass ein Rechtsanwalt auf einer Brücke mit vielen Schlössern Werbung für seine Kanzlei und für Ehescheidungen gemacht hat.

Der Stoff, aus dem die Träume waren

VON FLORIAN ZINNECKER **FOTOS** HERCLAYHEART

Wenn eine Beziehung zerbricht, bleiben Wunden zurück – und im Schrank oft vom Ex-Partner ein Hemd, das nach der Zeit riecht, in der alles gut war. Für ein amerikanisches Kunstprojekt haben Frauen dieses Teil noch einmal angezogen.

»Für mich ist das Hemd der Beweis, dass mein Ex nie komplett aus meinem Leben verschwindet«,
sagte eine der Frauen des Fotoprojekts.

Manche der fotografierten Frauen hatten sich schon vor Jahren getrennt, andere erst ein paar Tage vor der Aufnahme.

Die Hemden sind Relikte von etwas, was weit weg liegt. Aber für den Moment des Fotos wirkt diese Ferne ganz nah. Alles ist wieder da, auch der letzte Rest Liebe.

Es begann damit, dass die Autorin Hanne Steen nach der Trennung nicht nur ihren Freund vermisste, sondern auch seine Hemden. Die waren, als die Beziehung noch glücklich war, immer ein Platzhalter für ihn gewesen: ein Stück Stoff, das sich gut anfühlte und roch wie das Fleckchen Haut hinter seinen Ohren; ein greifbarer Beweis dafür, dass es ihn in ihrem Leben gab, egal wo er sich in diesem Moment befand. Damit war es auch ein Art Pfand: Solange sie das Hemd hatte, würde er, um es anzuziehen, zwangsläufig zu ihr zurückkommen. Aber dann ging er – und nahm seine Hemden mit. Ihr blieb nur die Faszination für den Stoff, aus dem die Sehnsucht ist, und als sie im Bekanntenkreis davon erzählte, erfuhr sie: Fast alle Freundinnen hatten ein T-Shirt oder Hemd ihrer Ex-Partner behalten. Als Souvenir, Trophäe, Mahnung; ein Überbleibsel einer vergangenen Zeit, das man einfach nicht wegschmeißen will. Oder nicht loslassen kann.

Inzwischen haben Hanne Steen und ihre beste Freundin, die Fotografin Carla Richmond, unzählige Frauen für ihr Projekt »Lovers Shirts« porträtiert (herclayheart.com). Junge und ältere, frisch getrennte und seit Jahren allein lebende. Die Bilder, die dabei entstanden sind, zeigen große Verletzlichkeit: Frauen, die Hemden und T-Shirts ihrer Ex-Partner tragen, fotografiert in dem Augenblick, in dem sie sich selbst im Spiegel sehen. Und so unterschiedlich die Aufnahmen auch sind, der Ausdruck der Augen ist stets ähnlich: Ein Schatten des vergangenen Glücks liegt auf ihnen, eine Ahnung der alten Liebe – und die Gewissheit, dass sie nicht gereicht hat.

Man kann sich dem Zauber, der von den Hemden ausgeht, auch philosophisch nähern. Walter Benjamin hat einmal eine Handreichung darüber formuliert, wie sich Original und Kopie unterscheiden lassen. Er meinte: Das Original strahle, auch wenn man direkt davorsteht, immer einen Hauch von Ferne aus. Mit den T-Shirts und Hemden auf diesen Fotos ist es umgekehrt: Sie sind Relikte von etwas, was weit weg liegt. Aber für den Moment des Fotos wirkt diese Ferne ganz nah. Alles ist wieder da, auch der letzte Rest Liebe.

Mal ist auf dem Hemd eine Band genannt,
mal steht da ein Slogan – immer ist eine Erinnerung zu sehen.

Die Fotos zeigen die Frauen in dem
Moment, in dem sie sich selbst im Spiegel sahen.

Auch wenn auf fast allen anderen Bildern Tränen
fließen: Manchmal ist die Erinnerung an glückliche Tage stärker.

Man muss die Vergangenheit loslassen können, heißt es.
Aber ein bisschen was davon will der Mensch ja doch festhalten, und sei es nur ein Stück Stoff.

»Ich hatte Sex auf dem Mond«

INTERVIEW TILL KRAUSE **FOTOS** SABINA MCGREW

»... und ich bin der einzige Mann, der das von sich behaupten kann«. Thad Roberts versprach seiner Freundin ein Stück vom Himmel. Also brach er bei der NASA ein und klaute Mondgestein im Wert von 20 Millionen Dollar. Die Geschichte einer galaktischen Liebe.

Den Mond wird er nie betreten. Aber im Planetarium von Salt Lake City kann Thad Roberts immerhin so tun, als ob.

err Roberts, wie schmeckt der Mond?
THAD ROBERTS Überraschend salzig. Und etwas sandig, man hat danach einen komischen Belag auf den Zähnen.

Was hatten Sie erwartet?

Das weiß ich nicht genau, denn niemand außer mir hat jemals Mondgestein gegessen. Es waren zwar nur ein paar Brösel, aber immer wenn ich den Mond sehe, denke ich: Ein Stück davon habe ich jetzt im Körper. Ein tolles Gefühl. Auch wenn die ganze Aktion ziemlich übermütig war.

Sie stapeln tief. Sie sind vor neun Jahren bei der NASA eingebrochen und haben Mondgestein im Wert von zwanzig Millionen Dollar gestohlen. Was hat Sie getrieben?

Ich war damals Praktikant bei der NASA im Johnson Space Center in Houston. Meine Aufgabe war es, die Gesteinsproben zu katalogisieren, die Astronauten von den Apollo-Missionen mitgebracht haben. Und irgendwann ist mir ein Tresor aufgefallen, in dem die ausrangierten Steine lagen, die keinen wissenschaftlichen Nutzen mehr hatten. Die Forscher haben sie selbst als Abfall bezeichnet. Also habe ich gedacht: Wenn das Abfall ist, kann ich es ja mitnehmen.

Mondgestein gilt als wertvollstes Material der Welt. Wussten Sie nicht, dass die Steine ein Vermögen wert sind?

Ich habe nicht an Geld gedacht. Denn für die Wissenschaft sind Steine praktisch wertlos, sobald sie schon mal untersucht wurden. Für Experimente braucht man Steine, die noch nie mit der Erdatmosphäre in Berührung gekommen sind. Es gab bei der NASA das Sprichwort: Wir sollten die gebrauchten Steine verkaufen – und damit unsere Mission zum Mars finanzieren. Ich hatte nicht das Gefühl und schon gar nicht die Absicht, der NASA durch den Diebstahl zu schaden.

Die NASA sieht das anders.

Allerdings. Dort habe ich lebenslanges Hausverbot, die Wissenschaftler haben dafür gesorgt, dass ich zu hundert Monaten Gefängnis verurteilt wurde. Sie haben reagiert, als hätte ich nicht ein paar Steine mitgenommen, sondern ihre Kinder umgebracht. Das war wirklich bitter für mich, denn die Forscher waren wie meine zweite Familie. Meine leiblichen Eltern haben mich verstoßen, als ich 19 war. Sie sind Mormonen und kamen nicht damit klar, dass ich Sex vor der Ehe hatte. Bei der NASA habe ich mich zu Hause gefühlt, ich war 24 Jahre alt und wollte unbedingt Astronaut werden. Die Leute dort haben mich gefördert, wo sie nur konnten. Und mir vertraut.

Warum haben Sie dieses Vertrauen dann aufs Spiel gesetzt?

Ich wollte einer Frau zeigen, dass ich alles für sie tun würde. Wirklich alles. Also habe ich ihr ein Stück vom Mond versprochen – als Zeichen meiner Liebe. Klingt kitschig, aber Sie hätten mal ihr Gesicht sehen sollen, als ich ihr sagte, dass ich es ernst meine mit diesem Geschenk.

Welche Frau war das?

Sie hieß Tiffany und war auch Praktikantin bei der NASA. Sie hat Biologie studiert, war zwanzig und sah unglaublich gut aus. Als wir mal mit einer Gruppe von NASA-Mitarbeitern schwimmen gegangen sind, war sie die Erste, die sich traute, von einer echt hohen Klippe ins Wasser zu springen. Das hat mir imponiert. Also wollte ich sie unbedingt beeindrucken – mit etwas, was ihr kein anderer Mann geben konnte.

War Tiffany auch in Sie verliebt?

Ja. Vielleicht, weil ich bei der NASA einen Ruf als Draufgänger hatte. Dabei war ich eigentlich sehr schüchtern und habe ständig gedacht: Tiffany spielt in einer ganz anderen Liga als ich, sie ist so wunderschön, so klug. Aber ich wusste sofort: Diese Frau teilt meine Sehnsucht nach den Sternen, uns verbindet sehr viel. Wir haben bis nachts über das Universum diskutiert. Wir kannten uns gerade mal zehn Tage, als ich ihr von meinem Plan mit den Mondsteinen erzählte. Wir standen in ihrer Küche, meine Augen wurden feucht, und sie hat gesagt: Das klingt romantisch. Lass es uns tun!

Die Steine lagen in einem Tresor, in einem Labor mit einem Zahlenschloss an der Tür, überall waren Kameras. Wie haben Sie es geschafft, da unbemerkt einzubrechen?

Es war erstaunlich einfach, ich kannte mich in dem Labor ja aus. Tiffany und ich haben uns einen Minibus geliehen und sind damit nachts zu dem Labor mit dem Mondgestein gefahren – mit unseren Dienstausweisen kamen wir problemlos auf das Gelände. Ich wusste, wo die Kameras installiert sind, also konnte ich sie auch umgehen. Das Türschloss war leicht zu knacken: Ich hatte den Ziffernblock vor der Arbeit mit fluoreszierendem

Pulver bestäubt und gewartet, bis jemand den richtigen Code eingab. Dann konnte ich nach Feierabend mit einer UV-Lampe draufleuchten – und sehen, welche Tasten in welcher Reihenfolge gedrückt worden waren. Den 270 Kilo schweren Tresor mit den Steinen haben Tiffany und ich auf einen Rollwagen geschnallt und ins Auto geladen. Als wir durch die Gänge schlichen, haben wir die Titelmelodie von *Mission Impossible* gesummt.

Haben Sie sich auch wie im Film gefühlt?

Ja, zwei Praktikanten auf Zehenspitzen in einem Hochsicherheitstrakt. Mit einem Stück Mond im Gepäck. Ich wollte, dass Tiffany es eher als ein Abenteuer sieht, nicht als Diebstahl. Ich wollte geliebt werden. Und als Dieb wird man nicht geliebt. Als Abenteurer schon.

Mit Verlaub, das klingt naiv. Sie begehen einen Millionenraub und wollen das als nettes Abenteuer verkaufen.

Das weiß ich heute auch. Aber damals war es für mich eher wie ein Spiel.

Wann haben Sie gemerkt: Alles ernst?

Erst einen Tag nach dem Diebstahl. Wir haben am Stadtrand ein Motelzimmer gemietet und dort mit einer Spezialsäge in aller Ruhe den Tresor aufgebrochen. Den Inhalt haben wir die ganze Nacht lang katalogisiert, es waren Hunderte Proben, manche klein wie eine Erbse, andere groß wie ein Golfball. Ich habe Tiffany in die Augen geschaut, und mir wurde klar, dass wir tatsächlich Teile des Monds geklaut hatten. Sie hat gestrahlt, und ich wusste: Das war es wert. Zu jedem Stein lag auch ein Zertifikat mit im Safe, auf dem ganz genau aufgelistet war, woher er stammt. So haben wir festgestellt: Da sind Steine von allen Apollo-Missionen dabei, die auf dem Mond waren. Jede dieser Proben wurde von einem Astronauten aufgesammelt und zur Erde gebracht. Ein unfassbarer Schatz.

Was wollten Sie damit eigentlich machen?

Ein kleiner Stein, den Neil Armstrong bei der ersten Mondlandung aufgesammelt hat, sollte ein Anhänger für eine Halskette werden, wir haben uns schon ausgemalt, wie wir mal als altes Ehepaar zusammen auf der Terrasse sitzen, zum Mond schauen und diesen Gesteinsbrocken in der Hand halten. Ein paar Steine wollte ich verkaufen, um mit Tiffany ein neues Leben anzufangen und meine Studienkredite zurückzuzahlen.

Alles Mondgestein ist Staatsbesitz der USA, der Handel damit ist streng verboten.

Wie läuft so ein Geschäft ab? Haben Sie eine Kleinanzeige aufgegeben: Mond zu verkaufen?

So blöd es klingt: Ja, so ähnlich war es. Ein Bekannter, der sich mit halbseidenen Deals auskannte, hat online gezielt nach Leuten gesucht, die Interesse an den Steinen haben könnten. Er hat das Angebot auf mehreren Webseiten hinterlassen, unter anderem auf der Seite eines belgischen Clubs von Gesteinssammlern. Die meisten Leute haben es wohl für Spam gehalten, bis auf einen Sammler namens Axel Emmermann. Er hat mir geschrieben: Wenn der Preis stimmt, kaufe ich etwas.

Wie viel haben Sie denn verlangt?

Hunderttausend Dollar für einen Stein. Eigentlich lächerlich wenig, ich hätte locker das Zehnfache bekommen können. Aber ich wollte die Sache so schnell wie möglich hinter mich bringen, es war mir sehr unangenehm. Emmermann hat sofort eingewilligt. Seine einzige Frage war: Wie kann ich wissen, ob die Steine tatsächlich echt sind? Also habe ich ihn nach Amerika eingeladen, damit er sie sich anschauen kann und die NASA-Dokumente, die mit im Tresor lagen. Ihm wurde die Sache irgendwann zu heiß, also hat er die Polizei verständigt. Bei der geplanten Geldübergabe in einem Restaurant saßen mir zwei verdeckte Ermittler gegenüber.

Hatten Sie keine Angst, dass der Handel auffliegen könnte?

Ich war von Anfang an skeptisch, aber irgendwann gab es kein Zurück mehr. Ich dachte: Entweder sind das Gangster und rauben mich aus, weil sie ja wissen, dass ich im Besitz der Steine bin. Oder sie sind Cops und nehmen mich fest. Um diese Gedanken zu verdrängen, hab ich immer nur an meine Zukunft mit Tiffany gedacht und an die vielen tollen Sachen, die wir mit dem Geld anstellen könnten. Stattdessen war der Tag der Geldübergabe das letzte Mal, dass ich Tiffany gesehen habe. Wir wurden sofort verhaftet, der ganze Laden war voller FBI-Agenten. Sie haben uns abgeführt wie Terroristen.

Was ist Ihre letzte Erinnerung an Tiffany?

Kurz bevor wir zur Geldübergabe fuhren, wollte ich Tiffany noch mal überraschen. Wir waren in einem Hotel in Orlando in Florida, dort wollten wir die Steine an Emmermann verkaufen, in sicherem Abstand zur NASA in Texas. Neben uns stand der Koffer mit den Mondsteinen. Als Tiffany im Badezimmer war, habe ich einen Beutel unter das Kopfkissen und die Matratze im Hotelbett gelegt, um dann quasi mit ihr gemeinsam auf dem Mond zu liegen. Ich wollte sie eigentlich nur im Arm halten, aber es wurde immer leidenschaftlicher. Irgendwann hatten wir dann Sex.

Sex auf dem Mond?

Ja, ich bin der einzige Mann, der das von sich behaupten kann.

Wie fühlt sich das an?

Es ging gar nicht so sehr um den Sex in diesem Moment, sondern um Nähe, darum, etwas auszudrücken, was sich nicht in Worte fassen lässt. Es war mehr als Sex, besser als Sex, es war ein Symbol – wir hatten zusammen den Mond erobert, unfassbar. Es war mein letzter Sex für eine sehr lange Zeit, ein paar Stunden später war ich im Knast. Da ist schon ganz normaler Sex so unerreichbar wie für andere Menschen Sex auf dem Mond.

Wie wird jemand im Gefängnis behandelt, der ein Stück Mond geklaut hat?

Jeder hat dort einen Spitznamen, das ist Teil der Gefängniskultur. Meiner war Moon Rock, Mondstein. Ich habe mich dort unglaublich einsam gefühlt. Ich hatte zwei Uniabschlüsse, sprach mehrere Fremdsprachen und wollte Astronaut werden. Die anderen Typen haben mit ihren Banditengeschichten geprahlt und konnten oft nicht mal lesen.

Haben Sie Ihre Geschichte im Knast erzählt?

Ja, dass ich in der NASA eingebrochen bin, hat sich schnell herumgesprochen. Aber die Sache mit dem Sex auf dem Mond habe ich für mich behalten. Wenn im Gefängnis über Frauen geredet wird, klingt das immer respektlos, nach Unterwerfung und Macht. Sex bedeutete für die meisten Männer: Gewalt, oft an der Grenze zur Vergewaltigung. Ich wollte nicht, dass sie so auch über Tiffany sprechen. Und ich mittendrin, mit gebrochenem Herzen. Ich habe pausenlos an Tiffany gedacht, ich wusste nicht, was mit ihr passieren wird. Nur eine Sache konnte ich für sie tun: Ich habe gesagt, dass Tiffany den Diebstahl nicht begehen wollte, sondern dass ich sie zu alldem angestiftet hätte. Dadurch ist sie mit einer Bewährungsstrafe davongekommen. Ich habe fast geweint vor Freude, dass sie nicht ins Gefängnis musste. Auch wenn ich da-

durch umso härter bestraft wurde: hundert Monate Haft, fast achteinhalb Jahre.

Hatten Sie im Gefängnis Kontakt zu Tiffany?

Die ersten anderthalb Jahre gab es kein einziges Lebenszeichen von ihr. Stellen Sie sich das mal vor: Eben noch machen Sie Pläne für eine gemeinsame Zukunft, dann werden Sie verhaftet und sehen Ihre große Liebe nie mehr wieder. Ich weiß, ich habe Fehler gemacht und bin selbst schuld. Aber trotzdem: Es war die Hölle. Später habe ich erfahren, dass Tiffanys Vater ihr jeden Umgang mit mir verboten hat. Ich habe wirklich alles getan, um sie zu treffen oder mit ihr zu reden. Sogar meine Essensrationen habe ich meinen Mitgefangenen angeboten dafür, dass sie bei ihrem nächsten Telefonat mit ihren Familien sagen: Sucht im Internet nach Tiffany und fragt sie, ob sie einen Thad Roberts kennt.

Warum haben Sie das nicht selbst gemacht?

Ich hatte niemanden da draußen, den ich anrufen und um Hilfe bitten konnte. Meine Eltern hatten mich verstoßen. Alle meine Freunde bei der NASA haben mich gehasst und wollten nicht mehr mit mir reden. Ich war wirklich allein. Kein einziger Mensch hat mich im Gefängnis besucht. Ich war dem Selbstmord nahe. Ständig ging mir durch den Kopf: Du hast dein ganzes Leben ruiniert, mit einem einzigen, dummen, romantischen Streich. Meine Freundin, meine Karrierepläne, meine Freiheit – alles weg. Nach 18 Monaten in Haft hat mein Anwalt mir die Nummer von Tiffany besorgt, vorher hat ihre Familie es nicht erlaubt. Wir haben eine Viertelstunde telefoniert.

Was hat sie gesagt?

Dass sie mich immer noch liebt. Aber dass sie die Sache am liebsten vergessen würde, ihr war die ganze Aktion peinlich. Ich habe sie gefragt, ob wir wenigstens in Kontakt bleiben können, sie war ja mein einziger Draht zur Außenwelt. Sie hat zugestimmt. Ich habe ihr über ein Jahr lang jeden Tag einen Brief geschrieben. Irgendwann kam ein Paket für mich: alle meine Briefe, ungeöffnet zurückgeschickt. Dann habe ich begriffen: Tiffany baut sich ein neues Leben auf. Also habe ich versucht, sie zu vergessen.

Wie geht das?

Durch Ablenkung. Ich habe im Gefängnis den anderen Häftlingen Lesen und Schreiben beigebracht. Und ich durfte Astronomie und Physik unterrichten, so konnte ich ein paar Leute im Gefängnis für die Wissenschaft begeistern. Einer von ihnen, ein ehemaliger Dealer, ist vor ein paar Jahren entlassen worden und studiert jetzt. Das macht mich stolz. Außerdem hatte ich als Dozent hinter Gittern endlich wieder Zugang zu Fachbüchern. So habe ich die Zeit genutzt und angefangen, eine neue Theorie über das Universum zu entwickeln: Sie erweitert die Gedanken von Einstein, es geht um ein elfdimensionales Modell von Zeit und Raum. Ich habe hinter Gittern mehr als siebenhundert Seiten aufgeschrieben, erst von Hand, dann mit einer Schreibmaschine. Daraus entsteht gerade meine Doktorarbeit in Physik.

Vor drei Jahren wurden Sie vorzeitig entlassen. Wie sieht Ihr Leben aus?

Tiffany habe ich nie wiedergesehen. Vor über einem Jahr haben wir ein letztes Mal telefoniert, sie hat gesagt, dass sie definitiv keinen Kontakt mehr mit mir haben will. Ich glaube, sie hat einen anderen Mann geheiratet. Aber ich bin darüber hinweg. Mittlerweile habe ich eine neue Freundin, wir leben in Utah, ich bin also dahin zurückgekehrt, wo ich herkomme. Ich promoviere hier, aber ich spüre, dass es immer noch viele Menschen gibt, die mir meinen Diebstahl nicht verziehen haben. Die Rektorin der Uni hat mir nahegelegt, mich doch vor meinem Abschluss woanders zu bewerben – sie hat Angst, dass es dem Ruf der Hochschule schadet, wenn einer wie ich hier seinen Doktor macht.

Ist Ihre neue Freundin ein bisschen eifersüchtig? Immerhin haben Sie einer anderen Frau den Mond geschenkt.

Sie hat einmal gesagt: Thad, ich weiß, dass du auch mir den Mond vom Himmel holen würdest. Aber das brauchst du nicht. Ich liebe dich so, wie du bist. Du musst nichts beweisen. Das war wunderbar, so akzeptiert habe ich mich noch nie gefühlt.

Wissen die Leute in Ihrem Umfeld von Ihrer Vergangenheit?

Viele. Einmal war ich abends im Park an der Universität und hörte, wie sich eine junge Mutter mit ihrem kleinen Sohn unterhielt. Es war Nacht, am Himmel konnte man einen Halbmond sehen. Er fragte: Wo ist der Rest vom Mond, Mama? Und die Mutter zeigte auf mich und antwortete: Der Mann

dort hat ihn geklaut. Aber keine Angst, er gibt ihn wieder zurück. Da musste ich lachen.

Haben Sie sich eigentlich jemals bei der NASA entschuldigt?

Nur im Gerichtssaal. Die wollen auch gar keine Entschuldigung hören, weil sie nicht verstehen, wie jemand aus Liebe so etwas tun kann. Sie haben sich in ihre eigene Theorie verrannt: dass ich eben ein durchgeknallter Einbrecher bin, der ihre Schätze verkaufen wollte. Nur Axel Emmermann habe ich geschrieben, dem belgischen Steinesammler, der mich bei der Polizei verpfiffen hat.

Was stand in dem Brief?

Dass er richtig gehandelt hat. Und dass ich ihm überhaupt nicht böse bin. Er hat am meisten von der Sache profitiert.

Inwiefern?

Die NASA feiert ihn als Helden – er hat schließlich den größten Diebstahl in ihrer Geschichte aufgeklärt. Aus Dankbarkeit haben sie einen Asteroiden nach ihm benannt: den Emmermann-Asteroiden, zwischen Mars und Jupiter.

Kein Anflug von Traurigkeit

VON ELSE BUSCHHEUER **FOTO** MAGDALENA WOSINSKA

Wenn eine Frau keinen Partner hat, gilt sie als arme Sau. Ein Mann hingegen als cooler Hund. Blödsinn, ruft unsere Autorin. Auch Frauen, die allein leben, sind frei. Kleiner Tipp: Sparen Sie sich die mitleidigen Blicke.

Solo? Manchmal nicht nur in der Musik das Größte.

Das waren noch Zeiten damals, als wir Kugelmenschen waren. Dann hat Zeus uns in zwei Hälften zerschnitten. Seitdem sucht der Topf seinen Deckel. Andere Geschichte: Am Anfang schuf Gott den Mann, dann schnitzte er aus seiner Rippe ein Weib. Das sollte ihm untertan sein. Dritte Geschichte: Schon das Affenweibchen warf ihr Haar zurück und wackelte mit dem Arsch, um das Affenmännchen um den Verstand zu bringen. Die Botschaft aller Geschichten: Die Frau allein ergibt keinen Sinn. Sie ist nicht komplett. Der Wunsch nach Vereinigung sitzt tief.

Oder sind das alles Propagandamärchen? Gibt es die Frau ohne Mann, die vom Mann freie Frau, kurz: Freifrau? Die klassische Freifrau war mit einem Freiherrn verheiratet, so wie Marie Freifrau Ebner von Eschenbach. In diesem Text passe ich den Begriff dem dritten Jahrtausend an: »Frau« bezeichnet eine weibliche Erwachsene, »frei« einen Zustand der Unabhängigkeit: Eine Freifrau ist also nach meiner Definition ein unverpaarter, weiblicher, erwachsener Mensch.

Freifrauen weichen vom traditionellen Frauenbild ab. Sie haben keine Ehemänner, keine Verlobten, keine mentalen Zuhälter. Sie leben allein, und zwar häufiger in Großstädten als auf dem Land. Sie sind finanziell unabhängig. Man erkennt sie daran, dass sie essen, wenn sie Hunger haben, tanzen, als würde keiner zusehen, und ein unbürokratischeres Sexleben haben als verpaarte Frauen. Sie wünschen in ihrem Leben niemanden, der ihnen Vorgaben macht, niemanden, der heimkommt und fragt: »Wie war dein Tag Schatz?« oder »Was gibt's heut zu essen?« Es wartet keiner auf sie, und es gängelt sie keiner. Sie müssen nicht den Tag, den Lebensraum, den Urlaub, im Kompromiss erkämpfen. Sie kümmern sich um ihre Freunde, reisen gern, neigen zu Spontanpartys, Haustieren und zur Weltrettung. Zuweilen sieht man Freifrauen sonntags an verschlossenen Supermarkttüren rütteln. Nachts wühlen sie heißhungrig in Tiefkühltruhen von Tankstellen.

Zeitliche und emotionale Unabhängigkeit ist eine schöne Sache. Manchmal allerdings kehrt sie sich ins Gegenteil. Dann grübelt die Freifrau über ihr Schicksal, empfindet sich als Auswurf der Gesellschaft und bricht über der Angst, einsam zu sterben, in Tränen aus. Freifrauen kämpfen zuweilen gegen gefühlte Einsamkeit, die, ähnlich dem Windchill beim Wetter, eine schwer messbare, aber subjektiv stark empfundene Größe ist. Polarkreis 18 bringt es auf den Punkt: »Wir sind allein, allein allein, allein allein, allein allein, allein allein.« Aber wieso ist es eigentlich »nicht gut, dass der Mensch allein sei« (Moses)? Diese Parole – ausgerufen von einem Mann – setzt Single-Frauen unter Paarungszwang und hindert sie daran, Freifrauen zu werden. Sie hören von Platons Hälftentheorie, in ihnen sticht Adams Rippe, sie werfen zwanghaft die Haare zurück, fühlen sich als Deckel, und es fehlt ihnen sozusagen körperlich der Topf. Manche schlittern in halbherzige Beziehungen, weil man ihnen predigt, dass sie jemanden brauchen, mit dem sie regelmäßig Mahlzeiten einnehmen und das Bett teilen. Und wenn sie nicht schlittern, dann träumen sie davon zu schlittern. Bis dahin behaupten sie tapfer, ein Single zu sein, aber ein glücklicher. Sie rechtfertigen sich, fast automatisch, wenn sie gefragt werden, ob sie verheiratet sind, ob sie in einer Beziehung leben. Ein dürres Nein reicht nicht. Es wird interpretiert. Es provoziert Nachfragen und gipfelt in Beziehungsanbahnungstipps: Vielleicht mal eine andere Frisur?

So frei eine Frau auch sein mag: Der Mythos der Verschmähten klebt an ihr wie Scheiße am Schuh. Immer gibt es Leute, die hinter vorgehaltener Hand sagen: Die hat keinen abgekriegt. Hinter jeder Entscheidung der Freifrau steht angeblich Frust, und wenn eine nicht Mister Big nachstöckelt wie Carrie Bradshaw in *Sex and the City*, heißt es, mit der stimmt doch was nicht. Sitzt eine Freifrau in einer Hotelbar und trinkt, kann niemand glauben, dass sie nicht auf Männersuche ist. Warum sollte eine Frau schließlich sonst in einer Hotelbar sitzen und trinken? Und auch noch mit Lippenstift?

Männer und Frauen passen nicht zusammen? Eine Frau ohne Mann ist wie ein Fisch ohne Fahrrad? Von wegen! Die Trauben sind dir wohl zu sauer, was? Was bist du, verlassen, geschieden, verwitwet? Du bist bindungsunfähig! Karrieregeil! Zu hässlich! Du machst nichts aus

So frei eine Frau auch sein mag: Der Mythos der Verschmähten klebt an ihr wie Scheiße am Schuh. Hinter vorgehaltener Hand wissen es alle anderen besser: »Die hat keinen abgekriegt.«

dir. Bist verzweifelt. Frustriert. Bitter. Hast den richtigen Mann nicht gefunden. Oder nach dem Geschlechtsakt aufgefressen wie eine Gottesanbeterin. Pfui! Dein Leben ist nichts als emotionale Leere und fehlende Geborgenheit. Das kannst du nicht mit Geselligkeit übertünchen! Das muss doch in Alkoholismus, Depression oder Selbstmord gipfeln. Also, ab in die Single-Börse mit dir!

Ihr Pendant, der allein lebende Mann, wird selten als Mängelwesen interpretiert. Ihm trieft die Freiheit aus jeder Pore, wie beim Marlboro-Mann. Der Freimann ist der einsame Wolf, der lonesome Cowboy. Ein Hauch von Hemingway, John Wayne, Edward Hopper umweht ihn. Wenn er allein in der Bar sitzt und trinkt, hat er nichts als Durst. Er ist quer durch alle gesellschaftlichen Schichten akzeptiert. Er wird von gebundenen Männern beneidet und von Frauen umschwärmt. Unbeirrt zieht er seine Bahn, losgelöst von Pflicht und Verantwortung. Die Bindungsangst steht ihm gut. Paarung würde ihn nur unnötig beschmutzen. Der alleinlebende Mann liegt voll im Trend. Zwischen 1996 und 2011 stieg die Zahl alleinlebender Männer um fast die Hälfte – in Westdeutschland um 40,5 Prozent und in Ostdeutschland sogar um 78,1 Prozent.

Freifrauen sind seltener. Aber nicht neu. In der Literatur wimmelt es nur so von ihnen: Penthesilea, Königin der Amazonen, die sich angeblich ihre Brüste abschnitt, um besser Bogenschießen zu können. Brechts Mutter Courage, die die männlichen Kriegsspiele für ihre Geschäfte ausnutzte, Lara Croft, eine Art weiblicher Indiana Jones, Lisbeth Salander von Stieg Larsson, die aus Rache »Schwein« auf den Bauch ihres Vergewaltigers tätowiert. Den meisten von ihnen bekommt die Freiheit nicht. Kriemhild aus dem *Nibelungenlied* wird von Hildebrand erschlagen, Antigone lebendig eingemauert, Betty Blue von Philippe Djian reißt sich ein Auge heraus.

Auch die Freifrau im Film nimmt oft kein gutes Ende. »Ach, Mark, ich will nicht ins Gefängnis. Ich bleib lieber bei dir«, sagt Hitchcocks Marnie zu Sean Connery, der sie zur Ehe gezwungen hat. Das ist, was ich ein gruseliges Happy End nenne. Sue aus *Sue – eine Frau in New York* ist zu stolz, um andere um Hilfe zu bitten. Einmal zeigt sie einem Obdachlosen im Park ihre Brüste. Das ist alles, was sie an Nähe erträgt. Zum Schluss verhungert sie auf einer Parkbank.

Oder *Thelma und Louise* – zwei amerikanische Ehefrauen, die lieber in den Tod gehen als zurück an den Herd. Etwas heiterer Maude aus *Harold and Maude*. Sie geht in bunten Kleidern zu fremden Beerdigungen, kaut Lakritze, flicht ihr Haupthaar zu dünnen Zöpfen und hat, bevor sie an

Der glückliche weibliche Single –
ist er ein Oxymoron?
Ein Euphemismus? Gehört er einer
unfreiwilligen Avantgarde an?

ihrem siebzigsten Geburtstag selbstbestimmt ihr Leben beendet, jede Menge Greisensex. Sigourney Weaver in den *Alien*-Filmen ist eine Freifrau bis zum Ende. Sie kämpft und siegt und steigt hinterher unbemannt in die Kälteschlafkapsel. Miss Marple, die scharfsinnige Amateurdetektivin, ist eine Freifrau, Penélope Cruz in Almodóvars *Volver* – und natürlich die Rächerin Uma Thurman mit ihrer Five Point Palm Exploding Heart Technique in *Kill Bill*.

Es gab sie wirklich – in mehr oder weniger reiner Form. Kleopatra, die zwei mächtige römische Feldherren verführte, um ihr Reich zu retten, Nofretete, eine der rätselhaftesten Königinnen der Antike, die einsam im Ägyptischen Museum in Berlin endete. Katharina die Große, um die es das Gerücht gab, sie sei von einem Pferd beim Liebesspiel erdrückt worden – denn Männer konnten sie nicht besiegen. Vierzigtausend Frauen, die die Inquisition als Hexen verbrannte. Auch die eingangs erwähnte Marie Ebner von Eschenbach war eine Freifrau: Sie war zwar verheiratet, blieb aber frei. Schon als Kind las sie alles, was ihr unter die Finger kam. Als junge Frau machte sie – sehr untypisch für die Zeit – eine Uhrmacherlehre. Sie schrieb Romane, reiste nach Italien und erhielt 1900 den ersten weiblichen Ehrendoktor der Universität Wien. Von ihr stammt der Aphorismus: »Eine gescheite Frau hat Millionen geborener Feinde: alle dummen Männer.« Zeitlos. Freifrauen in der Gegenwart: Annette Schavan, Claudia Roth, Condoleezza Rice, Rachida Dati, Regina Halmich, Margot Käßmann – und die vielen Namenlosen, die jetzt zustimmend nicken.

Der glückliche weibliche Single – ist er ein Oxymoron? Ein Euphemismus? Gehört er einer unfreiwilligen Avantgarde an? Ist er eine Folgeerscheinung von übertriebenem Individualismus? Macht sie Schule, die unbemannte Frau, oder markiert ihr Rollenbild-Boykott den Untergang des Abendlandes? Für »Glückliche Singles« haben Social Networks den Beziehungsstatus »Es ist kompliziert« erfunden. Freifrauen geben ihn gar nicht erst an. Sie haben keinen Leidensdruck.

Ich fand es immer herrlich, allein zu leben. Man kann schlafen und schweigen, wann man will. Man muss niemandem zuliebe Dinge tun, kann ein Ferkel sein, sogar ein Schwein. Man kann vor sich hin träumen, ohne dass jemand fragt: »Was denkst du grad?« Man kann scheitern, ohne dass jemand sagt: »Siehste!« Man kann anarchisch essen, mittendrin das Kino verlassen, spontan die Reiseroute ändern, verkehrt herum im Bett liegen oder nachts Spaghetti kochen – und niemand beschwert sich. Im Alleinleben sammeln wir Freifrauen Kraft für Begegnungen.

Ich fand es immer herrlich, allein zu leben. Man kann schlafen und schweigen, wann man will. Man kann ein Ferkel sein, sogar ein Schwein.

Viele meiner Freundinnen wohnen allein. Sie sind geschieden, leben für ihre Arbeit oder sind einfach zu schrullig geworden, um ihr Leben zu teilen. Sie sagen, es sei nicht immer leicht, aber die Vorteile überwiegen: hässlich zu sein, falsch zu singen, Knoblauch zu essen, die Käserinde hinter sich zu schmeißen – und immer ist das Bad frei. Die Wahrheit ist doch, dass wir uns draußen permanent verstellen, egal, mit wem wir zusammen sind. Ganz bei uns sind wir nur allein. Wir sind Königin unseres Schlosses, Herrscherin unseres Kontinents. Wir sind das einzige Mitglied unserer eigenen Sekte. Wir haben sogar unsere Beerdigung schon geplant und bezahlt – denn eine muss es ja tun. Wir sind frei! Oder?

Willst Du? Willst Du? Willst Du?

VON MARC BAUMANN

Männer überbieten sich mit immer aufdringlicheren und ausgefalleneren Heiratsanträgen. Kann der Quatsch bitte mal aufhören?

Mein bester Freund hat seine Freundin im Herbst mit zwei Flugtickets nach Stockholm überrascht. Dort ist er mit ihr in ein Ruderboot gestiegen und an einer besonders schönen Stelle des Kanals hat er angehalten, erst das Boot und dann um ihre Hand. Der kleine Kahn hat bei jeder Bewegung gewackelt, aber mein Freund ist trotzdem vor ihr auf die Knie gegangen. Genau in dem Moment, als er ihre Hand nahm und die fünf entscheidenden Worte sagen wollte, hat ein Hausmeister am Ufer seinen Laubbläser angestellt. Mein Freund musste »Willst du meine Frau werden?« schreien.

Dann versuchte er ihr den Verlobungsring über den Finger zu streifen; er hätte das vorher üben sollen. Der Ring ist eine Art Kette, die man zweimal gekonnt um den Finger wickeln muss, richtig angelegt sieht er sehr elegant aus. Mein Freund hat es nicht hinbekommen, der Ring hing lasch am Finger der Freundin, so als ob er die falsche Größe gekauft hätte. So saßen sie im Zwei-mannboot: im Laubbläser-Lärm, mit einem verkehrt angezogenen Ring, trotzdem glücklich verlobt.

Ein guter Heiratsantrag ist nicht einfach. Das Problem sind Männer wie Justin Davis. Den kenne ich nur von Youtube. Sein Heiratsantrag heißt auf dem Videoportal »The best proposal ever!!« (»Der beste Antrag aller Zeiten!!«) und wurde fünfeinhalb Millionen Mal angesehen. Ich habe es dreimal probiert, aber ich kann mir den Film, der 14 Minuten dauert, nicht bis zum Ende ansehen, ohne vorzuspulen. Er ist mir peinlich. Justins Idee: Inszeniert vom US-Fernsehsender Fox, überrascht er seine Freundin. Erst kommt eine Schauspielerin an den Tisch und schüttet ihm Wasser ins Gesicht, weil er angeblich eine Affäre mit ihr hatte. Justins Freundin weint. Dann kommen zwei falsche Polizisten und führen ihn ab. Justins Freundin weint noch mehr. Dann beginnen plötzlich um sie herum alle zu tanzen, Musik ertönt, die völlig verwirrte Freundin wird vor einen Brunnen geführt, immer mehr Leute tanzen, ihr Freund kommt im Anzug, hält um ihre Hand an, im Brunnen geht eine Wasserfontäne hoch, alle klatschen, sie weint wieder und sagt Ja. Dann sagt Justin, dass er jetzt gleich und hier heiraten will, sie weint wieder, ein Brautkleid wird herangeschafft. Zwischendurch zeigt die Kamera immer wieder eine Art Kontrollraum, in der ein ernst und gestresst wirkender Regisseur allen Beteiligten Anweisungen gibt: »Jetzt die Tänzer! Jetzt die Polizisten!«

Ich glaube, wenn Männer von Romantik überfordert sind, dann planen sie Heiratsanträge wie Justin: mit festgelegtem Zeitplan (18.45 Uhr: Freundin weint; 18.46 Uhr: Tänzer treten auf), mit Walkie-Talkies und möglichst vielen Überraschungen auf einmal. Bloß keine Sekunde Pause. Das alles soll Fantasie beweisen, aber das Ergebnis sieht aus wie ein Actionfilm.

Das Internet ist voll von solchen gefilmten Anträgen: Ein Mann täuscht vor, aus einem vierstöckigen Haus zu fallen; als die Freundin hinabsieht, liegt er in einem Luftkissen und hält ein »Willst du mich heiraten?«-Schild hoch (6,5 Millionen Mal angeklickt). Ein anderer hat mit einem ganzen U-Bahn-Abteil ein Lied einstudiert (1,5 Millionen Mal aufgerufen). In den USA sind öffentliche Anträge in Football- oder Eishockeystadien so populär, dass man sie für ein paar Hundert Dollar ganz einfach kaufen kann, dann kriegt man in der Spielpause ein Mikrofon in die Hand gedrückt.

Seiner Freundin zu sagen, dass man den Rest seines Lebens mit ihr verbringen möchte, die wichtigste Frage im Leben zweier (nicht von zwei Millionen) Menschen, verkommt zu einem Jungs-Wettbewerb: Wer macht den größten, verrücktesten, gewagtesten, überraschendsten Antrag? Die Frauen tun mir leid, wie sie ihr Glück auf Großleinwänden teilen müssen, wie sie auf große Bühnen gezerrt werden, und immer ist eine Kamera dabei, die ihre Tränen filmt und dabei doch vor allem eins festhalten soll: was für ein toller Typ ihr Freund ist.

Die Fortsetzung gibt es inzwischen auch im Netz zu sehen: Sie heißt »Crazy wedding dance« oder »Greatest father and daughter wedding dance ever«, beides millionenfach geklickt. Wer der Freundin eben noch im ausverkauften Stadion das »Ja« aufgezwungen hat, der fängt am besten gleich am nächsten Morgen mit dem Einstudieren des »besten Hochzeitstanzes aller Zeiten!!« an. Vielleicht schalten wir Männer wieder einen Gang zurück? Ein Heiratsantrag muss nicht wahnsinnig romantisch sein, um unvergesslich zu sein, romantisch reicht schon. Dafür genügt ein Laubbläser.

»Mit dem Wort Glück hab ich wenig am Hut«

INTERVIEW SVEN MICHAELSEN　**FOTO** PETER RIGAUD

Ihr Ex-Ehemann bekam lebenslänglich wegen sechsfachen Mordes, ihr einziges Kind starb als junge Frau. Ein Gespräch mit der Burgschauspielerin Erika Pluhar über die Kunst des Weiterlebens.

Über die Schauspielerin Erika Pluhar, die dem Wiener Burgtheater vierzig Jahre lang treu blieb, schrieb ein Kritiker:
»Die Pluhar vermittelt in ihrer Darstellung eine Tiefe des Empfindens und eine Höhe des weiblichen Zaubers ohnegleichen.«

Frau Pluhar, ist schön geboren zu werden so, wie reich geboren zu werden und dann langsam zu verarmen?

ERIKA PLUHAR Vor einigen Jahren habe ich mir in Wien eine Retrospektive meiner Filme angesehen. Am Ende dachte ich: Hallo, warst du schön! Dass mir das nie bewusst war, hat mich nachträglich sehr geärgert.

Sie galten als begehrteste Frau Österreichs und waren die erste Nackte auf der Bühne des Wiener Burgtheaters. Sie wollen die Blicke der Männer nie gespürt haben?

Ich war ein sehr selbstbewusstes kleines Mädchen, das gern zur Schule ging. Mit 16 hatte ich dann zwei Jahre lang eine wirklich schlimme Anorexie. Sie setzte ein, als ein Mann mich in einer stillen Villa zu sexuellen Handlungen nötigen wollte. Ich bin geflüchtet und zu Fuß in der Nacht von einem Ende Wiens ans andere gelaufen. In dieser Nacht habe ich das kindliche Einverständnis mit mir verloren und wollte keine Frau werden. Ich hatte Glück, diese grauenvolle Krankheit zu überleben, denn damals wusste noch keiner, was Magersucht ist. Etwas ist mir fürs Leben geblieben: Ich bin außerstande zu kochen. Das ist eine richtige Phobie bei mir. Ich habe gekocht, als ich nichts aß, aus dieser Sehnsucht nach Nahrung und Wärme. Man nimmt sich ja das ganze Sinnenleben weg als Magersüchtige. Meine Tochter, die nicht mehr lebt, hat immer gesagt: »Du bist ein Küchenwunder. Selbst wenn du nur ein Ei kochen willst, fällt dir alles herunter.«

In Ihren frühen Schauspieljahren waren Sie auf Vamps und kühle Femme-fatale-Figuren abonniert.

Ich habe mich in diesen männermordenden Blondinenappeal hineinschieben lassen, weil ich diese Rollen gut spielte und man mich so mochte. Und dann bin ich auch privat in solche Figuren hineingerutscht und wurde immer blonder.

In den Augen Ihres Publikums führten Sie ein mustergültiges Leben: Debüt am Burgtheater mit zwanzig, Heirat mit 21, Mutter mit 22.

Von außen gesehen war das alles watscheneinfach, wie man in Österreich sagt. Das Komplizierte war mein privater Weg.

Der Mann, den Sie 1962 geheiratet haben, sagte Sätze wie: »Die Frau ist die Ebene, der Mann will zum Gipfel.« Oder: »Ein Huhn ist kein Vogel, eine Frau ist kein Mensch.«

Das war der Udo Proksch. Und der war ein ganz faszinierender Kerl, ein sprühender Mensch, der mich mit seiner Ideenfülle und Unbekümmertheit anzog. Ich war ja eher brav und pflichterfüllt. Obwohl er ein kleiner, klobiger Mann mit breitem Gesicht war, sind ihm die Frauen buchstäblich nachgerannt. Diesen seltsamen, leicht verrückten Menschen habe ich sehr geliebt. Die Ehe war sehr schwierig. Er war immer unterwegs und hat mich ständig beschissen. Und er wurde Alkoholiker. Das war das Schlimmste. Im Alkohol hat er mich zweimal wirklich verprügelt. Was mich da gerettet hat, und das sage ich mit großer Zuneigung, war der Helmut Griem, mit dem ich beim Drehen von *Bel Ami* eine Affäre hatte. Diese Beziehung gab mir die Kraft, mich von meinem Mann scheiden zu lassen. Ich habe dann seinen Abstieg in die totalen Alkoholverwüstungen miterlebt und wie er sich da wieder rausgerappelt hat.

Stimmt es, dass Sie während Ihrer Ehe zur Waffe gegriffen haben?

Ja. Er hatte immer Waffen herumliegen. Einmal war er so eklig zu mir, dass ich ein Gewehr genommen habe. Ich trug einen schwarzen Unterrock und bin ihm leise keuchend durchs Treppenhaus gefolgt. Als er die Tür zuschlug, habe ich mit dem Gewehrlauf das Türglas durchstoßen. Wir schauten uns durch die Scherben an, lachten und sind einträchtig wieder hinaufgegangen.

Proksch war Aktionskünstler, Wiener Gesellschaftslöwe und millionenschwerer Chef der Hofzuckerbäckerei Demel. 1977 ließ er den Frachter *Lucona* im Indischen Ozean sprengen, um von der Versicherung 15 Millionen Euro zu kassieren – wegen Mordes an den sechs Seeleuten, die dabei ums Leben kamen, wurde er später zu lebenslanger Haft verurteilt.

Die Frage seiner Schuld oder Unschuld habe ich kaum an mich rangelassen. Das war seine Sache.

Kann man seinem wegen sechsfachen Mordes verurteilten Exmann neun Jahre lang in der Besucherzelle eines Gefängnisses gegenübersitzen, ohne ihm einmal die Schuldfrage zu stellen?

Ich konnte das. Er ist der Vater meines einzigen Kindes. Als er in Haft war, hatten wir wunderbare Gespräche. Erst das Gefängnis befreite seinen wahren Charakter, und wir begegneten uns wieder

Wenn jemand nach vierzig Berufsjahren seinen Abschied vom Theater erklärt, winken meist nur noch ein Memoirenvertrag und Auftritte im *ZDF-Fernsehgarten*. Erika Pluhar, Jahrgang 1939, gelang eine Folgekarriere als Chansonsängerin und Romanautorin. Zum Star des Wiener Burgtheaters wurde sie in den Sechzigern durch ihre Schnitzler- und Strindberg-Rollen, ihre Filmkarriere begann 1968 mit Helmut Käutners *Bel Ami*. Ende der Siebziger gehörte die Wienerin zu den Frauen, die den *Stern* wegen sexistischer Titelblätter verklagten. »Ich galt als schreckliche Emanze«, sagt sie. »Wenn ich in einen Raum kam, haben Ehemänner ihre Frauen an sich gerissen, damit sie nicht mit mir in Kontakt gerieten.«

mit der Liebe, die wir als junge Menschen füreinander empfunden hatten.

Aus Ihrer heutigen Sicht: Ist Proksch ein Mörder?
Er war wirklich kein schuldloser Mensch, aber an diese Schuld glaube ich nicht.

Wie ist Ihre Tochter Anna damit zurechtgekommen, einen verurteilten Mörder zum Vater zu haben?
Die Anna war mutig und stolz, aber die Situation mit ihrem Vater hat ihr sehr wehgetan. Als ich gefragt wurde, ob ich als Bundespräsidentin kandidieren wolle, sagte sie: »Der Vater lebenslänglich in Haft, die Mutter wird vielleicht Bundespräsidentin – ich habe vielleicht Eltern!«

Hat Anna ihren Vater im Gefängnis besucht?
Ständig. Sie hat ihn ja so sehr geliebt. Und sie wurde sein Halt, sein Alles.

Nach Annas Geburt fühlten Sie sich »verstört und aufgerissen«.
Die Geburt hat mich körperlich sehr hergenommen, und ich war mit Sicherheit keine prädestinierte Mutter. Ich war eine liebende Mutter, aber keine wärmende, mollige. Ich war oft so traurig und menschlich tief unten. Ich fand uns beide irgendwie arm und klein. Das änderte sich aber, als meine Tochter älter wurde.

Mit fünf Jahren bekam Anna Asthma.
Es war ein seelisches Asthma. Wenn sie unglücklich war, bekam sie diese Anfälle. Sie war traumatisiert durch die Situation ihrer Eltern. Das hat sie mehr verfolgt, als sie mir gezeigt hat. Obwohl all ihre Liebesbeziehungen mit Männern kompliziert waren, war sie ein sehr lebensbejahender Mensch. Deswegen habe sogar ich als Mutter übersehen, wie krank sie war.

1984 nahm Anna ein aus der Westsahara stammendes Findelkind an.
Der Ignaz kam gleich nach seiner Geburt zu uns. Vor dem Gesetz ist er mein Kind. Ich habe ihn adoptiert, als der Udo der Beelzebub Österreichs war. Anna und ich wollten einem fremdländisch aussehenden Jungen den belastenden Nachnamen Proksch ersparen.

Wollte Anna leibliche Kinder?
Ja, aber sie konnte keine Kinder kriegen.

Ihre Tochter starb am 4. Oktober 1999 mit 37 Jahren nach einem Asthmaanfall an akutem Herzversagen. Wie haben Sie diesen Tag erlebt?
Ich war vormittags ins Tonstudio Toegel gefahren, um meine CD *I gib net auf* aufzunehmen. Als wir das vierte Lied einspielten – es hieß *Die unerfüllbaren Wünsche* –, wurden wir unterbrochen. Dann hieß es: Anna ist tot.

Wie hat der Vater reagiert?
Er ist ganz schnell auch gestorben. Ihr Tod hat ihm seine Überlebenskraft geraubt. Als er am Herz

1962 heiratete Erika Pluhar Udo Proksch, einen kleinen Mann mit klobigem Gesicht, dem die Frauen hinterherliefen, wie sie sagt. Proksch war Wiener Gesellschaftslöwe, Alkoholiker, Macho. Um Geld von der Versicherung zu kassieren, ließ er einen Frachter in die Luft sprengen. Wegen Mordes an sechs Seeleuten wurde er zu lebenslanger Haft verurteilt.

operiert wurde, ist er aus der Narkose nicht wieder aufgewacht. Ich sage immer: Das Herz ist ihm dann halt gebrochen.

Sie haben in vier Jahren Vater, Mutter, Tochter und Kindsvater verloren. Wie überlebt man das?

Der Grund, selber am Leben zu bleiben, war der Ignaz. Dieses 15-jährige Kind hatte keine Familie. Der hatte nur die Oma. Obwohl ich vor dem Gesetz seine Mutter bin, sagt er zu mir »Oma«. Das war eine unglaubliche Pflicht. Und ich hatte den Vorzug, dass ich mitten in einer CD-Produktion steckte. Die Aufnahmen habe ich zu Ende geführt. Und ich war mitten im Schreiben eines Romans, der schon vor Annas Tod den Titel hatte: *Verzeihen Sie, ist das hier schon die Endstation?* In diesem Buch habe ich ihren Tod in veränderter Form nacherzählt.

Singen und Schreiben als Therapie: Funktioniert das wirklich?

Ich war wie in einem Glassarg, aber am Schreibtisch und im Studio konnte ich meine Trauer durchwandern und verwandeln. Ansonsten tat ich, was der Tag von mir verlangte, und sagte keine Termine ab. Ich war in diesen Wochen grauenvoll gesund. Rundum tobte eine Grippewelle, ich blieb tödlich gesund. Ich war ein bisschen tot. Wenn man sich dann nicht die Kugel gibt, greift irgendwann das Leben wieder nach einem, einfach das Leben: Man geht jeden Morgen ins Badezimmer, plötzlich merkt man, dass einem

was schmeckt, plötzlich hört man sich sogar lachen. Während man noch hinterhersterben möchte, lebt man bereits wieder.

Träumen Sie von Anna?

Gar nicht so oft. Sie ist eher eine Realität für mich. Ich habe sie ganz vor mir. Wie sie lacht, wie sie schaut, wie ihre Hände sind. Ich rede mit der Anna, und in meinem Tagebuch bespreche ich vieles mit ihr. Ich führe seit fünfzig Jahren mit einem Federhalter Tagebuch und bin jetzt bei Band 106. Dieser tägliche zweistündige Dialog mit mir selbst hat mir nach Annas Tod sehr geholfen. »Niederschreiben« heißt ja auch: den Schmerz nehmen und ihn niederschreiben.

Wie stark war Ihr Selbstmitleid?

Im Schmerz ist für Sentimentalität kein Platz. Nur Wehwehchen machen sentimental. Beim Äußersten an Leid hören die Schnörkel auf. Wenn man nicht seelisch krepieren will, muss man in die tiefste Tiefe des Schmerzes hinabtauchen und sich irgendwann mit beiden Beinen vom Grund abstoßen.

Sie haben mit Anna und Ignaz unter einem Dach gelebt. Das Innere Ihrer von wildem Wein überwucherten Villa im Wiener Bezirk Grinzing wirkt heute wie das Bühnenbild einer Tschechow-Inszenierung. Haben Sie mal überlegt auszuziehen?

Nein, um Gottes willen, dieses Haus enthält alles,

»Ich bin ein Einzelgänger, der seine Grundtrauer allein durchwandert und lieber zu den Bäumen als zu den Menschen geht.«

was ich an Freude und Schmerz erlebt habe. Eine andere Umgebung würde meinen Schmerz unerträglich machen. Ich möchte hier auch sterben. Dieses »Zieh doch woanders hin« finde ich einen blöden Ratschlag. Verluste zu vergessen, um weiterleben zu können, ist grober Unfug mit sich selbst. Es führt dazu, dass man die tiefste Trauer nie ablegen kann. Ich will die Anna doch vor mir haben – auch wenn es schmerzt.

Suchen Sie die Nähe von Menschen, die eine ähnliche Tragödie erlitten haben?

Nein. Ich bin ein Einzelgänger, der seine Grundtrauer allein durchwandert und lieber zu den Bäumen als zu den Menschen geht. Eine Ausnahme ist meine ältere Schwester, die auch ihre Tochter verloren hat. Die war 17. Unsere beiden Mädchen liegen in einem Grab. Wir sitzen am Grabesrand und plaudern gemütlich. Wir wissen Bescheid über unseren Schmerz, wir brauchen nicht viel über unsere Schicksalsschläge zu reden, wie sie so schön heißen.

Ihr Adoptivsohn Ignaz lebt im Anbau Ihrer Villa, in dem Anna starb. Wie kam er mit dem Tod seiner Ziehmutter zurecht?

Von sich aus spricht er selten über seine Ma. Als er nach ihrem Tod sehr traumatisiert war, habe ich einen berühmten Kinderpsychologen aufgesucht, aber der hat so einen Blödsinn dahergeredet, dass

Igi und ich einen Pakt geschlossen haben: Wir regeln das unter uns, nur wir zwei. Dass aus ihm ein offener, liebenswürdiger junger Mann geworden ist, ist nicht mein Verdienst. Das hat die Anna in ihm angelegt.

Ihr zweiter Ehemann war André Heller, mit dem Sie Anfang der Siebziger das glamouröseste Künstlerpaar Österreichs bildeten. Er sagt: »Die von meiner Hybris diktierte Herausforderung war, den größten und begehrenswertesten weiblichen Superstar des Landes zu erobern: Erika Pluhar. Sie war acht Jahre älter als ich – und dann hat mich diese schwierige Schönheit tatsächlich geheiratet. Ich dachte: Anything goes!«

Ich hatte ein Kind geheiratet! Er belog mich beim Kennenlernen und machte sich viel älter. Erst als ich das Aufgebot bestellte, erfuhr ich, dass er gerade mal 22 war. Seine Jugend war aber niemals etwas, was zwischen uns stand. Er kommt mir heute noch viel älter vor als ich. Er war und ist ein Mensch, der einen verbal kriegt. Jetzt ist er ja richtig schön, ein stattlicher Mann, aber damals war er zum Umblasen dünn, mit so wegstehenden schwarzen Haaren. Weil er ein kleines Vermögen geerbt hatte, benahm er sich wie ein reicher Schnösel. Aber trotzdem kam er gut an. Ähnlich wie beim Udo Proksch faszinierte mich dieses Erfindungsreiche und ein bisschen Fantastische. Damit

»Ich war dem Heller gegenüber nie unkritisch, aber er hat menschlich sehr an sich gearbeitet. Nach dem Tod meiner Tochter war er der Mensch, der wirklich an meiner Seite war.«

hat er mich erobert. Unsere kurze Ehezeit war dann mit sehr vielen Trennungen verbunden.

Als André Heller bei Ihnen einzog, parkte Proksch sein Auto vor Ihrer Tür, hievte einen Lautsprecher aufs Dach und rief ins Mikrofon: »Herr Heller, verlassen Sie sofort das Haus!«

Der Udo wollte mich natürlich ganz gern wieder zurückgewinnen – aber da war ich eisern.

Sie sagen über Ihre Ehemänner: »Beide waren vom Männlichkeitswahn verkrüppelte Menschen. Offenbar war ich auf der Suche nach dem wirklich Männlichen.« War Heller ein Macho?

Klar war er ein Macho – nur halt ein sehr wehleidiger. Ich habe hautnah miterlebt, wie er etwas wurde, was man sich heute bei ihm gar nicht mehr vorstellen kann: ein Bürgerschreck, der sich ständig selber herausfordert. Die öffentlichen Figuren, auf die er losging, reichten von Peter Alexander bis zu meinem Burgtheaterdirektor. Unter den Skandalen, die er auslöste, hat er sehr gelitten. Bei uns zu Hause fürchtete er sich vor seiner eigenen Courage. Er war heilfroh, als man ihn später endlich mochte und bewunderte. Ich war dem Heller gegenüber nie unkritisch, aber er hat menschlich sehr an sich gearbeitet. Nach dem Tod meiner Tochter war er der Mensch, der wirklich an meiner Seite war. Viele gute Freunde liefen weg, weil sie nicht wussten, wie sie mit mir nach so einem Unglück umgehen sollten.

Die konnten eine Erika ohne Anna nicht ertragen. Dass der Heller ganz da war, vergesse ich bis zu meinem letzten Atemzug nicht.

Die dritte und letzte große Liebe Ihres Lebens war der Schauspieler Peter Vogel, der mit Ihrer Burgtheaterkollegin Gertraud Jesserer zwei Kinder hatte.

Die Traudl Jesserer war dann mit dem Heller zusammen. »Partnertausch« nannten das die Medien. Mit dem Peter hatte ich eine sehr, sehr schöne Beziehung. Er war der erste Mann, der zu mir sagte: »Erika, ich habe es gern, wenn die Frauen grau werden.« Wenn einem das ein liebender Mensch sagt, hört man mit der Färberei sofort auf.

Vogel war suchtkrank.

Ja. Es gab den Alkohol, und es gab die Medikamente, die er sich injizierte. Deshalb konnte er sich so gut mit einer Spritze töten. Ich habe unzählige Entzüge mit ihm mitgemacht, aber er ist immer wieder in die Sucht zurückgefallen. Er war ein wirklich schöner und gescheiter Mann, begabt und geliebt. Wie er so ganz desolat war, habe ich bei mir überhaupt erst entdeckt, was es heißt, jemanden zu lieben in seiner Zerbrochenheit, Hinfälligkeit, gar nicht mehr der glanzvolle, fesche, herrliche Mann. Da setzt Liebe ein, finde ich.

Was war Vogels Problem?

Sein Unglück war unter anderem, dass er zu spät

1970 heiratet Erika Pluhar André Heller.
Mit 19 Jahren hatte der sein Erbteil aus der Schokoladen-
fabrik Heller für einen Film verpulvert, der niemals
in die Kinos kam, ihm aber die Gelegenheit gab, Erika Pluhar
vorgestellt zu werden. Heller ist österreichischer
Chansonnier, Aktionskünstler, Autor und Schauspieler.

erkannt hat, dass sein Weg die Musik gewesen wäre. Am Tag seines Todes haben wir noch telefoniert und Pläne gemacht. Dann hat er die Entzugsklinik verlassen und sich in einer Wiener Pension mit einer Injektion getötet. Er hat oft versucht, mir zu erklären, warum seine Angst vor dem Leben größer ist als die Angst vor dem Tod. Er hätte sich so gern mit mir gemeinsam getötet.

Nach Vogels Suizid ist Ihr Privatleben aus der Balkenpresse verschwunden.

Sein Tod hat mein Leben sehr, sehr verändert. Als er 1978 mit 42 starb, war ich 40. Ich habe dann nie mehr Tisch und Bett geteilt mit einem Mann. Es gab Beziehungen, aber keine eheähnlichen, intimen Gemeinsamkeiten. Ich brauche Abstand. Die dauernde Nähe eines anderen Menschen würde mich krampfig machen und nach Luft schnappen lassen.

Allein zu sein und schweigen zu können sind schwindende Fähigkeiten.

Als kleines Kind habe ich mich in Brombeerhecken verkrochen und war glücklich, dass ich da so allein war. Dieser große Sinn fürs Einsamsein hat mich schon immer bewohnt. Meine wahre Lebenskonzentration finde ich im Rückzug.

Mord, Sucht, Suizid: Werden Sie schlau aus sich, wenn Sie auf Ihre Männer zurückblicken?

Dass meine Beziehungen nicht geglückt sind, hat natürlich auch mit mir zu tun. Man ist schon auch der Auslöser dessen, was einem widerfährt. Dass ich mit Suchtcharakteren zusammen war, wird wohl kein Zufall gewesen sein. Ich war ja auch suchtkrank. Magersucht ist eine Art Todestrieb. Man weiß sehr genau, dass man sich selber zerstört, kriegt aber trotzdem keinen Bissen hinunter.

1985 notierten Sie in Ihr Tagebuch: »Es graut mir vor der Ω Bühne. Ich komme vor Ekel um.« Was löste Ihre Krise aus?

Ich war 40 Jahre lang am Burgtheater und habe wohl fast 3000 Vorstellungen gespielt. Nachträglich weiß ich, dass ich nie der prototypische Schauspielermensch war. In Kritiken wurde mir oft vorgeworfen, ich sei immer ich selber. Das stimmt auch, ich hatte nie diese Lust, mich von mir zu entfernen und in eine andere Gestalt zu klettern. Ich fand es schöner, in einer Figur neue Facetten von mir selbst zu entdecken, statt vor lauter Rollen nicht mehr vorhanden zu sein. Sich auf der Probe anfetzen, dass man schreien und heulen muss, war auch nie meines. Weil sich das Gefühl von Fron einstellte, bin ich ausgebüxt.

Sie begannen, Romane zu schreiben und eigene Lieder zu singen. André Heller sagt über das Timbre Ihrer Stimme: »Hätte die Pluhar nicht darauf bestanden, ausschließlich eigene Lieder zu singen, hätte sie als Sängerin eine Weltkarriere gemacht.«

Für ihre dritte Liebe, den Schauspieler Peter Vogel, verließ Erika Pluhar André Heller 1973. Vogels Frau Gertraud Jesserer wiederum zog bei Heller ein. Die Beziehung zu Vogel schildert Erika Pluhar als sehr beglückend, aber viel zu kurz. Vogel war suchtkrank und setzte seinem Leben 1978 mit einer tödlichen Spritze selbst ein Ende.

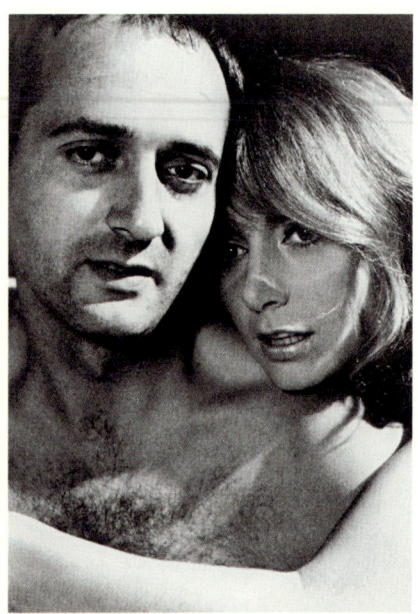

Das Lob meiner Stimme begleitet mein Leben und ist mir nicht unangenehm. Aber diese Sucht, unbedingt eine sogenannte Weltkarriere anzustreben, war mir seit jeher fremd. Mein gesanglicher Weg ist mir nach zwanzig CDs erfolgreich genug. Es gibt reichlich Menschen, die meine eigenen Lieder lieben – und nicht die einer zweiten Marlene Dietrich. Die gab's ja schon.

Die alte Marlene Dietrich verhüllte in ihrem Pariser Apartment die Spiegel. Was empfinden Sie heute beim Blick in den Spiegel?

Natürlich nehme ich das Welkwerden wahr, und es braucht ein bissel, bis mein inneres Empfinden sich in der alt gewordenen Frau wiedererkennt, die mich im Spiegel anschaut. Aber Schönheitsoperationen machen alles nur schlimmer. Sich das Alter mit dem Skalpell entfernen zu lassen ist eine Entwürdigung des Älterwerdens. Wer gegen das Altern ankämpft, altert bloß, ohne zu reifen. Ich habe bei Menschen nie nach Schönheit Ausschau gehalten. Etwas Küh-nes tun oder ein bissel Leben hinter sich bringen: Dann kann aus einem Gesicht was werden. Vielleicht ist es auch gescheiter, sich nicht makellos zu fühlen. Solche Menschen tendieren zur Oberflächlichkeit.

Altert auch das Glück?

Mit diesem Wort hab ich wenig am Hut, aber wenn schon, dann beschert mir heute die Natur die stärksten Glückserfahrungen, der Atlantik in Portugal zum Beispiel.

Wie verbringen Sie Ihre Abende?

Ich schaue mir Filme im Fernsehen an, manchmal vier hintereinander. Ich bewundere die alten Frauen vergangener Jahrhunderte, die abends gestickt haben und das Pendel der Uhr hörten. Wir haben es schon ganz gut mit dem Fernsehen.

Die Psychoanalytikerin Margarete Mitscherlich sagte noch mit 94 Jahren: »Die Libido erlischt erst ganz in unserer Sterbesekunde. Ich habe ein mildes Verhältnis zu meinen sexuellen Fantasien und sage mir, ach, mein Kind, du bist halt ein wenig zu alt, um das noch in die Tat umzusetzen.«

Frau Mitscherlich hat recht. Es ist ein Irrglaube, dass sexuelle Fantasien im Alter verschwinden. Eine Freundin von mir arbeitet in einem geriatrischen Zentrum. Da treiben fast Hundertjährige es noch miteinander in irgendeiner Form. Auch ich empfinde nach wie vor erotisch, nur die Liebesgeschichten, die sind mir zu blöd geworden. Ich verstehe gar nicht mehr, dass mir die Komplikationen mit Männern mal so wichtig waren. Da hätte ich mir einiges an sinnlosen Agonien und Selbstaufgaben ersparen sollen. Zu jemandem zu gehören; mir sicher zu sein, geliebt zu werden; mich in den Armen eines Mannes geborgen zu fühlen, ein ewiges Paar zu sein: Rückblickend schüttele ich

»Die Liebesgeschichten sind mir zu blöd geworden. Ich verstehe nicht mehr, dass mir die Komplikationen mit Männern mal so wichtig waren.«

über solche Sehnsüchte den Kopf, weil ich weiß, dass es das letztlich nicht gibt.

In der Bibel gibt es das Wort »lebenssatt«.
Haben Sie diesen Zustand erreicht?

Ich denke öfter: Jetzt reicht's, ich mag nicht mehr! Aber dann sagt eine Stimme in mir: Wie kokett von dir. Du willst doch noch gar nicht sterben.

Gibt es Tage, an denen Sie nicht an den
Tod denken?

Ich glaube, nein. Am gefährlichsten sind die ersten dreißig Minuten am Morgen, weil man mit dem Gefühl aufwacht: Was willst du diesem Leben noch abgewinnen? Deine Liebsten sind gegangen, und die Zukunft ist nicht mehr da. Nichts mehr nötigt dich zu bleiben. Du gehörst nur noch dem Warten auf den Tod. In diesen Momenten muss ich wirklich um meine Lebenskraft kämpfen.

Haben Sie Frieden mit sich geschlossen?

Eine gewisse Schrulle bin ich schon, aber ich habe mich recht gern gewonnen. Ich finde mich oft blöd, ja, aber mit aller Zuneigung.

Die ganze Wahrheit

VON MAX FELLMANN **ILLUSTRATION** MARION FAYOLLE

Sie hatte sich daran gewöhnt, nur seine Geliebte zu sein. Sie wollte das Kind von ihm, trotzdem. Drei Tage nach der Geburt gestand er ihr, dass es da nicht nur eine Ehefrau gab.

Eine große Liebe, viele große Lieben? Vielleicht waren es noch mehr, von denen Mona nichts wusste.

Claudio konnte einem das Gefühl geben, alles sei ganz leicht. Als gäbe es keine Sorgen, keine Probleme, sagt Mona. Kennengelernt hatte sie ihn an einem Freitagabend, es war in einem Club in ihrer Stadt, einer größeren Stadt in Norddeutschland. Wie man sich eben so kennenlernt. Ein Blick, noch ein Blick. Ein Getränk. Ein paar Sätze. Dann tanzten sie. Und wie er tanzte! Mona sagt, er hielt sie so, dass sie nie mehr woanders sein wollte als in seinen Armen. Und ja, er sah gut aus. Italiener eben. Dunkle Augen. Schwarze Locken. Klischee, klar. Aber umwerfend. Das ganze Programm.

An diesem ersten Abend passierte nichts. Sie begegneten einander wieder. Sie tanzten. Mona beobachtete sich dabei selbst und fragte sich: Was ist denn hier los? Warum fühlt sich das so gut an, in seinen Armen? Verliebe ich mich?

Am Ende dieser langen Nacht bot sie Claudio an, ihn heimzufahren. Sie war fast dreißig, ungebunden, er ein paar Jahre älter. Er lehnte ab. Das fand sie eigenartig. Aber spannend. Da war doch etwas zwischen ihnen gewesen, ein Funkeln. Und jetzt? Jedes Mal, wenn sie sich danach trafen, schien Claudio erfreut – aber er bremste. Meinte, er habe nicht viel Zeit. Müsse am nächsten Tag früh raus. Er war wie auf der Flucht. Heute meint Mona, das habe vielleicht ihren Jagdinstinkt geweckt.

Schließlich der erste Abend, an dem sie sich länger unterhielten. Claudio erzählte unvermittelt, dass er verheiratet sei und zwei Kinder habe. Mona war enttäuscht, aber Claudio sah sie an, mit diesen dunklen Augen, und murmelte, komm, gehen wir ein bisschen raus. Sie standen draußen auf der Straße, Mona sagte, schade. Echt schade. Er fragte, bist du verliebt in mich? Heute sagt Mona, es sei diese direkte Art gewesen, die sie beeindruckte, so eigen, so undeutsch. Er lehnte sie vorsichtig an ein Auto und küsste sie. Und Mona dachte, oh Gott, ich verliere die Kontrolle, das sollte nicht weitergehen.

Ging es aber. Sie fuhren zu Monas Wohnung. Wilde Stunden, wunderbare Stunden. Claudio blieb nicht über Nacht, um vier Uhr am Morgen fuhr sie ihn heim. Zu der Wohnung mit der Frau und den zwei Kindern. Unterwegs fragte Mona, ob er ein schlechtes Gewissen habe – nein, sagte Claudio, wie kann man bei so etwas Schönem ein schlechtes Gewissen haben?

Ein verheirateter Mann. Mona hatte kein gutes Gefühl. Aber eine Woche später trafen sie sich wieder. Vor dem Club, wo alle immer hingingen. Claudio wartete an der Tür. Sie fuhren direkt zu ihr nach Hause. Unausweichlich. So ging es weiter. Immer weiter. Er blieb jedes Mal nur ein paar Stunden, aber es waren die schönsten Stunden der Woche, des Monats, des Jahres.

Wenn Claudio ab und zu von seiner Familie sprach, kam es Mona nicht vor wie die große Liebe. Seine Frau schien vom Leben mitgenommen, depressiv. Wenn er von ihr erzählte, hatte Mona den Eindruck, er fängt seine Frau auf, er sieht darin so etwas wie eine Aufgabe. Er sagte, wenn er seine Frau verließe, das würde sie nicht überstehen. Mona wunderte das nicht. Auch sie fühlte sich bei ihm so sicher, so geborgen. Heute sagt sie, er konnte eine gute Atmosphäre schaffen, immer, überall, ich habe mich bei ihm so verstanden gefühlt. Das war sein Talent.

Es war nicht einfach vorbei nach ein paar schönen Nächten. Es ging erst richtig los. Nach drei Monaten ein gemeinsamer Ausflug übers Wochenende. Er sagte seiner Frau, er besuche seinen Bruder. In Wirklichkeit fuhren Claudio und Mona in ein kleines Hotel auf dem Land. Auf der Fahrt fragte er Mona wieder, bist du verliebt? Und er sagte zum ersten Mal: Ich bin auch verliebt. Aber du weißt, ich werde meine Frau nie verlassen. Heute sagt Mona, sie habe es irgendwie geschafft, das auszublenden. Es ging ihr nur um den Moment. Um die Nähe. Es fühlte sich an wie eine richtige Beziehung, viel mehr als nur eine Affäre. Es war, das sagt Mona heute noch, die große Liebe. Sie wollte nicht darüber nachdenken, was später ist.

Claudio konnte sich nie festlegen, er konnte nie planen, seine Familie wartete. Oder das Fitnessstudio. Oder Freunde. Es war immer irgendwas. Mona gewöhnte sich an, alle anderen Verabredungen nur unter Vorbehalt zu treffen. Es konnte ja immer sein, dass er sich plötzlich meldet, zu Hause weg kann, Zeit für sie hat. So lief es über Jahre. Mona hatte für Claudio einen eigenen Klingelton auf ihrem Handy eingestellt. Wenn sie mit Freundinnen unterwegs war und dieser Klingelton kam, wurde ihr heiß. Sie musste los, sie musste raus. Sie brach unter absurden Ausreden auf. Ihn treffen.

Claudio schwor, dass seine Frau nichts von Mona weiß. Er sagte, bevor ich dich getroffen habe,

Claudio schwor, dass seine Frau nichts von Mona weiß. Er sagte: Bevor ich dich getroffen habe, bin ich oft fremdgegangen, es waren unbedeutende Geschichten, One-Night-Stands. Mit dir ist das anders.

bin ich oft fremdgegangen, es waren unbedeutende Geschichten, One-Night-Stands. Mit dir ist das anders. Mona sagt, er hat mir das Gefühl gegeben, ich bin seine einzige Liebe, die große, wahre Liebe.

Es gab nie einen Moment des Zusammenlebens, des Alltags. Nie nebeneinander Zähne putzen im Bad. Nie zusammen im Supermarkt einkaufen. Und weil nie Normalität einkehrte, sagt Mona heute, war sie vier Jahre lang ununterbrochen frisch verliebt. Immer das Gefühl, sie hat zu wenig von ihm, immer das Gefühl, sie braucht mehr Zeit. Immer das nervöse Warten auf die nächste Begegnung.

Zwei Jahre. Drei Jahre. Vier, fünf Jahre. Dann endlich ein Augenblick Ruhe. Er auf Reisen. Sie allein zu Hause. Zum ersten Mal denkt Mona, es kann so nicht weitergehen. Ein Geburtstag, noch ein Geburtstag, sie war jetzt Mitte dreißig. Mona spürte, sie will ein Kind. Aber sie wusste, mit Claudio, das würde nichts werden. Wie sollte das gehen? Er würde seine Frau nicht verlassen.

Krise. Mona hing zwischen den Stühlen. Sie redete mit Claudio, versuchte sich von ihm zu trennen, schaffte es nie länger als ein paar Wochen. Wollte ausbrechen, schaffte es nicht. Wollte ihn aus dem Kopf kriegen, schaffte es nicht. Mona sagt, ich hatte immer das Gefühl, einen wie ihn treffe ich nie wieder!

Claudio blieb ruhig, die ganze Zeit. Sagte, ich stehe hinter allem, was du tust. Triff andere Männer,

vielleicht verliebst du dich ja. Klang das viel zu lässig? Mona ist sich heute nicht ganz sicher, damals erschien es ihr wie ein Zeichen der Liebe, er meinte es ja gut, er wollte ihr helfen.

Mona versuchte es. Sie schlief mit einem anderen Mann. Erzählte Claudio davon. Er drehte fast durch. Konnte es nicht ertragen, sagte er. Er wandte sich von Mona ab. Funkstille. Sie war am Boden zerstört.

Als sie dann wieder zusammenkamen – natürlich kamen sie wieder zusammen –, war alles grausam klar. Klarer als je zuvor. Ich wusste, sagt Mona heute, ich habe keine Freiheiten mehr, ich muss immer aufpassen, dass ich diese fragile Beziehung nicht zerstöre. Und Claudio sagte, du bist doch mein Engel, ich liebe dich. Damals fühlte sich dieser Satz an wie das reine Glück, heute sagt Mona, ich war völlig unfrei. Abhängig.

Schließlich, das Ganze ging schon seit fast acht Jahren, wusste Mona, sie will ein Kind. Jetzt. Von ihm. Auch wenn sie nicht zusammen sind. Nie sein werden. Sie wusste, er würde seine Frau nicht verlassen, aber vielleicht war das gar nicht nötig. Vielleicht kann man sich einen Mann auch teilen.

Claudio sagte ihr, auch er träume von einem gemeinsamen Kind mit ihr, er habe nur Angst vor den Konsequenzen. Da war immer ein Funken Hoffnung in seinen Worten oder zumindest fand Mona

Die Geburt verlief gut. Ein gesundes, hübsches Mädchen: Carla. Ein paar Tage später rief Claudio im Krankenhaus an und fragte: Na, wie geht's der kleinen Jana?

ihn immer. Sie bot ihm sogar an, lass uns ein Kind kriegen, ich entbinde dich von allen Verpflichtungen. Er sagte, ich kann das nicht machen. Er sagte, ich fände es schlimm, wenn du als Zweitfrau ein Kind bekommst. Ich will dir das nicht antun, das hast du nicht verdient. Du solltest nicht in Lüge leben müssen.

Irgendwann konnte sie nicht mehr. Liebe ohne Hoffnung. Kinderwunsch ohne Erfüllung. Der erste ernsthafte Versuch einer Trennung. Kostete sie unendlich viel Kraft. Kein Appetit. Kaum Schlaf. Sie schlich um ihr Handy herum. Sie schaffte ein paar Monate Abstand. Dann trafen sie sich wieder. Sie waren nicht mehr zusammen. Aber sie fanden doch immer wieder zueinander. Für Momente. Für einzelne Nächte. Abstand. Treffen. Bett. Wieder Abstand. Treffen. Bett. Glück. Hölle.

Der Club, in dem sie sich kennengelernt hatten. Ein Freitagabend. Wieder. Sie tanzten. Er hielt sie. Es war wie damals, ganz am Anfang. Und am Ende, gegen drei, sagte er, komm, ich fahr dich nach Hause. In dieser Nacht wurde Carla gezeugt.

Mona ahnte nichts davon. Sie sagte zu Claudio, wir müssen jetzt endlich Abstand halten. Er sagte, es ist traurig, dass wir keine Kinder zusammen haben werden. Nach ein paar Wochen merkte Mona, sie muss einen Schwangerschaftstest machen. Eindeutiges Ergebnis. Monas erstes Gefühl: nichts als

Freude. Keine Sekunde des Zweifels. Mona war klar, ich will dieses Kind. Sie schrieb Claudio eine SMS: Können wir uns treffen, ich muss mit dir reden. Er antwortete: Wieso können wir nicht telefonieren? Sie schrieb: Nein, komm bitte vorbei. Er kam, saß schweigend auf dem Sofa. Sie fragte, du hast überhaupt keine Idee, warum ich dich sprechen wollte?

Ich bin schwanger. Ein kurzes Funkeln in seinen Augen, dann ein Blick ins Leere, Claudio nahm seinen Kopf zwischen die Hände und seufzte, du hast das schlimmste Timing meines Lebens erwischt. Timing? Mona beschloss, sich erst mal keine Gedanken zu machen. Sie redeten. Er sagte, er wolle sich entschuldigen für alles, was er ihr in den letzten zwei Jahren angetan hatte. Mona wurde stutzig. In den letzten zwei Jahren? Was meinte er damit? Claudio sagte, es gibt da etwas, was ich dir noch nicht gesagt habe. Als Mona fragte, was, schwieg er. Lange. Dann murmelte er, das möchte ich dir erst nach der Geburt sagen.

Danach Stille. Tage. Wochen. Plötzlich meldete sich Claudio wieder. Er schrieb Mona, ach, es gibt doch eigentlich nichts Schöneres, gleich zwei Frauen lieben mich und wollen Kinder von mir. Sollen wir nicht einfach die Beziehung wieder aufnehmen, wie sie mal war? Mona verstand nicht, was in ihm vorging, aber die Aussicht darauf, das alles gemeinsam zu erleben … immerhin. Ihr Kind sollte einen Vater haben. Sie trafen sich. Aber, sagt Mona heute, es kam mir alles rein technisch vor. Nicht wirklich gefühlt. Als spiele er nur eine Rolle. Und immer wieder fragte er, wie läuft das mit dem Unterhalt? Heute sagt Mona, sie glaubt, er habe das alles nur gemacht, weil er hoffte, so aus der Unterhaltsfrage rauszukommen. Dass sie auf das Geld verzichtet, solange er nur irgendwie da ist und ein bisschen hilft.

Zwei Wochen bis zur Geburt. Mona ging mit einer Freundin essen, die auch Claudio kannte. Sie hatten sich mehr als ein Jahr nicht gesehen. Die Freundin hatte in der Zwischenzeit geheiratet, war Mutter geworden, sie freute sich mit Mona über ihre Schwangerschaft. Mona erzählte, von wem das Kind ist. Erzählte ihr von der großen, wilden, wunderbaren Liebesgeschichte mit Claudio. Die Freundin sah sie lange an. Dann sagte sie, es tut mir leid, dass ich dir das jetzt sagen muss. Ich war auch jahrelang mit Claudio zusammen. Mona wurde schwindlig. Sie fragte, wann genau wart ihr zusammen? Die beiden rechneten. Es waren sieben Jahre gewesen. Sieben Jahre, in denen Claudio mit beiden gleichzeitig eine Affäre hatte. Die Freundin erzählte, er ist manchmal noch nach dem Fitnessstudio vorbeigekommen, oder nach dem Ausgehen. Genau wie bei mir, dachte Mona. Heute sagt sie, er hatte sich das offenbar in aller Ruhe ausgesucht, welche Frau er wann trifft. Der einen erzählt, er wäre im Fitnessstudio, der anderen, er wäre mit Freunden unterwegs.

Trotz allem wollte Mona, dass er bei der Geburt dabei ist. Ich dachte, das ist wichtig für die Vater-Kind-Bindung, sagt sie. Es war einer der ersten warmen Frühlingstage, die Geburt verlief gut. Ein gesundes, hübsches Mädchen. Carla. Dunkle Augen wie er. Dunkle Locken wie er. Claudio war tatsächlich dabei. Er kam spät, musste dann plötzlich noch mal weg. War stundenlang fort. Kam zurück. Sagte, er müsse noch mal umparken. Aber als Carla auf der Welt war, nahm er sie in den Arm und lächelte.

Am dritten Tag nach der Geburt kam Claudio ins Krankenhaus, er wirkte nervös. Machte überdrehte Witze. Wochenbettdepression, Milcheinschuss, schlaflose Nächte. Der denkbar schlimmste Zeitpunkt, aber Mona fragte, hey, was ist los? Claudio sagte, ich will dir die Wahrheit ersparen. Mona blieb eisern. Sag mir, was los ist. Schließlich sagte Claudio, es gibt da noch eine andere Frau. Sie ist auch schwanger. Wann kommt ihr Kind, fragte Mona. Es kann jeden Moment so weit sein, sagte Claudio. Am Tag, bevor Mona ihm gesagt hatte, dass sie schwanger ist, hatte auch die andere Frau ihm gesagt, dass sie schwanger ist.

Drei Tage nach Carla kam das Kind zur Welt. Den Namen erfuhr Mona, als Claudio bei ihr im Krankenhaus anrief und sich versprach. Er fragte, na, wie geht's der kleinen Jana?

Claudio verschwand für Wochen. Mona wusste nicht mehr weiter. Sie wusste gar nichts mehr. Ein schreiendes winziges Bündel neben sich. Mutterglück und Enttäuschung. Freude und Hass. Dann rief sie Claudio an, sagte, ich will sie kennenlernen. Claudio sagte, das geht nicht. Er hatte der anderen Frau nichts von Mona erzählt.

Ein Albtraum, sagt Mona heute. Ich hatte gerade eine Sicht auf die Dinge gefunden, mit der ich leben konnte: Ich wollte dieses Kind. Von diesem Mann. Ich war nicht mit ihm zusammen, aber ich liebte ihn. Plötzlich hat sich alles gedreht. Ich wusste nicht mehr, was ich glauben soll. Ob ich ihn noch lieben soll. Mona sagt, ich weiß nicht, vielleicht gab es noch mehr Frauen? Noch mehr Affären, noch mehr Geschichten, noch mehr, wer weiß, Kinder?

Wenn Claudio jetzt vor der Tür stünde und sagte, lass es uns versuchen – ich könnte es nicht mehr, sagt Mona. Ich habe all die Jahre gehofft, er trennt sich von seiner Frau. Wenn er jetzt zu mir käme, es wäre trotzdem vorbei. Ich könnte ihm nie wieder vertrauen. All die Jahre habe ich gehofft, sie kriegt alles mit und schmeißt ihn raus. Jetzt könnte es so weit sein. Und es bringt mir nichts mehr.

Aber es wird schon alles irgendwie gehen, sagt Mona. Sie bekommt Elterngeld, sie hat ein bisschen Erspartes, die Familie hilft. Es ist eng. Aber es passt. Carla ist jetzt neun Monate alt. Mona sitzt auf dem Sofa, auf dem Claudio immer gesessen hat. Carla auf ihrem Schoß, lachend, mit strahlenden, dunklen Augen. Während der Schwangerschaft hatte sie Angst, dass sie im Gesicht ihres Kindes immer nur ihn sehen könnte. Dass Carlas Anblick sie ständig an Claudio erinnert. Es ist nicht so.

Mona lächelt und sagt, ich schaffe das. Ich liebe mein Kind. Was auch immer passiert, Carla und ich, das ist richtig so. Das ist ein Happy End.

Und dann sagt Mona: Ich habe gelebt. Ich bin meinem Herzen gefolgt. Ich bereue nichts.

»Sarah«

VON MARC BAUMANN **ILLUSTRATION** FRANK HÖHNE

Von deutschen Männern heißt es, sie seien ziemlich ungelenk beim Flirten. Online soll sich das besonders bemerkbar machen. Unser Autor ist der Sache nachgegangen, getarnt als Frau.

Die Komödiantin Caroline Kebekus hat ein Lied über das »Dick Pic« geschrieben. Also über Nacktfotos, die Männer bei Internetflirts unaufgefordert verschicken. Sie singt: »Wir haben uns zweimal schon geschrieben. Ich hoffe, dass heut etwas passiert. Ich wollte gerade meine Beine rasieren, als plötzlich mein Handy vibriert. Verrät er mir seinen richtigen Namen? Oder schickt er mir ein Liebeslied? Der Anhang ist nun endlich geladen – es ist ein Foto von seinem Glied.«

In dem dazugehörigen Musikvideo verzweifeln zwei Frauen an all den selbstverliebten Onlinedating-Männern, die vor ihrem Auto oder Haus posieren und sich gürtelabwärts fotografieren, in der Annahme, Frauen würden solche Bilder erregen. Kebekus' Song ist ein Witz, schon klar, aber trifft er einen wahren Kern? Ich habe von Frauen in meinem Freundeskreis öfter gehört, sie hätten selbst auf Facebook schon plumpe Annäherungen von Fremden erlebt. Sind Männer so? Mal gesamtgeschlechtlich gefragt. Kann es sein, dass der deutsche Mann, dem Ruf nach ohnehin mittelmäßig flirtbegabt, beim Onlinedating endgültig versagt?

Um das herauszufinden, mache ich mich zur Frau. Früher hätte ich einen Schminkkurs benötigt, Stöckelschuhe in Größe 46 und viel Mut. Heute dauert die Verwandlung keine fünf Minuten: So schnell hat man sich das Onlineprofil einer Frau zurechtgefälscht.

Erste Frage: Auf welcher Datingseite melde ich mich denn an? Parship, Tinder, eDarling, FirstAffair, Neu.de – die Auswahl ist ja enorm. All diese Seiten kann man grob in drei Kategorien einteilen: 1) Die betont seriösen »Partner fürs Leben«-Portale, zum Beispiel ElitePartner oder FriendScout24. Als Flirtumfeld so etwas Ähnliches wie der Singletisch auf einer Hochzeit. 2) Kostenlose »Generation Smartphone«-Portale wie Tinder oder OkCupid. Sie entsprechen der Stimmung um zwei Uhr morgens in einem Berliner Club. 3) Die »Sexuelle Abenteuer«-Portale, etwa c-date, secret oder FirstAffair, vergleichbar vielleicht mit der Atmosphäre morgens um vier im Karneval. Auf je zwei Plattformen jeder Gattung lege ich Profile an.

Zweite Frage: Wie möchte ich aussehen, so als Frau? Warum nicht wie Frau Kebekus: Mitte dreißig, auf kumpelige Art hübsch, eher Rock als Latzhose. Ich leihe mir von einer Kollegin ein Foto, auf dem sie sehr attraktiv aussieht, aber aus zu großer Entfernung aufgenommen wurde, um erkannt zu werden. Dazu stelle ich ein Foto einer Surferin, die auf der Welle nur von hinten zu sehen ist. Sofern die Profile einen Begleittext zulassen, versuche ich, lustig und schlagfertig zu wirken. Ich schreibe: »Bitte keine plumpen Anmachen, seid ein bisschen kreativ, Jungs.« Als meinen Namen gebe ich Sarah an.

Noch bevor irgendein Anbieter ein Foto von Sarah freischaltet, bekomme ich die ersten Nachrichten. Bei ElitePartner: »Er, Immobilienmakler, 39 Jahre, wartet darauf, Sie kennenzulernen.« Bei c-date: »Hey, ich hab grad dein Profil angeschaut und es hat mich total angesprochen, da wir sehr viel gemeinsam haben.« Erstaunlich, denn auf c-date kann man nur ein paar vorgegebene Stichworte zu Interessen oder Hobbys ankreuzen. Plus die sexuellen Vorlieben (ich habe so schüchtern wie vage »sinnlichen Sex« und, etwas forscher, »besondere Orte« angekreuzt, nicht aber »Dreier, Fesseln, Filmen, Fetisch«). Der Mann, der findet, wir hätten so viel gemeinsam, schreibt auf Nachfrage: »Ich bin auch sportlich und ich mag Italien.«

Ein dritter Mann schreibt mir über c-date: »Bist du devot im Bett?« Folgende Sätze sind in seinem Anschreiben nicht enthalten: »Hallo / Wie geht's dir? / Darf ich dich mal was fragen? / Ich falle jetzt mit der Tür ins Haus.« Ich lösche seine Mail.

Als Sarahs Profilfotos dann sichtbar sind, strömen die Nachrichten nur so herein. Ein 55 Jahre alter Mann schreibt: »Obwohl man dich nicht so richtig sehen kann, hast du irgendwas Besonderes an dir.« Von den folgenden zehn Nachrichten bestehen vier aus nur einem Wort: »Hallo.« Dann: Schweigen. Auf meine Rückfrage hin erklärt einer der Hallo-Schreiber: »Man weiß ja nie, ob ein Frauenprofil überhaupt echt ist oder nur vom Computer erstellt. Und viele Frauen antworten nicht. Da gebe ich mir nicht jedes Mal die Mühe.« Andere Männer schicken mir in einer Woche dreimal eine wortgleiche Nachricht. Das gängige Flirtprinzip lautet wohl: Mit der Schrotflinte wahllos in den Wald schießen und schauen, ob irgendwo ein Reh umfällt. Bei secret, c-date oder FirstAffair bekomme ich schon morgens Sexangebote. Ein entblößter Oberkörper mit eingezogenem Bauch schlägt vor: »Bin grad auf Geschäftsreise im Hotel ___, komm doch vorbei!« Er hat weder mein Gesicht näher gesehen noch sexuelle Vorlieben erfragt.

Immerhin ist er dezenter als der Mann, der mir wörtlich schreibt: »Ciao, ich stelle mir mal unser treffen vor indem du bei mir leutest, ich mache dir auf und drücke dich sofort gegen die wand und küsse dich, hebe dir ein bein hoch und ...« Der Mann beschreibt sich als »sinnlich« und gibt an, eine »feste Beziehung« zu suchen. Mit »feste« meint er wohl den Satz drei Zeilen weiter: »... dann binde ich deine Hände and den Wasserhahn und ...«. Ein anderer schlägt mir eine Sexpraktik vor, von der ich nicht wusste, dass sie mit dem männlichen Körper möglich ist.

Auch nach mehreren Tagen hat nicht ein einziger Mann einen klugen, lustigen, besonderen ersten Satz geschrieben. Je offensiver eine Webseite sexuelle Abenteuer verheißt, desto liebloser sind die Anschreiben. Ich frage mich, wer eher sein wahres Gesicht zeigt – der sittsame ElitePartner oder der unverblümte c-Dater?

Ich bin keine Frau, ich habe keine Ahnung, wie viele Frauen den Kennenlernsatz »Hey, Bock auf Sex?« keck und verführerisch finden. Als ich meinen Mailverkehr mit den Männern noch einmal lese, fällt mir auf, wie oft ich Ratschläge gebe: »Hör mal, eine Frau kommt nicht einfach so in dein Hotelzimmer, ohne ein Foto zu sehen von dir oder irgendetwas zu wissen über dich«, oder: »Dein Anschreiben ›Hi, na?‹ ist zu lieblos, fällt dir nicht mehr ein?«, oder: »DU hast mich angeschrieben, wie wäre es also, wenn DU mir von DEINEM Leben erzählst?« Ich führe mich schon auf wie ein Flirtcoach, der verzweifelt versucht, die Würde dieser Männer zu retten. Aber ich bin auch ein Mann, es geht hier also auch um meinen Ruf.

Mein größter Trost ist es, die dreistesten Schreiber auf den Arm zu nehmen: »Was hast du gerade an?«, lechzt ein Mann zur Begrüßung in seiner Mail. »Winterjacke, Schal, Handschuhe, warme Schuhe – ich sitze auf einer Parkbank«, antworte ich. Er: »Ich setze mich neben dich, küsse leidenschaftlich deinen Hals.« Ich: »Du meinst meinen Schal?« Er: »Deine Brustwarzen werden hart.« Ich: »Siehst du das durch die Daunenjacke und den Pulli durch? Respekt!«

Mich findet nicht jeder lustig, die Männer auf den »Sexuelle Abenteuer«-Seiten reagieren schnell sauer, einer droht auf meine flapsige Antwort: »Ich werde dir jeden Zahn einzeln ausschlagen.« In seinem Profil beschreibt er sich als zärtlich und lieb. Danach bleibe ich erst mal eine Zeit auf der harmloseren, aber psychologisch recht interessanten Seite ElitePartner. Die hat den Slogan »Für Akademiker und Singles mit Niveau« (Warum eigentlich »und«? Müssen ungebundene Doktoren der Seite fernbleiben?). Im seriösen Onlinedating, stelle ich fest, wird auch dezidiert seriös geflirtet, die Männer preisen ihre Karriere, sprechen über Urlaubsreisen und manchmal nach drei Mails schon über die Familienplanung. Einen unvergesslichen Eindruck hinterlässt so schnell niemand. Aber ich muss ja auch alle Angebote absagen, zu telefonieren oder sich in einem Café zu treffen. Erfreulich: Hier lässt kein Mann seine Hose herunter.

Auf Tinder – nicht so sexuell wie c-date, nicht so förmlich wie ElitePartner, ein Mittelweg – schreibt mir ein 25-Jähriger mit Vollbart und Sonnenbrille: »Tinder ist doch ein großer Puff.« Echt? Das erlebe ich anders, anzüglicher als »Hammer Figur ;-)« wird es in den Begrüßungsschreiben nicht, die meisten haben sich mein Profil durchgelesen und wirken nett. Zweideutige Angebote werden humorvoll formuliert und kommen erst nach der vierten, fünften Nachricht. Ähnlich entspannt läuft es bei OkCupid. Bei Tinder können mir nur Männer schreiben, die ich dort vorher gelikt habe. Einen erkenne ich, es ist ein entfernter Bekannter von mir, verheiratet, Kinder. Sarah likt ihn. Er likt zurück.

Nach einer Woche habe ich mir insgesamt Profile von mehr als dreitausend Männern angesehen, rund vierhundert haben mir geschrieben, zweihundert habe ich geantwortet. Nur einer

Ein Mann schlägt mir eine Sex-praktik vor, von der ich nicht wusste, dass sie möglich ist.

hat vermutet: »Du bist doch ein Fake-Account!« Recht hat er, und trotzdem: Wie angenehm das ist, ein Postfach voller Komplimente zu haben! Auch wenn sie eigentlich nicht mir gelten. Und ziemlich oberflächlich sind.

Ich war ja selbst mal Single, ich habe ebenfalls gerätselt, wie man das macht: Frauen gekonnt ansprechen. Einmal zögerte ich vier Stunden lang, auf eine Frau zuzugehen, bis wir um fünf Uhr fast die Letzten auf der Tanzfläche waren – und dann reichte mein Mut nur für ein: »Weißt du, wie viel Uhr es ist?« Sie seufzte genervt und ging. Online ist die Hemmschwelle niedriger, dafür die Konkurrenz größer.

Dann die Überraschung: Auf einem »Sexuelle Abenteuer«-Portal schreibt mir ein toll aussehender, sportlicher, sympathischer, lustiger Mann. Seine Mails sind jedes Mal besser als meine. Soweit das als Mann hinter dem Computer geht: Ich fühle mich verführt, ja, verzaubert. Er mag mich auch. Bei einer seiner Nachrichten höre ich mich kichern, bei einer anderen erröte ich. Dann lösche ich mein Profil. Kommentarlos, grußlos. Wie hätte ich ihm sagen sollen, dass Sarah Marc ist? Dass er so viel Charme verschwendet hat? Dass ich gerne mal mit ihm ein Bier trinken würde? Nacktfotos hat er natürlich nie verschickt. Frau Kebekus, ich kenne den Profilnamen des Mannes, Sie können sich gern melden.

»Als wäre es das letzte Geheimnis zwischen den Menschen«

INTERVIEW GABRIELA HERPELL
FOTOS NASTIA CLOUTIER-IGNATIEV, ULF ANDERSEN, NICO KRINJO

Warum küssen wir uns eigentlich? Der Philosoph Alexandre Lacroix über die Faszination einer Geste, die biologisch keinen Sinn ergibt.

»Küsse sind das, was von der Sprache des Paradieses übrig geblieben ist.« (Joseph Conrad)

Monsieur Lacroix, Sie haben sich mit dem Küssen so intensiv auseinandergesetzt, weil Ihre Frau sich beklagt hat, Sie haben sie zu selten geküsst. Was ist denn in Ihrer Ehe los?

ALEXANDRE LACROIX Ich habe nicht so viel Wert auf das Küssen gelegt. Meine Frau schon. Sie warf mir vor, gefühllos zu sein. Aber das war es nicht. Für sie schien das Küssen eine Art Liebesbarometer zu sein. Da habe ich mich gefragt, warum ich das Küssen nicht so wichtig fand.

Und?

Ich habe einsehen müssen, dass es der Anfang vom Ende einer Beziehung ist, wenn man das Küssen vergisst.

Hat Sie das überrascht?

Ein bisschen schon. Noch mehr allerdings hat mich etwas anderes überrascht: Ich dachte, wie vielleicht die meisten Menschen, dass Küssen etwas Zeitloses und Universelles sei. Und dass die Menschen, die sich lieben, sich seit jeher auf den Mund küssen. Aber der Kuss als Zeichen der Liebe ist erst mit den großen Liebesfilmen wie *Vom Winde verweht* um die Welt gegangen, also ungefähr vor siebzig Jahren. Er hat sich ähnlich schnell verbreitet wie die Pizza, die heute auch auf der ganzen Welt gegessen wird.

Wie war es vorher?

Da gab es große regionale Unterschiede. In den meisten afrikanischen Staaten waren die Menschen schockiert und angeekelt, wenn sie Weiße sahen, die sich auf den Mund küssten. In den großen Städten kann man sich dort mittlerweile küssen, aber auf dem Land kommt es so gut wie überhaupt nicht vor. In der Geschichte Asiens lässt sich das Küssen sehr weit zurückverfolgen, aber es war keine Geste der Zuneigung. Man küsste sich nicht, wenn man heiratete, sondern im Bett. Es war eine Sexualpraktik, die manche anwandten, andere nicht.

Ist das heute anders?

Eigentlich nicht. Sie küssen sich dort auch nicht innerhalb von Familien. In den nördlichen Ländern wie Sibirien und Lappland wieder hat man sich mit dem Riechkuss begrüßt: Man legt seine Nase auf die Wange des anderen und atmet tief ein.

Und überprüft, ob man sich gut riechen kann?

Das ist Ihre Interpretation! Ich wäre da vorsichtig.

Wir haben die Tendenz, die Sitten anderer nach unserem Weltverständnis auszulegen.

Bleiben wir also bei den Fakten.

Die Franzosen sollen Weltrekordler sein im Küssen. Korrekt?

Wenn man den Studien glaubt, küsst sich ein Paar in Frankreich und in Italien ungefähr siebenmal am Tag, in China und Japan nur einmal alle zwei Tage. Darunter fallen bei uns natürlich auch der Gutenmorgenkuss und der Gutenachtkuss. Also wieder die Küsse, die Zuneigung bedeuten.

Woher kommt diese Koppelung vom Kuss an die Zuneigung bei uns?

Der Kuss war in allen monotheistischen Zivilisationen die Geste, die Gefühle am stärksten ausdrückte. Bei den Römern gab es noch drei Worte für den Kuss: Der Kuss innerhalb von Familien, der die Verbundenheit ausdrückte, hieß Basium. Das Osculum ist ein ähnlich unschuldiger Kuss: ein Zeichen der Anerkennung unter Gleichgesinnten. Das Suavium war der Kuss der Liebenden. Aber im alten Rom spielten vor allem das Osculum und das Basium eine große Rolle.

Warum nicht das Suavium?

Es ging um Respekt: Der andere ist mein Alter Ego, er befindet sich mit mir auf Augenhöhe, denn er ist Teil meiner Familie oder meiner sozialen Klasse. Es wäre also niemals vorgekommen, dass ein römischer Bürger eine Prostituierte oder einen Sklaven auf den Mund geküsst hätte. Und ich glaube, dass uns davon einiges geblieben ist.

Heute verweigern die Prostituierten ihren Kunden den Kuss.

Das ist die typische Gegenreaktion. So wie die schwarzen Rapper sich selbst Nigger nennen. Ich meinte, uns ist geblieben, dass man den, den man küsst, achten muss. Die Katholiken haben sich bis ins 13. Jahrhundert hinein auf den Mund geküsst, die orthodoxen Christen tun das bis heute.

Warum haben die Katholiken damit aufgehört?

Man geht davon aus, dass da Einiges aus dem Ruder lief und Papst Innozenz III. den Kuss verboten hat. Auch wenn die Christen nicht mehr küssen durften, hatten sie dem Kuss bereits eine weitere Dimension hinzugefügt: Man ist nicht nur auf Augenhöhe, sondern auch durch etwas Höheres, den Glauben, verbunden. Bei einem Paar ist es

ALEXANDRE LACROIX

Geboren 1975. Nach dem Studium der Wirtschaftswissen-
schaften und Philosophie arbeitete er kurze Zeit für
eine Werbeagentur in Paris. Dann machte er einen radikalen
Schnitt, zog in ein Dorf im Burgund und schrieb ununterbrochen: Romane, Essays und andere Zeitungstexte.
2006 gründete er das »Philosophie Magazine«,
das er seitdem als Chefredakteur leitet. Dafür kehrte
er nach Paris zurück. Lacroix ist mit einer Italienerin
verheiratet und hat drei Kinder. Sein Buch »Kleiner
Versuch über das Küssen« erschien 2011 in Frankreich
und 2013 bei Matthes & Seitz auch auf Deutsch.

ähnlich: Die Liebe zwischen zwei Menschen ist
größer als sie selbst.

**Finden wir es darum schwieriger,
jemanden zu küssen, den wir nicht lieben,
als mit ihm oder ihr Sex zu haben?**

Natürlich. Wir sagen, dass der Kuss intimer ist als
Sex. Das ist ja absoluter Blödsinn. Sex ist viel intimer. Aber beim Geschlechtsakt geht es nicht
darum, einander ebenbürtig zu sein, eher im Gegenteil. Und niemand kommt dabei auf die Idee,
dass einen etwas Höheres, Göttliches verbindet.

**Wenn man einmal aufgehört hat, jemanden
zu lieben, fühlt es sich besonders falsch an,
ihn zu küssen.**

Vielleicht, weil man sich wie ein Verräter vor-
kommt. Übrigens: Beim Kuss – und das ist fast
modern – dominiert keiner den anderen. Nicht der
Mann die Frau oder umgekehrt.

**Kommt das nicht ein bisschen darauf an?
Im Film *Vom Winde verweht* zwingt Clark
Gable Vivien Leigh in seine starken Arme
und küsst sie. Dann mag sie es, natürlich.**

Clark Gable bemächtigt sich ihrer, stimmt. Aber
denken Sie an Burt Lancaster und Deborah Kerr in
Verdammt in alle Ewigkeit: Sie verführt ihn. Oder
Greta Garbo in *Die Kameliendame*: Sie bedeckt das
Gesicht ihres Partners mit Küssen.

Wie erklären Sie sich eigentlich die bahnbre-
chende Wirkung des Filmkusses?

Der Kuss war im Hollywoodfilm der Vierziger- und
Fünfzigerjahre gleichbedeutend mit der Liebe
in all ihren Dimensionen, denn mehr Erotik durften amerikanische Regisseure nach dem Hays
Code, einer Art Selbstzensur der großen Studios,
nicht zeigen. Es hatte viel Ärger gegeben um Orgi-
en, Affären und die Freizügigkeit in der Ära des
Stummfilms. Der Hays Code verbot, den Ehebruch
positiv darzustellen, außerdem zweideutige Tänze,
sich entkleidende Schauspieler, Bett- und Schlaf-
zimmerszenen. Es gab nur noch den Kuss – und
auch der war ja nicht echt. Allerdings sah er sagen-
haft gut aus. Viel besser als die späteren Filmküs-
se, in denen sich die Schauspieler echt mit der
Zunge küssten. Unvergesslich, wie Ingrid Bergman
Humphrey Bogart in *Casablanca* bittet, sie zu küssen: als wäre es das letzte Mal.

Welche Bedeutung hat der Filmkuss jetzt?

An James Bond kann man die Entwicklung gut erkennen: In *Dr. No* von 1962 zittern die Lider und die
Lippen der Frau, als Sean Connery sie küsst. Musik,
starke Szene, Schnitt, den Sex muss man sich denken.
In *Stirb an einem anderen Tag* aus dem Jahr 2002
schlafen Halle Berry und Pierce Brosnan miteinander, dabei küssen sie sich von Zeit und Zeit. Der Kuss
hat kaum mehr Bedeutung, die Szene dient eher
dazu, dass alle mal Pause machen können, bevor die

»Liebende schließen beim Küssen die Augen, weil sie mit dem Herzen sehen möchten.« (Daphne de Maurier).

Action weitergeht, die viel wichtiger ist als die Erotik. Man kann eigentlich mittlerweile aufs Klo gehen, wenn zwei sich im Film küssen.

Ist der Kuss banal geworden?

Ich hoffe nicht. Aber jeder kann Pornos auf seinem Handy gucken. In der Pornografie geht es immer um Härte, Aggression, Tempo, in der Erotik um Langsamkeit, um das Auskosten, dafür ist vielleicht gerade keine Zeit. Im letzten James Bond, *Skyfall*, gibt es jedenfalls keine romantische Kussszene mehr. Das hat mich schon bestürzt.

Für Jugendliche geht das Liebesleben aber nach wie vor mit dem Küssen los, oder?

Zumindest tauschen sie sich rege im Internet über Kusstechniken aus. In diesen »How to kiss«-Videos bin ich auf vier Kussarten aufmerksam geworden. Und auf die absoluten No-Gos natürlich auch.

Was geht gar nicht?

Sabbern. Und die Zähne dürfen nicht aufeinanderschlagen.

Und die vier Techniken?

Die meisten jungen Leute empfehlen sich gegenseitig das, was ich die Waschmaschinentrommeltechnik nenne: Die Zungen kreisen ständig und mechanisch umeinander. Etwas elaborierter ist die Pinseltechnik, bei der die Zungen sich weniger erwartbar verhalten, sondern herumtanzen, hier und da aufeinandertreffen. Bei der Endoskoptechnik untersucht der eine den Mund des anderen richtiggehend. Und die vierte Technik ist schon fast Sex: Der eine penetriert den Mund des anderen mit der Zunge. Weil es keine Bücher gibt darüber, keine Anleitungen, suchen sich die Jugendlichen im Netz Rat.

Haben Sie denn auch herausgefunden, warum Männer eigentlich das Küssen unwichtiger finden als Frauen?

Ich mag diese Beschwörungen der Unterschiede zwischen Männern und Frauen nicht. Ich glaube vor allem, dass der Kuss dann wichtig wird, wenn er einem verweigert wird – was sehr kränkend sein kann. Und vielleicht ist was dran, dass Männer den Kuss peinlicher oder schwieriger finden als Frauen. Weil sie ihn als etwas Feminines betrachten. So jedenfalls sieht es Freud.

Sie wirken aber skeptisch.

Ich denke, dass es eine größere Bandbreite im Verhalten von Männern und Frauen gibt als in Freuds Vorstellung. Für ihn geht ja jedes orale Bedürfnis auf die Erfahrung des Säuglings zurück, der an der Mutterbrust genährt wird. Danach sucht man sich Ersatz, erst den Daumen, dann den Mund des anderen. Und für die Frau ist es nicht weiter problematisch, sich über das Küssen einen Ersatz für die Mutterbrust zu suchen, für den Mann allerdings sehr, denn ihm ist die Verbindung zum Körper der Mutter verboten. Und so kommt er in seiner Lust oder Begierde vollkommen durcheinander. Das kostet ihn, im Extremfall, seine Männlichkeit.

Helen Fisher, eine amerikanische Evolutionsbiologin, sagt: Männer möchten mit dem Kuss die Lust der Frau entfachen, Frauen die Männer auf ihre Tauglichkeit testen.

Ich glaube nicht, dass es für den Kuss verhaltensbiologische Erklärungen gibt. Dann würde ja die ganze Menschheit küssen. Tut sie aber nicht. Bis 1950 hat nur der Okzident geküsst. Ich halte meine kulturgeschichtlichen Erklärungen für viel einleuchtender als den Austausch von Pheromonen.

Es ist unmöglich zu sprechen, wenn man küsst. Könnte das nicht ein Grund für die Männer sein, dem Küssen mehr abzugewinnen?

Wieder so ein Klischee. Und wieder finde ich einen anderen Aspekt interessant daran: Im Unterschied zum Geschlechtsakt, wo man ja stöhnt und spricht und schreit, ist der Moment, in dem man sich küsst, still. Viele schließen die Augen, konzentrieren sich. Und so wenig, wie man während des Küssens redet, redet man auch darüber. Als gäbe es ein vereinbartes Stillschweigen über das Küssen. Man findet regalweise Bücher über Sexualpraktiken, Pornografie, Fetischismus, Sadomasochismus – und fast nichts über das Küssen. Als wäre das Küssen das letzte Geheimnis zwischen den Menschen.

Gibt es, neben Papst Innozenz III., berühmte Kussgegner oder Kussskeptiker?

Voltaire! Er hielt das Küssen für eine theatralische, gekünstelte, verlogene Geste der Aristokraten. Das hat ihn abgestoßen. Aber Voltaire war auch, wenn ich das mal so sagen darf, quasi asexuell. Sein Liebesleben nicht existent. Rousseau hingegen sah im Kuss eine romantische, authentische Geste – und sein Kussverständnis hat uns, zumindest die Franzosen, nachhaltig geprägt. Sein Briefroman *Julie oder die neue Héloïse*, ein Plädoyer für die Liebesehe, war *der* Bestseller des 18. Jahrhunderts in ganz Europa.

Auch in Deutschland?

Absolut. Goethe hat ihn natürlich gelesen und verinnerlicht. 13 Jahre später bezieht er sich in *Die Leiden des jungen Werthers* ganz offensichtlich auf Rousseaus *Héloïse*. Die wichtigste Szene darin ist eine Kussszene in der Natur, mitten im Wald. Heute finden wir das vielleicht kitschig, aber das hat es vorher noch nicht gegeben. Diese Szene hat den romantischen Kuss, so wie wir ihn verstehen, erfunden: die Manifestation eines durch und durch ehrlichen Gefühls.

Haben Sie sich auf die französische Literatur konzentriert, weil Sie Franzose sind?

Nein. In der französischen Literatur spielt der Kuss nur zum ersten Mal eine solch wichtige Rolle. Im *Werther* gibt es noch keine Kussszene, und auch in Kierkegaards *Tagebuch des Verführers* wird die Beschreibung des Kusses vermieden. Aber bei Stendhal wird geküsst, bei Rousseau, Flaubert. In Frankreich hat der Kuss die Kunst angeregt, von Rodin bis hin zum berühmten Kussbild von Robert Doisneau.

Und heute?

Ist es nicht mehr so. Jede Kunstform hat sich nur phasenweise dem Kuss gewidmet, die italienische Dichtung in der Renaissance zum Beispiel, um das 16. Jahrhundert herum, und der französische Roman im 18. Jahrhundert. Um 1900 herum malte Gustav Klimt sein fast berühmtestes Bild, *Der Kuss*, um dieselbe Zeit entstand auch Edvard Munchs *Der Kuss*. In den Zwangziger- und Dreißigerjahren machte der Kuss im Kino Karriere. Der Kuss ist ja eine Geste von ganz eigener Schönheit und Ästhetik.

Welche ist Ihre Lieblingskussszene in der Literatur?

Vielleicht die von Martin Amis in *Das Rachel-Tagebuch*. Der ganz junge Martin Amis beschreibt, wie sich Jugendliche ausgiebig küssen – und all ihre Ängste dabei. Und ich bin ein großer Fan der Gedichte von Johannes Secundus, einem unglaublich gut aussehenden, unglaublich begabten und viel zu unbekannten Flamen, der im 16. Jahrhundert lebte und in lateinischer Sprache Oden an den Kuss schrieb. Die Frau, die er anhimmelte, war ihm eher überlegen als unterlegen, sie war kapriziös, stark, temperamentvoll. Das war und ist sehr modern. Er ist nur 24 Jahre alt geworden. Aber er hat viele französische Dichter der Klassik und Romantik stark beeinflusst.

Würden Sie sich jetzt, nach so eingehender Beschäftigung mit dem Thema, als Sympathisant des Kusses bezeichnen?

Ich habe tatsächlich eine andere Perspektive auf das Küssen gewonnen. Weil es zutiefst freiwillig ist, der reine Liebesbeweis. Es gibt für den Kuss überhaupt keine biologische Notwendigkeit. Äußerlich würde sich am Leben eines Paares nichts ändern, wenn es sich nicht küssen würde. Aber der Kuss ist das Erste, was wegfällt, wenn die Beziehung den Bach runtergeht. Als das Buch erschien, wurde ich zu einem Sexologen-Kongress eingeladen und habe erfahren: Wenn ein Paar mit Problemen zu einem Sexologen kommt, fragt er als Erstes, wie oft und wie innig sie sich küssen. Es gibt zwar keine Studie oder Erhebung darüber, dennoch sind sich die Therapeuten einig, dass das Kussverhalten eines Paares widerspiegelt, in welchem Zustand sich die Beziehung befindet.

War das Buch eine Therapie für Sie selbst?

Natürlich. Auch weil ich festgestellt habe, dass es die ersten Küsse der eigenen Liebesgeschichten sind, an die man sich ein Leben lang erinnert. In der Jugend ist der Kuss oft ein Hinhaltemanöver, um alles weitere hinauszuzögern. Später ist es genau umgekehrt: Wenn man es schafft, eine Frau zu küssen, und zwar richtig zu küssen, weiß man: Jetzt wird's ernst.

Gabi und Heiner

PROTOKOLL DAPHNE WELSAND   **ILLUSTRATION** GEORGE BUTLER

Klingt wie *Sex and the City*, ist aber das echte Leben: Als die Frau einen richtig harten Anwalt braucht, um sich von ihrem Mann zu trennen, verliebt sie sich. In den Anwalt.

Als ich meinem zukünftigen Ehemann Heiner zum ersten Mal begegnete, hatte ich einen derartigen Hass auf Männer, dass ich sein Büro mit den Worten »Ich will, dass Blut spritzt« betrat. Später hat er mir erzählt, dass er sich bei »spritzt« bereits in mich verliebt hat. Weil ich nämlich leider ein bisschen lispele und mir deshalb bei einem Wort wie »spritzt« meine Zunge ins Gehege kommt. Süß, diese wütende Frau, hat er gedacht, schade, dass sie eine Mandantin ist. Ich dagegen sah einen kleinen, bebrillten Dicken und dachte: »Na, hoffentlich ist er als Scheidungsanwalt nicht so harmlos, wie er als Mann aussieht.« Denn Harmlosigkeit war das Allerletzte, was ich damals gebrauchen konnte. Sondern einen Pitbull, der meinem treulosen Mann das Fell über die Ohren ziehen würde.

Ich war 47 und hatte die letzten 17 Jahre mit einem Mann verbracht, der hinter meinem Rücken alles Weibliche angegraben hatte, was nicht bei eins auf den Bäumen war. Meine kleine Schwester, meine beste Freundin, meine Nachbarin. Aus Rücksicht auf mich hatten alle geschwiegen. Wir waren beide Lehrer, hatten keine Kinder, aber viele Freunde, ein solides, überschaubares Glück, das ich nicht eine Sekunde in Frage stellte. Bis eines Morgens, er war unter der Dusche, sein Handy fiepte, weil eine SMS angekommen war. Und da ich noch verschlafen war und wir beide dasselbe Modell hatten, las ich: »Du hart, ich feucht, was für eine Kombi! Wenn ich nur dran denke, komme ich.« Es war eine Referendarin aus seiner Schule.

Ich war so wütend, dass ich eine Woche später die Scheidung einreichte. Zumal ich inzwischen wusste, dass die Referendarin nicht die Einzige war.

»Schon mal an einen einseitig fehlgeschlagenen Doppelselbstmord gedacht?«, scherzte mein Scheidungsanwalt bei unserem ersten Gespräch und erklärte mir, dass dies ein juristischer Ausdruck für den Versuch ist, seinen Ehepartner dadurch loszuwerden, dass man einen gemeinsam geplanten Selbstmord als Einziger überlebt. »Reizvoll, aber zu riskant«, sagte ich. Er lachte.

Ich glaube, dass ich mich schon in diesem Moment ein bisschen in Heiner verliebt habe. Weil der Termin bei ihm, vor dem ich mich so gefürchtet hatte, ganz unerwartet entspannt war. Und seine Antwort auf meine ersten Worte – »Sie wollen Blut? Dafür bin ich da« – genau die richtige war. Er hörte zu, als ich ihm mein Eheelend auf den Schreibtisch kippte, machte sich Notizen, war Balsam für mein wundes Herz.

Am nächsten Tag rief er mich an, ein paar Fragen seien noch offen. Waren sie gar nicht, wie er mir später gestand. Dann hatte ich ein »Problem«, kurz darauf war er zufällig in der Nähe und brachte mir ein paar Unterlagen persönlich vorbei. Keiner von uns sprach es aus, aber es war ganz offensichtlich, dass wir beide ständig Vorwände suchten, um einander zu sehen.

Alles rein beruflich, redete ich mir ein, denn Heiner passte optisch überhaupt nicht in mein Beuteschema. Dafür ist er ein Spitzenanwalt, ich hatte tatsächlich den besten erwischt. Die Schriftsätze an die Anwältin meines Mannes waren so ausgefeilt und süffisant, dass er die Gegenseite damit aufs Erfreulichste verunsicherte und ich die Hälfte unseres Hauses bekam, obwohl ich nicht im Grundbuch stand. Und so wurde die eigentlich schlimmste Zeit meines Lebens zu einer unerwartet aufregenden. Obwohl nichts passierte und ich auch mit niemandem darüber redete, dass ich nachts von meinem Anwalt träumte.

Am dritten Tag nach meinem Scheidungstermin ging es mir bei dem Gedanken, diesen Mann nie wiederzusehen, so schlecht, dass mir alles egal war. Ich rief ihn an. »Ich wollte mich nur noch einmal für eine sehr angenehme Scheidung bedanken«, sagte ich und hielt den Atem an. »Kennen Sie Klaus Lage?«, fragte er. Ich wusste sofort, was er meinte. *Tausendmal berührt* ... abends, beim Italiener, küssten wir uns noch vor dem Du.

Heute sind wir verheiratet. Und da ich weiß, was für ein Pitbull er als Anwalt ist, kann ich mich nie von ihm scheiden lassen.

Ein Fels und die Brandung

VON VALERIE SCHÖNIAN   **FOTOS** TANJA KERNWEISS

Wie lebt man eine Ehe, wenn einer von beiden die Liebe nicht begreifen kann? Die Geschichte einer Frau und ihres autistischen Mannes.

Thorsten wollte nicht so gezeigt werden, dass man ihn erkennt.

Tag 1: Ich liebe dich, weil du mein Leben so viel besser und schöner machst.
Tag 6: Weil du einfach wahnsinnig sexy bist.
Tag 30: Weil du immer an mich glaubst.

Miriam liebt Thorsten. Ende 2008 hat sie ihm einen Kalender gebastelt, da waren sie knapp zwei Jahre zusammen. Mit 31 Seiten, für 31 Tage, sodass er ihn jeden Monat und jedes Jahr nutzen kann. Mit 31 Gründen, warum sie ihn liebt.

Thorsten braucht Miriam. Sie hilft ihm, wenn er die anderen Menschen nicht versteht. Wenn er im Supermarkt steht und plötzlich wütend wird. Weil es so laut ist, die Menschen ihn anrempeln oder die Sachen in den Regalen nicht logisch geordnet sind.

Thorsten will Miriam. Er hatte eine Liste im Kopf mit Dingen, die ihm an einer Frau wichtig sind: Treue, Intelligenz, Witz, gutes Aussehen. Das ist Miriam.

Miriam ist Anfang dreißig, Thorsten Ende dreißig. Sie sind verheiratet und leben in München, mit zwei kleinen Söhnen. Eigentlich sollten es drei sein. Einer ist vor knapp zehn Monaten im Bauch von Miriam gestorben. Thorsten hat nach vier Tagen das erste Mal geweint.

Miriam und Thorsten heißen in Wirklichkeit anders. Nur wollen sie ihre Namen nicht in der Zeitung lesen, weil das hier ihre ganz private Geschichte ist. Weil Thorsten ein bisschen anders ist als die meisten Menschen, anders fühlt, anders liebt. Thorsten ist Autist.

17: Weil du viel mehr für mich tust, als eigentlich möglich ist.
11: Weil es dir nie peinlich ist, mich »Maus« zu nennen.

Thorsten mag keine Berührungen. Er schaut Menschen nicht gern in die Augen. Er braucht Raum für sich.

Miriam braucht Nähe. Sie will umarmt werden. Einen Kuss zur Begrüßung und einen zum Abschied. Thorsten versteht nicht, wieso.

Irgendwann sagte Miriam zu Thorsten: »Ich habe dir 31 Gründe genannt, warum ich dich liebe.

Kannst du mir einen nennen, warum du mich liebst?« Thorsten sagte: »Ich weiß nicht, was ich jetzt dazu sagen soll.«

7: Weil du immer du selbst bist.
26: Weil du bis ans Ende der Welt mit mir gehen würdest. 2: Weil mit dir sogar Action-Filme interessant sind.

Thorsten sagt, was Liebe ist, muss er sich analytisch rekonstruieren. Aus dem, was die anderen sagen und man in Filmen sieht. Liebe heißt für ihn, dass alles passen muss. Dass man sich riechen kann, dass die Pheromone passen. Er glaubt, für die meisten Menschen ist Liebe was anderes.

24: Weil du so bist, wie du bist.
28: Weil du für mich das Licht am Ende des Tunnels bist.

Thorsten hatte mit einigen Dingen schon immer Probleme. Die Diagnose, Autismus, bekam er erst im Juli 2014, eine Erleichterung. Für Miriam war es das anfangs auch. Bis sie realisierte: Autismus ist nicht heilbar.

10: Weil du immer versuchst, mich zu verstehen.

Der Kalender steht heute auf Thorstens Nachtschrank. Neben dem Bett, das er mit Miriam teilt. Thorsten und Miriam leben in einer Wohnung in München, 77 Quadratmeter, vier Zimmer.

Anderthalb Jahre war Thorsten arbeitslos. Zuvor hatte er 16 Jahre lang als OP-Pfleger gearbeitet, dann ging es nicht mehr. Zu laut, zu unregelmäßige Arbeitszeiten. Thorsten braucht Ordnung. Seit August lässt er sich zum chemisch-technischen Assistenten umschulen. Denn: In dem Beruf arbeitet er mit Maschinen. Aber während der Ausbildung sitzt er auch im Klassenzimmer, mit seinen Mitschülern, mit Menschen. Die laut sind und dazwischenreden. Thorsten sagt: knapp zwei Jahre noch.

Miriam ist Psychologin und gerade in Elternzeit. Doch ihre Firma, eine Personalberatung, ist insolvent, sie kann danach nicht zurück. Seine Musikanlagen und seine Fotoausrüstung hat Thorsten verkauft, sein Auto auch.

Notizen, Tag für Tag:
der Liebeskalender seiner Frau.

Thorsten will die Ehe, wenn er gerade nicht wütend ist. Miriam hält an der Liebe fest, in guten wie in schlechten Zeiten. Im Moment sind die Zeiten schlecht.

Autisten müssen alles planen. Alles muss logisch sein. Das geht nicht, wenn das Geld knapp ist und man Kinder hat.

Miriam und er streiten oft, sagt Thorsten. Es gibt gute und schlechte Tage, wie in jeder Ehe, sagt Miriam. Ich bereue nichts, sagt sie. Thorsten sagt manchmal, es funktioniert nicht.
Wenn Thorsten Miriam die Scheidung vorschlägt, weil sie so oft streiten, sagt sie Nein. Thorsten sagt, daran sieht er: Miriam scheint emotional anders involviert zu sein.

**5: Weil du nicht nur sagst, dass
du etwas tust, sondern es auch machst.
3: Weil du weißt, was du willst.**

Seit einigen Monaten hat Thorsten einen eigenen Raum in der Wohnung. In den er sich zurückziehen kann, wenn es zu viel wird.

**14: Weil du mich immer unterstützt.
12: Weil du deine Gedanken mit mir teilst.
13: Weil du mir das Gefühl gibst,
einzigartig zu sein.**

Miriam verliebte sich in Thorsten im März 2007, bei ihrem ersten Treffen. Er schaute ihr nicht in die Augen, aber er brachte sie zum Lachen. Am Ende des zweiten Treffens verabschiedeten sie sich auf dem Parkplatz. Thorsten sagte: Wenn du mich noch einmal triffst, musst du mich heiraten. Sie lachten. Nach ihrem dritten Treffen waren sie zusammen.

**18: Weil ich mich immer
auf dich verlassen kann.**

Miriam sagt, wüsste man es vorher, würde man vielleicht keinen Autisten wählen. Es ist anstrengend. Dass er ständig alles wiederholt. Dass er stundenlang über die unlogische deutsche Bürokratie schimpft. Dass er nie spontan sein kann.

**9: Weil du mich zum Lachen bringst.
16: Weil du meine Träume teilst.
21: Weil du mir zeigst, wie lieb du
mich hast.**

Es war schnell klar, dass es was Ernstes ist. Thorsten umarmte Miriam, küsste sie, hielt ihre Hand. Das kannte er aus Filmen.

Wenn Thorsten sich heute aussuchen könnte, wie der Rest seines Lebens weitergeht, wäre er

Sobald es geht, will die Familie aufs Land ziehen,
wo sie den Alltag besser planen kann.

gern Einsiedler, irgendwo im Wald. Ihm ist klar, dass das unrealistisch ist. Er wüsste nicht einmal, woher er sein Essen bekäme. Thorsten träumt nicht weiter von Dingen, die unrealistisch sind.

In der realen Welt braucht er Miriam. Sie würde ihm fehlen. Es würde ihm nicht gut gehen, wenn sie nicht mehr da wäre. Er kann nur nicht sagen, wieso.

**19: Weil du mich vermisst,
wenn ich nicht da bin.**

Nach einem Jahr hatte Miriam das Gefühl, dass sich Thorsten nicht mehr so freut, wenn sie kommt. Nach zwei Jahren nahm er sie immer seltener in den Arm, nahm weniger ihre Hand. Er erkannte nicht, wenn sie traurig war. Miriam dachte, so sind viele Männer.

**31: Weil ich wegen dir
ein besserer Mensch sein will.**

Miriam wollte schon immer Kinder haben. Thorsten wollte eigentlich keine mehr. Er hatte schon einen Sohn mit seiner vorherigen Freundin. Aber dann wäre Miriam gegangen. Sein größtes Zugeständnis an mich, sagt Miriam. Ich würde es nicht mehr machen, sagt Thorsten.

Thorsten fällt es schwer, seinen Kindern und seiner Frau zu beschreiben, was in ihm vorgeht. Alle Geräusche, alle Farben, alle Eindrücke prasseln gleichzeitig und ungefiltert auf ihn ein. Er glaubt, er nimmt die Welt so wahr, wie sie ist, authentisch.

Er sagt, seine Gefühle sind ein Brei. Er kann sagen, ob der Brei gut oder schlecht ist. Aber nicht, warum.

**8: Weil du meine Launen aushältst.
15: Weil du mich ernst nimmst.**

Sie heirateten im April 2011. Dann kamen die Kinder. Thorsten musste seinen Job aufgeben. Es ging ihm immer schlechter. Die Struktur seines Lebens ging verloren.

**4: Weil du es nicht nur aushältst,
wenn ich ständig singe, sondern es
auch noch schön findest.
23: Weil ich bei dir zu Hause bin.**

Miriam sagt, Thorsten geht Kompromisse ein. Er wickelt. Er kauft ein. Er versucht, ruhig zu bleiben, wenn das Abendessen zu spät kommt. Er küsst sie, wenn sie es will. Immer zum Hallo- und Tschüss-Sagen.

Thorsten schaut Miriam gern an. So viele Details. Er mag ihre Sprossen. Im Winter ein bisschen, im Sommer intensiver.

Thorsten hatte das Ziel, zu heiraten und Kinder zu bekommen. Er ist froh, dass er sein Ziel jetzt erreicht hat.

25: Weil ich dir vertrauen kann.

Wenn Thorsten überfordert ist, wird er wütend. Das kommt öfter vor, seit sein Tagesablauf so unregelmäßig ist. Dann schmeißt er die Spielekonsole, schreit, zerreißt sein T-Shirt, verbiegt seine Brille. Miriam sieht solche Anfälle nicht kommen. Thorsten auch nicht.

Thorsten sagt, es ist nicht nur das Geschrei der Kinder. Es ist der Müll auf der Straße, der immer mehr wird. Die Radler und Autofahrer, die immer öfter die Verkehrsregeln brechen. Und dann schreien die Kinder und sagen nicht, wieso.

22: Weil alles nicht mehr so schlimm ist, wenn du da bist.

Miriam sagt, Reibepunkte gibt es in jeder Ehe, man muss Kompromisse eingehen.

Wenn Thorsten fragt, was sie essen will, kann Miriam nicht mit dem antworten, auf das sie keine Lust hat. Und erwarten, dass er daraus Schlüsse zieht. Wenn sie mit ihm schlafen will, kann sie ihn nicht nur anlächeln. Wenn sie will, dass er etwas mit den Kindern macht, kann sie das nicht erwarten. Miriam muss das alles laut sagen. Thorsten sagt, er kann ja keine Gedanken lesen.

27: Weil du dich mit mir freust, wenn es mir gut geht, und mich tröstest, wenn es mir schlecht geht.

Thorsten hat viele Dinge gelernt. Auch wie man das schlechte Gefühl nennt, das er vor zehn Monaten hatte, als Miriam sagte, dass sie doch keine Zwillinge bekommen. Dass ein Kind in ihrem Bauch gestorben ist.

Darauf konnte sich Thorsten nicht vorbereiten. Zuerst waren es zwei Kinder statt einem, dann wieder eines. Sie hatten doch schon Kinderwagen und Bett. Und dann dieser schlechte Brei im Magen.

Thorsten hat sich zusammengerissen. Als Miriam noch eine Woche im Krankenhaus bleiben musste, hat er sich zu Hause um seinen zweijährigen Sohn gekümmert, Miriam jeden Tag besucht. Er hat sie in den Arm genommen. Und nach vier Tagen geweint.

Miriam sagt, er war überfordert und trotzdem für mich da. Er gibt sich Mühe.

20: Weil es nirgendwo schöner ist als in deinen Armen.

Thorsten sagt, seit seine Ausbildung angefangen hat, hängt er nicht mehr in der Luft. Sein Leben hat eine Struktur. Er sagt auch, dass es anstrengend ist. Wegen seiner Mitschüler und der U-Bahn-Fahrten, wegen der ignoranten und lauten Menschen überall. Thorsten sagt, wenn er mit der Ausbildung fertig ist, wird alles besser. Miriam sagt, sie weiß nicht, ob er es bis dahin schafft.

Sobald es geht, wollen sie mit den Kindern weg aus der Vier-Zimmer-Wohnung. Aufs Land. Wo sie ihren Alltag planen können, weit weg von Verkehr, Müll und anderen Menschen. Miriam sagt, dann wird es besser.

Tag 29: Ich liebe dich, weil wir für jedes Problem eine Lösung finden.

Neulich hat Thorsten Miriam einen Ringordner geschenkt. Sie hat so viele Unterlagen als Psychologin. Thorsten sagt, mit dem Ordner kann sie die endlich sortieren.

Miriam sagt, ich mag, dass er sich bei allem etwas denkt.

»Ich habe immer Wert auf eine gewisse Wildheit gelegt«

INTERVIEW MAX FELLMANN, GABRIELA HERPELL   FOTO MATHIAS BOTHOR

Mit ihrem Film *Männer...* karikierte sie Rollenklischees, später verlor sie die Liebe ihres Lebens. Über die Idee vom idealen Mann kann sich die Regisseurin und Autorin Doris Dörrie trotzdem vor allem: amüsieren. Ein Gespräch.

Viel erlebt, viel gelitten, viel gelacht: Doris Dörrie blickt zurück.

Frau Dörrie, können Sie mit dem Begriff Traummann etwas anfangen? DORIS DÖRRIE Ich selber verwende ihn nicht. Aber die Figuren, die ich erfinde, tun es. Zumindest haben sie oft die Vorstellung, dass es so etwas gibt wie den idealen Mann.

Sind Traummann und Traumfrau vergleichbar – oder bezeichnen Männer und Frauen damit jeweils etwas grundsätzlich anderes?

Uh, wenn man versucht, das zu trennen, sitzt man in der Falle. Man muss schauen, wo der Traum eigentlich herkommt, was er darstellt und warum wir uns so viel mit unseren Träumen beschäftigen. Wir werden ja eigentlich alle immer realistischer. Alles wird sehr präzise benannt, die Ambivalenz hat ausgedient.

Was meinen Sie damit?

Es lässt sich niemand mehr überraschen. Wir machen Pläne, strukturieren alles. Und glauben trotzdem, da wäre noch Platz für die romantische Liebe. Kann ja gar nicht gehen. Wenn ich zum Abendessen gehe und mir vorstelle, da sollen drei Kerzen auf dem Tisch stehen und die sollen rot sein – dann programmiere ich die Enttäuschung. Irgendwas wird an dem Mann schon fehlen aus dem Eigenschaftenkatalog, den ich aufgestellt habe. Ich habe mal für eine Geschichte recherchiert, wie der Traummann in den Internetpartnerbörsen beschrieben wird. Wie viele Adjektive da abgefragt werden! Wie viele Eigenschaften! Das sind Anleitungen zum Hirngespinst.

War das früher anders?

Aber ja.

Aber warum?

Weil die Reichweite früher nicht so groß war. Wenn ich als Teenager eine Vorstellung vom Traummann hatte, hat die gerade mal bis zum Dorfbrunnen gereicht. Heute tauscht sich die ganze Welt über diese scheinbar so dringenden Fragen aus und diskutiert, was der Traummann alles sein soll, was er können soll, wie er auszusehen hat. Der ideale Mann.

Und wie soll er aussehen?

Es wird festgelegt, wie groß er sein soll, Vegetarier, Humor, Hobbys. Im Grunde ist diese Idee vom Traummann eine Konsumhaltung: Der ideale Mann ist wie eine Ware. Man kann die Kundenerwartung formulieren und sucht das passende Produkt. Es flirtet ja heute niemand mehr sinnlos

vor sich hin. Weil man nicht genau weiß, wie der andere drauf ist, man hat ja sein Profil noch nicht gelesen.

Ist die Welt wirklich so trüb?

Ja, in unserem Kulturkreis schon. Männer und Frauen sind im Umgang miteinander sehr viel vorsichtiger geworden.

Auch die jungen Leute?

Ja, ich habe den Eindruck. Ich hatte doch mit Anfang zwanzig jede Woche einen neuen Freund! Na ja, sagen wir, alle vier Wochen. Man ist damals immer zu zweit aufgetaucht. Das scheint heute keine so große Rolle mehr zu spielen, es geht mehr um die Gruppe, die Clique.

Worauf führen Sie das zurück? Aufs Internet? Facebook?

Auch, klar. Das ist eine Welt, in der man die Nähe und das Chaos nicht wagen muss. Wenn's zu eng wird, zu unüberschaubar, loggt man sich halt aus. Nur ist meine Theorie: Wahre Liebe kann man nur finden, wenn man den Mut zur Katastrophe hat.

Warum?

Wenn man liebt, droht immer der Verlust des geliebten Menschen. Weil die Liebe kaputtgeht. Oder weil man betrogen wird. Oder durch den Tod. Wie viel Zeit man zusammen hat, weiß man ja nicht. Wenn man den Mut zur Katastrophe nicht hat, ist der Traum vom Traummann ein ziemlich kleiner, schäbiger Traum.

Trotzdem suchen alle den einen, den Richtigen.

Ist aber total albern. Das bedeutet doch, man vergleicht den einen mit allen anderen. Aber der Vergleich macht immer unglücklich. Und dabei vergleicht man zwangsläufig auch sich selbst mit den anderen Frauen. Wenn ich den Supermann finde – bin ich toll genug für ihn? Da wird's ganz schrecklich schwierig.

Aber stellen sich Frauen diese Frage wirklich?

Frauen stellen die sich ganz extrem! In welche Liga gehöre ich? Was kann ich von dem Mann fordern? Entspreche ich selbst dem Bild der Traumfrau? Wir versuchen ständig, uns zu optimieren. Männer machen das gar nicht – und wir Frauen bewundern sie dafür, dass sie da so frei sind. Ein Mann würde nie denken, hm, für die Frau bin ich vielleicht zu dick.

Der Film, mit dem Sie berühmt geworden sind, *Männer*…, war 1985 das Statement über Männer.

Das habe ich damals gar nicht so gemeint. Es war einfach ein Film über zwei Männer.

Wie finden Sie aus heutiger Sicht das Männerbild, das Sie damals hatten?

Es ging ja nicht nur um meins, sondern eher um so ein gesellschaftliches Männerbild. Und ich staune, dass ich das ganz gut auf den Punkt gebracht habe. Obwohl ich erst Ende zwanzig war. Der Film hat eine liebevolle Ironie, zu der ich nach wie vor stehe. So war ja auch der Titel gemeint: Ach, Männer...

Was für einen Film über Männer müsste man heute machen?

Einen Film über zwei Fanatiker vielleicht? Die in einer WG leben.

Gibt es etwas, worum Sie Männer beneiden?

Manchmal beneide ich sie darum, dass sie Dinge, vor allem im Beruf, nicht so persönlich oder übel nehmen. Erbitterte Feinde können wieder zu Geschäftspartnern werden. Männer sagen sich Dinge, da würde jede Frau total einknicken, und machen doch zusammen weiter. Sie scheinen gerüstet wie ein Ritter, wenn sie morgens ins Büro reiten.

Gibt es einen Traummann, auf den sich gerade alle einigen können – den Sie auch gut finden?

Nö.

George Clooney?

Ach, Schmarrn. Der sieht gut aus und ist ein guter Schauspieler, das ist sein Job. Warum soll der ein Traummann sein? Nur weil er gute Gene abgekriegt hat und die sich vorteilhaft ausgemendelt haben? Ich bitte Sie!

Wird Clooney für einen netten Mann gehalten, weil er gut aussieht?

Hm, ich glaube eher, schöne Männer sind immer sofort verdächtig. Die wissen, dass sie schön sind, und das macht einen schlechten Charakter – ist doch eine Standardweisheit unter Frauen!

Wer war Ihr Traummann als Teenager?

Pierre Brice.

Pierre Brice? Oder Winnetou?

Stimmt, eigentlich Winnetou. Wegen seiner guten Eigenschaften. Das große Drama war, dass ich seinen linken Fuß nicht hatte.

Seinen linken Fuß?

Vom *Bravo*-Starschnitt. Alle anderen Teile hatte ich, in Lebensgröße. Nur nicht den Fuß.

Mögen Sie Männer mit Pferden?

Nicht mehr. Bei Männern mit Pferden muss man eigentlich misstrauisch sein. Männer mit Porsche und Männer mit Pferd, beides nicht so ganz... Sie verstehen. Polierte Fingernägel. Auch Männer mit sehr kleinen Hunden. Die Herausforderung wäre natürlich, einen sehr gut aussehenden Mann mit Pferd und kleinem Hund, Porsche und polierten Fingernägeln kennenzulernen und trotzdem keine Vorurteile zu haben und sich überraschen zu lassen.

Gibt es Eigenschaften an Männern, die Sie früher sehr wichtig fanden und heute gar nicht mehr?

Ich habe immer Wert auf eine gewisse Wildheit gelegt, und früher war mir auch wichtig, dass die äußerlich erkennbar ist. Die äußerliche Wildheit ist mir heute überhaupt nicht mehr wichtig. Die innere schon noch.

Hatten Sie schon als Jugendliche die Vorstellung von Liebe, wie Sie sie heute haben?

Ach, das waren ja ganz andere Zeiten. Ich konnte mir nie vorstellen zu heiraten.

Haben Sie aber.

Habe ich, ja. Aber dann doch so, dass es möglichst anders war. Bei Navajo-Indianern in New Mexico, ohne Hochzeitskleid, in Cowboystiefeln.

Ihr erster Mann, der Kameramann Helge Weindler, ist 1996 an Krebs gestorben. Die Katastrophe hat sich ereignet.

Und sie hat mich letztlich zum Optimisten gemacht. Als mein Mann gestorben ist, wurde mir klar, dass es das gibt: die große Liebe bis zum Ende. Wenn das Ende früh kommt, hat man Pech gehabt. Aber diese Liebe wurde nicht beschädigt oder klein gemacht durch eine Trennung, durch einen Alltag, der nicht funktioniert. Es war von Anfang bis Ende groß. Zehn Jahre.

War Ihr Mann der ideale Mann für Sie?

Wichtig war das Gefühl, dass alles möglich ist. Dass man sich keine Grenzen setzt.

Gab es Eigenschaften an Ihrem Mann, die Sie entscheidend fanden?

Ich glaube, am ehesten trifft es der Begriff vom großen Herzen. Das hatte er.

Was macht das große Herz aus?

Es ist das Gegenteil von Engstirnigkeit, Geiz, Kleingeistigkeit. Es ist Großzügigkeit, auch mit dem anderen: dass er so sein darf, wie er ist. Dass man seine Schwächen ertragen kann – man muss sie nicht akzeptieren, aber ertragen.

DORIS DÖRRIE

Die Karriere von Doris Dörrie, geboren 1955 in Hannover, explodierte 1985 mit dem Film *Männer...* (er machte auch die Hauptdarsteller Heiner Lauterbach und Uwe Ochsenknecht zu Stars). Danach kamen Erfolge wie *Ich und Er, Bin ich schön?* und *Kirschblüten – Hanami*.

Neben ihren dreißig Filmen hat Dörrie rätselhafterweise die Zeit gefunden, auch Bücher zu schreiben, bisher sind 22 erschienen, darunter Kinderbücher, Erzählungen und zuletzt der Roman *Alles inklusive*.

1996 starb ihr Mann Helge Weindler, mit dem sie eine Tochter hat. Seit 1998 ist sie mit dem Constantin-Geschäftsführer Martin Moszkowicz liiert.

Wollten Sie Ihren Mann jemals verändern?
Nein.

Kein bisschen?
Ach, worum geht's denn schon? Um die Zahnpastatube? Oder um wirklich wesentliche Eigenschaften? Erst, wenn Verachtung sich einschleicht, ist es vorbei.

Wie haben Sie es ausgehalten, als er krank wurde?
Die wirklich entsetzliche Erfahrung in dieser Zeit war das komplette Verbot von Zukunft. Angst und Hoffnung sind zwei Folterknechte. Wenn man hofft, kommt gleich die Angst hinterher und sagt: nein, nein. Das zermürbt und setzt einen außerstande, dem anderen zu helfen, weil man keine Kraft mehr hat. Man muss sich radikal befreien von Angst und Hoffnung.

Kann man sich das so antrainieren?
Musste ich. Sonst wäre ich aus dem Fenster gesprungen. Ich konnte vor Angst stellenweise nicht mehr atmen. Aber ich hatte eine kleine Tochter zu versorgen und meinem Mann zu helfen. Ich konnte nicht ausfallen. Und ich habe erfahren, wie man dem Augenblick die Chance gibt, schmerzfrei zu sein oder vielleicht sogar glücklich. Was einem immer bleibt, ist die Gegenwart.

Wie lang wussten Sie,
dass es keine Hoffnung gibt?
Es hieß ständig: noch vier Wochen. Oder doch zwei Monate vielleicht. Dann noch drei Monate. Am Ende waren es drei Jahre.

Was erinnert Sie heute im Alltag an Ihren verstorbenen Mann?
An ihn erinnert mich jeden Tag das Licht. Weil er als Kameramann und Fotograf mit Licht gearbeitet hat und es auf eine bestimmte Art gesehen hat. Ich brauche nur einen Tisch anzusehen, auf den ein Sonnenstrahl fällt, das erinnert mich an ihn.

Erinnern Sie sich gern an ihn?
Ja, sehr. Aber es dauert lang, bis man über den Verlust so weit hinweg ist, dass die Erinnerung nicht jedes Mal so weh tut. Es ist ein ewiger Prozess, irgendwann integriert man den Schmerz. Und wenn man, als Hinterbliebener, so durchlässig wird, so viel Schmerz fühlt, fühlt man auch mit anderen stärker mit. Der Schmerz macht uns zu Menschen.

Sie haben seit 1998 einen neuen Partner, Martin Moszkowicz. Sind Sie verheiratet?
Nein. Aber es macht auch keinen Unterschied. Ich nenne ihn trotzdem meinen Mann. Ich konnte mich vielleicht nur deshalb ein zweites Mal mit aller Macht verlieben, weil ich mit der Liebe nur gute Erfahrungen gemacht hatte. Auch mein zweiter Mann hat ein sehr großes Herz.

Hätten Sie sich ein Leben allein vorstellen können?
Allein nicht, ohne Partner schon. Das ist ja ein Teil der Liebe: die Unfähigkeit, allein zu sein. Wir

Frauen sind erst seit fünfzig oder sechzig Jahren ökonomisch nicht mehr darauf angewiesen, mit Männern zu leben. Und da stellt sich die Frage noch viel mehr: Warum träumt man überhaupt von der Liebe? Weil man nicht allein sein kann?

Und – was glauben Sie?

Ich glaube, wir Menschen sind so gebaut, dass wir lieber zusammen sind als allein. In anderen Ländern, in Lateinamerika, in Afrika, ist niemand allein. Wer da in einer Ecke sitzt und ein Buch liest, ist ein Sonderling. Bei uns ist das Alleinsein normal geworden. Man kann dabei das Zusammenleben verlernen: Auf einmal nervt alles, man erträgt keine Nähe mehr.

Sich zu verlieben, weil man nicht allein sein kann, das hat mit dem anderen Menschen nicht so viel zu tun, oder? Eine egozentrische Perspektive.

Die Liebe hat ganz oft nicht so viel mit dem anderen zu tun. Wir wissen alle, dass die romantische Liebe eine Erfindung des 18. Jahrhunderts ist. Das war neu, dass man auf einmal nur wegen der Gefühle mit jemandem zusammensein wollte. Vorher hatte das Ganze eine glasklare sozialökonomische Notwendigkeit. Und unsere Sprache ist immer noch so: Wir investieren in eine Partnerschaft, und wenn wir nichts zurückbekommen, taugt sie nichts. Die Rechnungen, die wir aufmachen, müssen aufgehen. Das ist auch eine gute Methode, um permanent unglücklich zu sein. Denn wie schaffe ich es, dass sich alles ständig lohnt? Und wenn es sich nicht lohnt, dann ist es mein Fehler. Dann war ich nicht dünn genug. Nicht interessant genug, nicht blond genug, nicht lässig genug. Meine Schuhe waren zu flach.

Gibt es etwas, was Ihnen an den Männern immer noch ein Rätsel ist?

Ich empfinde Männer nicht als so fundamental anders. Wir unterscheiden uns in ein paar wesentlichen Dingen, zum Glück, aber wir haben die gleichen Emotionen. Alles andere ist Verhandlungssache.

Stimmt es nicht, dass Männer viel wehleidiger sind als Frauen?

Ach, weiß ich nicht. Ist auch so ein Klischee. In einer Beziehung hat man oft seine Muster eingeübt: Die Frau weiß, wo das Pflaster ist.

Warum ist nach allem, was in den letzten Jahren passiert ist, die Rollenverteilung so geblieben?

Ich kann das aus meinen Erfahrungen mit meinen Männern nicht bestätigen. Man kann das doch als Spiel betrachten. Vielleicht ist es ganz schön, wenn das in einer Beziehung so verteilt ist, dass der Mann jammern darf und die Frau weiß, wo das Pflaster ist. Aber man kann das doch auch umdrehen, die Freiheit hat man ja. Damit habe ich sehr gute Erfahrungen. Aber gesellschaftlich sind wir immer noch festgefahren in Rollenvorstellungen, das stimmt. Da bewegen wir uns sogar rückwärts.

Wie erklären Sie sich das?

Mit Angst. Mit ökonomischer Angst. Angst vor wirtschaftlichem Rückschritt. Die hat viele in alte Muster zurückkatapultiert. Wenn man Angst hat, wird man spießig, altmodisch.

Heißt das, die Unabhängigkeit der Frau funktioniert nur in wirtschaftlich guten Zeiten?

Ja, und darüber reden wir ja auch schon ewig. Wir sind ökonomisch sehr anfällig, wenn das große Geld weiter Männerangelegenheit ist.

Als Sie Ihre Familie gegründet haben – hatten Sie einen anderen Anspruch an einen Mann und die Beziehung als heute?

Man muss in der Familiengründungsphase sehr viel mehr managen. Die Frage »Ist wirklich Milch im Kühlschrank?« ist zu der Zeit essenziell. Jetzt ist sie nicht mehr wichtig. Jetzt muss man aufpassen, dass man sich nicht aus den Augen verliert. Die Beziehung ist ja noch freiwilliger. Man schaut sehr genau: Was wollen wir zusammen machen, wie viel Spaß haben wir aneinander?

Was machen Sie gern mit Ihrem Mann zusammen?

Ach, wir gurken so viel in der Weltgeschichte rum – da sitzen wir zur Abwechslung am liebsten auf der Couch und machen nix.

Können Sie das: einfach gar nichts machen?

Sehr gut. Es gibt ein japanisches Haiku, das geht so: »Still sitzend, nichts tuend – der Frühling kommt, und das Gras wächst von alleine.« Die lustige Sinnlosigkeit scheint mir zu kurz zu kommen. Sinnloses Zusammensein wird abgeschafft: endloses Mittagessen in Frankreich, stundenlanges Rumliegen nachmittags in Spanien. Wenn wir es nicht mehr schaffen, sinnlos miteinander Zeit zu verbringen, entfallen auch viele Möglichkeiten für die Liebe.

Späte Bekehrung

VON THOMAS BÄRNTHALER   **FOTOS** BRANDON THIBODEAUX

Mehr als zwanzig Jahre lang war John J. Smid der Chefideologe einer Anti-Schwulen-Bewegung in den USA. Seine Überzeugung war lange: Schwulsein ist Sünde und kann therapiert werden. Jetzt hat er einen Mann geheiratet.

John J. Smid (rechts) und sein Ehemann Larry im Wohnzimmer ihres Bungalows in Paris, Texas.

Fast ein ganzes Leben der Lüge liegt hinter John J. Smid, als Chuck Breckenridge, Pastor der Diversity Christian Fellowship von Tulsa, Oklahoma, am 16. November 2014 um 14 Uhr offiziell absegnet und amtlich macht, was er und Larry sich vor einem Jahr versprachen: dass sie sich lieben und achten wollen, im Licht wie im Schatten, an guten wie an schlechten Tagen, so lange ihre Liebe sie tragen würde.

Keine zwanzig Minuten dauert die Trauung. Ein befreundetes Heteropaar macht die Trauzeugen, Johns Nichte schießt ein paar Fotos, draußen fällt der erste Schnee. Vermählt haben sie sich schon ein Jahr zuvor, bei einer privaten Zeremonie. Es gab ein Abendmahl, und Larry und John wuschen sich gegenseitig die Füße, so wie Jesus seinen Jüngern die Füße wusch, um ihnen zu zeigen, dass er zum Dienen bereit sei. Sogar eine Hochzeitstorte gab es.

Doch sie wollten noch ein Zeichen setzen. Lange mussten sie nach einer Kirche suchen, die auch rechtlich gültige Homo-Ehen schloss. Im konservativen Texas, wo sie beide leben, ist die gleichgeschlechtliche Ehe zwar nicht mehr verboten, die Legalisierung aber noch nicht rechtskräftig. Die Flüge nach Kalifornien, wo sie seit Kurzem erlaubt ist, waren fast gebucht, da zog Oklahoma nach. Nach Tulsa sind es nur drei Autostunden. Es ist Johns dritte Ehe, aber keine hat sich so richtig angefühlt wie diese, was daran liegt, dass er zuvor mit Frauen verheiratet gewesen ist.

Jetzt sitzt Smid in der Küche ihres gemeinsamen Bungalows in Brookston, zwölf Meilen westlich von Paris, Texas. Schaut er aus dem Fenster, blickt er auf Prärie und grasende Rinder. Manchmal treibt der Wind Tumbleweed-Büsche über die braunen Wiesen. »Ich wollte keine Zeit mehr verlieren. Wie viele gute Jahre habe ich wohl noch in mir?«, fragt er in die Stille hinein. »Zwanzig? Zehn?« Kürzlich wurde er sechzig, sein Kinnbart ist schon lange weiß. Dank seines durchtrainierten Körpers wirkt er trotzdem jünger.

Er ist jetzt Hausmann, kümmert sich um den Garten und den Haushalt, während Larry das Geld heimbringt. Manchmal kann es John Smid immer noch nicht glauben. Jesus Christus, vor ein paar Jahren noch hätte er all das als Teufelswerk verdammt, denn in seinem früheren Leben dachte er ganz anders über Schwule, obwohl er selber einer war. Sie erschienen ihm als Verirrte, die vom göttlichen Pfad abgekommen waren. Ja, es gab eine Zeit in seinem Leben, da predigte er, Schwule könne man heilen. Aber verirrt, das war er selbst.

Mehr als zwanzig Jahre lang war John Smid Chef von Love In Action, einer kleinen, aber einflussreichen Kirchenorganisation in Memphis, Tennessee, die vorgab, Homosexualität therapieren zu können. Mit dubiosen Jugendprogrammen, kruden Regeln und einem straffen Regime. Seine Schützlinge sollten keine Unterwäsche von Calvin Klein, keine Mode von Abercrombie & Fitch tragen. Sie sollten maskuline Stereotypen einüben (Ölwechsel, Football, Türaufhalten) und den Kontakt zu den Eltern abbrechen. Schwule, das glaubte Smid wirklich, können durch harte Arbeit an sich selbst von ihren Neigungen befreit werden. Heute sagt er: »Ich muss damit leben, meine besten Jahre an eine falsche Idee verschwendet zu haben. Ich habe viele verletzt. Aber das Leben ist eine einmalige Reise. Man kann sie nicht noch einmal antreten.«

John Smids lange Reise zu sich selbst ist eine Geschichte, wie sie vielleicht nur der evangelikale Bible Belt Amerikas hervorbringt. Eine Abfolge aus Erweckungserlebnissen und göttlichen Zeichen. Sie erzählt von Verblendung und Selbstverleugnung, aber auch von Versöhnung und Glück. Sie beginnt im katholisch geprägten Nebraska der Fünfzigerjahre, wo Smid in den Suburbs von Omaha aufwächst. Vor der Garage steht ein rotes 53er Oldsmobile. Johns Vater Norman, Briefträger, ist ein gottesfürchtiger Mann. Dem Sohn schärft er ein: »Jesus starb für unsere Sünden, vergiss das nie!« Der Satz frisst sich wie Rost durch Smids Leben. Die Ehe der Eltern geht nicht gut. Als John zehn ist, lässt seine Mutter Vera sich scheiden, sie heiratet einen anderen. Sein Vater lebt fortan im Zölibat als gebrochener Mann. Erst vierzig Jahre später sollte er noch einmal heiraten, acht Jahre vor seinem Tod.

John ist 19, als er 1974 seine erste Freundin hat. Er ist ein verschlossener Junge, ein Spätzünder, seine Sexualität nur eine Ahnung, die er nicht versteht. Als er kurze Zeit später heiratet, ist er

John Smid sah in 22 Jahren keinen Schwulen, der nach der Behandlung bei Love In Action nicht mehr schwul war.

noch Jungfrau. Die Ehe erscheint ihm als Hafen der Sicherheit. Vor dem wilden Leben da draußen, vor sich selbst und seinen verwirrenden Gefühlen. Er muss jetzt nur noch funktionieren.

Nach zwei Jahren hat er zwei Töchter. Er liebt das Vatersein, doch immer öfter spürt er auch diese Leere und die Sehnsucht: wie ein Phantomschmerz. Doch erst vier Jahre später offenbart er sich einem Kollegen, sie unterhalten sich lange, trinken ein paar Bier – und dann passiert es. John J. Smid ist 25, als er zum ersten Mal mit einem Mann schläft.»Es stellte mein ganzes Leben in Frage«, sagt er heute. »Ich habe zum ersten Mal den Unterschied gemerkt.«

Der Vater bricht in Tränen aus, als sein Sohn ihm sagt, er sei schwul und wolle die Scheidung. »Tu das nicht, mein Junge, es bringt nur Unglück«, sagt er und wird noch unglücklicher, als er schon war. Doch John verlässt seine Familie, geht mit Männern aus, zieht in ein Schwulenviertel. Es lässt sich fallen in den Lebenstil der Schwulenszene, die Anfang der Achtziger auch im kreuzbraven Omaha floriert. Keine festen Bindungen, keine familiäre Verantwortung. Seine kleinen Töchter sieht er noch, aber sie passen nicht mehr recht in sein neues Leben. Sex hat Smid jetzt oft. Was er nicht hat, ist Seelenfrieden.

Warum bleibt niemand bei ihm? Warum endet alles immer im Drama? Was stimmt nicht mit ihm? Im Radio hört er von Love In Action. Die Liebe von Mann zu Mann sei falsch verstandene Schwärmerei, heißt es in der Sendung. Ungesund und unangemessen sei sie und werde in Verdammnis münden. Niemand, der glaube, er sei schwul, müsse das bleiben. Ja, verrückt höre sich das an, sagt Smid. »Aber damals kam es mir wie die Lösung all meiner Probleme vor.«

Er zieht nach San Rafael, Kalifornien, wo Love In Action damals residiert, taucht ab in die Welt aus Gut und Böse und steigt schnell auf. 1990 bietet man ihm die Leitung der Organisation an. Er wird auch Vorstandsmitglied bei Exodus International, einer Art Dachverband der christlichen Homosexuellenbekehrer.

Fragt man ihn heute, wie es sein kann, dass ein offen Schwuler, der seine Familie aufgab, binnen weniger Jahre zum Fackelträger der »Anti-Schwulen-Bewegung« in Amerika aufsteigen konnte, zuckt er nur mit den breiten Schultern: »Ich fühlte mich angenommen, so nahe bei Gott, so frei von Sünde.« 1988 heiratet er wieder eine Frau: Vileen. »Ich war wie auf Autopilot«, sagt Smid. Auch, was den Sex betrifft. Fromme Männer würden ihren Mann stehen, sagt Vileen, zu einer

John betete, »Gott, überrasche mich!« Und Gott, oh ja, überraschte ihn.

Dann nimmt Larry seinen ganzen Mut zusammen und küsst John. Es ist der erste Kuss in seinem Leben. Immer war er Single, hat ein Leben für Gott geführt.

gesunden Ehe gehöre gesunder Sex. John spürt die Bringschuld. Was er nicht spürt, ist Lust. Doch Zweifel kann er sich nicht mehr leisten.

John Smid sagt auch heute noch, dass nicht alles schlecht war, dass man etwas aus den Programmen ziehen konnte, Familienwerte, Seelsorge. Er erzählt von Schwulen, die fortan im Zölibat lebten oder eine Familie gründeten wie er – und damit zufrieden waren. Was er in den ganzen 22 Jahren nicht erlebte, war ein Schwuler, der nach einer Behandlung bei Love In Action nicht mehr schwul war. Die meisten seiner Schützlinge, sagt Smid, verließen die Einrichtung, um wieder als Homosexuelle zu leben.

Davon aber lässt er sich damals nicht beirren. Auch nicht von den Wissenschaftlern und Psychologen, die seine Lehre für gefährlich halten und ihr jede wissenschaftliche Grundlage absprechen. Nicht einmal von einstigen Mitstreitern, die vom Glauben abgefallen sind. 1993 berichtet das *Wall Street Journal* über John Evans, einen der Gründer von Love In Action, der ausgestiegen ist und die Ex-Gay-Bewegung öffentlich anklagt. Man zerstöre dort Leben, muss Smid lesen, es sei eine Fantasiewelt. »Ich begriff nicht, dass es unsere vermeintliche Hilfe war, die Menschen kaputt machen konnte.« Für ihn ist Evans damals nur einer mehr, der vom Weg abkam. Er ist blind vor Eifer. Einem seiner zweifelnden Kursteilnehmer rät er, lieber Selbstmord zu begehen als schwul zu leben. 1994 verlagert Love In Action seinen Sitz nach Memphis, Tennessee, in den christlich-konservativen Süden der USA.

Der Wind beginnt sich 2005 zu drehen, als der MySpace-Blog eines 16-Jährigen für Aufregung sorgt. Zach Stark berichtet darin von den Plänen seiner Eltern, ihn in ein Reformcamp von Love In Action zu schicken. Von seiner Verzweiflung, seiner Angst. Es kommt zu Demonstrationen vor dem Gebäude, jeden Tag, sechs Wochen lang. Die Medien springen darauf an. Smid muss nun unangenehme Fragen beantworten. Mehrmals trifft er sich mit dem Schwulenaktivisten Morgan J. Fox, der die Proteste angeführt hat. Und der kommt ihm weder böse noch leidend oder lebensuntüchtig vor. Er mag ihn. Ein bisschen bewundert er ihn sogar: ein Schwuler ohne Selbsthass und Schuldgefühle.

Doch es ist nicht Einsicht, die Smid 2008 von seinem Posten zurücktreten lässt, sondern ein verlorener Machtkampf innerhalb seiner Führungsriege. Er geht als ein Verstoßener, ohne Ahnung, was die Zukunft bringen würde, heim zu seiner Frau, die er nicht liebt, und wartet auf ein Zeichen. »Ich legte mein Schicksal einmal mehr in die Hände des Herrn und sagte: Gott, überrasche mich!«

Ausgebrannt fühlt er sich, ohne Richtung. Er, der Orientierungslose, gründet Grace Rivers, einen Beratungsblog für schwule Christen. Sein Schwulsein hat er sich längst wieder eingestanden. Das Zeichen kommt, als er 2010 die Gay Christian Network Conference in Nashville, Tennessee besucht, einen jährlichen Kirchentag für Homosexuelle.

Er trifft dort glückliche Transsexuelle, erfolgreiche Schwule, Priesterinnen, Menschen, die er bis vor Kurzem verdammte, und muss lernen, dass man die Bibelstellen, die er jahrelang zitierte, um Schwule zu diskreditieren, auch anders auslegen kann. Gott hat nichts gegen Schwule: Diese Erkenntnis breitet sich in seinem Bewusstsein aus wie eine Erlösung. Ein Jahr später ist er wieder dort und trifft Larry.

Larry ist acht Jahre jünger als er und einen Kopf größer. Auch er trägt einen graumelierten Bart an Kinn und Oberlippe. Sie essen und beten zusammen, diskutieren Bibelverse. Als John vom Geräteschuppen erzählt, den er zu Hause bauen will, bietet Larry seine Hilfe an. Sie arbeiten das ganze Wochenende. Larry liest die Baupläne, John sägt und hämmert. Muskeln, die sich spannen, Blicke, die sich kreuzen. Vileen ist Besuch von Männern, meist Kollegen, gewohnt. Sie hegt keinen Verdacht. Als der Schuppen fertig ist und Larry Abschied nimmt, weiß John, dass er verliebt ist.

Natürlich sehen sie sich wieder. Diesmal bei Larry, in dessen Bungalow in Paris. Er ist keine fünf Minuten im Haus, da schaut John in Larrys Küchenschränke, als könnte sich darin ein neues Leben verstecken. Sie müssen beide lachen, fühlen sich ertappt. Wieder arbeiten sie im Garten. Dann nimmt Larry seinen ganzen Mut zusammen und küsst John. Es ist der erste Kuss in seinem Leben. Immer war er Single, hat ein Leben für Gott geführt, zwei Master und einen Doktor in Religionswissenschaften gemacht, sich zum technischen Abteilungsleiter einer Stahlfabrik hochgearbeitet und fast jeden Tag bei seinen Eltern zu Abend gegessen. Ein paar Mal war er mit Frauen aus, doch eingeschlafen ist er immer allein. Sie haben keinen Sex an diesem Wochenende, und doch ist nichts mehr wie zuvor.

»Ich verstehe es nicht. Ich verstehe es einfach nicht«, sagt Vileen immer wieder, als John ihr kurz darauf eröffnet, dass er die Scheidung will. Aber was gibt es da nicht zu verstehen? Endlich hat er einen Grund, sein falsches Leben hinter sich zu lassen. Kurz vor Weihnachten 2012 verlässt er seine Frau nach 23 Jahren Ehe.

John und Larry führen nun eine Fernbeziehung, sechs Autostunden. Sie entdecken FaceTime für sich. Wenn John abends in seinem Apartment kocht, baut er sein Computertablet auf dem Küchentresen auf, um Larrys Gesellschaft zu haben. Larry nimmt sein Tablet mit ins Bad, wenn er sich rasiert. Einmal, Larry ist zum Essen da, bricht das Gespräch ab. Ins Schweigen fragt John: »Woran denkst du, Larry?« Larry schaut ihm lange in die Augen. »Wie wär's, wenn du zu mir ziehst, John?« Natürlich will er.

Larry beginnt, sich zu outen, bei seinen Freunden, bei seinen Kollegen. Warum noch Versteck spielen? Sie renovieren das Haus, streichen die Wände neu. Larry geht ins Stahlwerk, John macht den Haushalt, jobbt nebenbei in einem Theaterlager und restauriert alte Möbel. Für seine Vergangenheit hat er sich mittlerweile mehrfach öffentlich entschuldigt. Seine Reue wirkt echt. Zweimal im Monat gehen sie in die örtliche Kirche. Es ist eine kleine Kongregation der evangelischen Christian Church, vielleicht siebzig Gläubige. Ältere Leute, bibelfest. Aber als der Pastor zwei Wochen nach ihrer Hochzeit beim Gottesdienst unerwartet ihre Trauung verkündet, da stehen sie alle auf, nacheinander. Und klatschen.

Zu seinen beiden Töchtern aus erster Ehe hat John Smid wieder Kontakt. Wie sich herausstellte, können sie sehr gut mit einem schwulen Vater leben. Was sie nicht ertrugen, war die Fassade. »Dad«, hat die Ältere neulich gesagt, »ich bin froh, dass du endlich erkennst, dass das, was du heilen wolltest, nicht geheilt zu werden braucht.«

Ach, Sie?

VON KAROLINE AMON   **ILLUSTRATION** RYAN TODD

Überraschung! Zwei Menschen lernen sich über eine Onlinepartnerbörse kennen – und erfahren, dass sie sich näher sind, als sie dachten. Viel näher.

Neunundachtzig Vorschläge bekam Christian im Sommer 2003. So viele Frauen hatte das Computerprogramm einer Partnerbörse für den 48-Jährigen ermittelt. Der Physikprofessor, damals seit drei Monaten solo, litt unter dem Alleinsein und wollte möglichst schnell eine neue Partnerin finden. Sein Profil versprach »feingliedrige Hände«, in der Rubrik »Haustiere« hatte er »zwei süße, freifliegende Nymphensittiche« eingetragen, sonst blieben seine Angaben aber eher vage. Nur der Ort war genau definiert: In München sollte sie schon wohnen.

Der Algorithmus der Partnerbörse hatte die gespeicherten Profile mit Christians Angaben verglichen und daraus eine Rangliste der Frauen errechnet, die am besten zu ihm passen würden. Nicht immer mit überzeugendem Ergebnis: Weit oben landete eine Dame, die sich in der Rubrik »Haustiere« einen Witz erlaubt und angegeben hatte, in ihrer Wohnung »Wollmäuse« zu halten. Ziemlich weit unten hingegen: die dunkelhaarige Dramaturgin Christiane. Dramaturgin, »das hat mich irgendwie angesprochen«, sagt Christian heute. Außerdem war ihre Postleitzahl mit seiner identisch. Ein Klick, und die Kontaktanfrage mit seinem Profil landete in Christianes Mailbox.

Bis zu dieser Nacht hatte sie ihren Account bei der Partnerbörse wochenlang ignoriert. Christiane war enttäuscht von den Männern. Mit einem Musiker hatte sie einen romantischen Briefwechsel gepflegt, doch beim Treffen im Café entpuppte der sich als »graue Maus hinterm Ofen«. Auch aus der Fernbeziehung mit einem Österreicher war nichts geworden. In ihrem Profil hatte sie sich gewünscht, dass »leidenschaftliche Dinge passieren im Leben«, doch danach sah es gerade eher nicht aus. Anders als Christian hatte sie aber keine Postleitzahl angegeben, unter der ihr Wunschpartner wohnen sollte. Wenn der Mann, »mit dem ich mich gut verstehe«, aus Brasilien oder China käme, dann sollte es eben so sein.

In Christianes Mailbox befand sich dann aber kein Brasilianer - sondern Christian. »Professor, das fand ich irgendwie lustig.« Am nächsten Tag schrieb sie »Prof. Unbekannt« eine Mail. Die Antwort kam zehn Minuten später: »Also, ich wohne in der Kaiserstraße. Wir könnten Nachbarn sein, bei Ihrer Postleitzahl, stimmt das?« Kaiserstraße! Ihre Straße! Christian hatte kein Foto hochgeladen, würde sie ihn vielleicht sogar vom Sehen kennen? Minuten später die nächste Mail, diesmal mit seiner Adresse. Ihre Adresse! Plötzlich war klar: Es ist der Mann, der vor drei Monaten in jene Wohnung im Hinterhaus eingezogen war, die sie selbst gern als Büro gemietet hätte. Und auf den sie seitdem ein bisschen sauer war.

Noch wusste Christian nichts davon, Christiane hatte ihre Hausnummer nämlich nicht verraten. »Das alles war erst mal nur ein Spiel für mich.« Statt sich im Café zu treffen, das war ihr zu wenig spannend, klingelte sie eines Mittags unangemeldet bei ihm im Hinterhaus. Man fand sich sympathisch, verabredete sich fürs Kino, blieb aber beim »Sie«. Verliebt war Christiane nicht - bis zu diesem Sonntag einige Wochen später. Da konnte er nicht mit ihr ins Kino gehen, er war schon verabredet. Christiane ging allein und sah ihn nach der Vorstellung mit einer anderen. Eine riesige Enttäuschung, und sie merkte: »Etwas war in mir passiert.« Noch in der gleichen Nacht rief Christian sie an, es folgte ein intensives, intimes Gespräch. Die andere, so stellte sich heraus, war ein weiterer Vorschlag der Partnerbörse, den Christian pflichtbewusst abgearbeitet hatte.

Vier Wochen später zog Christian zu Christiane ins Vorderhaus. Schließlich Jahren haben die beiden in Südfrankreich geheiratet.

Der Lustverwalter

VON STEFANIE MAECK
FOTOS »MARGRET – CHRONIK EINER AFFÄRE« COURTESY DELMES & ZANDER, SIGFRIED SANDER

1969: Der verheiratete Kaufmann Günter K. hat eine wilde Affäre mit seiner Sekretärin. Lang nach seinem Tod taucht plötzlich ein Koffer auf, gefüllt mit Notizen, Andenken, Locken und Fingernägeln. Protokoll einer unheimlichen Besessenheit.

Margret im Hotelzimmer. Mit der Zeit wird ihr Blick in Günters Kamera immer ernster.

Mai 1969 in Köln. Es ist Frühling. Im Baustoffhandel von Günter K. sind die Decken aus Holz, die Stoffgardinen vor dem Fenster haben geometrische Muster. Margret S. sitzt an der Schreibmaschine und tippt Rechnungen für ihren Chef: Günter, 39 Jahre, ein schlanker Typ mit Brille, schütterem Haar, hellblauer Trevirahose und Sakko. Margret ist 24, eine grazile Erscheinung, die Haare toupiert, sie trägt Minirock und keine Strumpfhose. Die Liebelei zwischen Chef und Sekretärin, er tauft sie auf den Namen »Zini«, sie ruft ihn später »Schnaggel«, wäre längst vergessen, wenn nicht nach vierzig Jahren ein Aktenkoffer auftauchte, gepflegt, aus schwarzem, teurem Leder, die Schlösser aufgebrochen. Ein Entrümpler aus Mönchengladbach löst die Wohnung des toten Baustoffhändlers auf. Er entdeckt den Koffer.

Darin lagert eine Passion. Sie lagert in blauen Firmenkuverts, Günters geheimes Tagebuch. In den Umschlägen stecken Karten, darauf hat Günter mit Datum und Uhrzeit notiert, was er mit Margret getrunken und gegessen hat, wo sie Sex hatten, ob Margret das »gelbe Kleid mit lila Borde« oder das »grüne Wildlederröckchen« trägt. Im Koffer liegen auch Antibabypillen, Eugynon 21, mit Datum beschriftet, des Weiteren aufgeklebte Schamhaare, ebenfalls mit Datum, eine Locke, Fingernägel, mit Tesafilm aufgeklebt und beschriftet: »Linker Fingernagel von Margret, 14.12.70.«

Außerdem Fotos: Margret vor und nach dem Sex, wie eine Madonna vor dem Goldspiegel beim Schminken, verführerisch im Körbchen-BH auf dem Bett oder mit weißen Netzstrümpfen im Opel Kapitän. Günter hebt auch Hotelrechnungen und Tramtickets auf.

Günter richtet über seinem Geschäft eine zweite Welt ein. Sie liegt nur ein paar Treppen über Laden und Büro, manchmal begegnet ihm im Treppenhaus der Nachbar Erthel. »Peinlich«, schreibt Günter. Anders als im Baustoffgeschäft ist oben alles plüschig. Die Fotos geben Einblick: Für die Wände hat Günter Brokattapeten gewählt und Lüster mit Seidenschirmen. Die Dachwohnung hat eine Küche und eine Bar mit zwei Sesseln und Tisch. Auf einem Foto liegen rote Puschen auf dem Bett, die Günter für Margret offenbar besorgt und drapiert hat. Günter führt Protokoll über die Treffen: Nach dem Sex legt er »schöne Musik« auf und knipst das »Buntfernsehen« an, 1967 kam der erste Farbfernseher in den Handel, ungefähr 2400 DM. Sie rauchen HB-Zigaretten, trinken »Cappy«, einen Orangensaft, »mit MM-Sekt« und jedes Mal nach dem Sex, »Rücken- oder Spezialstellung«, macht er Fotos von ihr. Anschließend trinken sie in »Tonis Bar« oder Margret kocht selbst: Rouladen mit Dosenspargel und Gurkensalat.

Margret ist verheiratet. Ihr Mann heißt Lothar, »Loli«. Ein Ingenieur. Ihm sagen sie, dass Margret ihren Chef auf Dienstreisen begleitet. Die beiden reisen nach Bad Kreuznach, Bad Münster am Stein. Sie essen Paprikarahmschnitzel oder Ochsenschwanzsuppe zu Abend und Günter trinkt nach dem Essen »Cappy mit Grünem«, Orangensaft mit fünfzigprozentigem Escorial, Modegetränk in Geschäftskreisen. Sie tanzen in Kurhäusern, schauen aus der Boppard-Seilbahn in die Landschaft. Während Margrets Mann nichts ahnt, weiß Günters Frau Leni von der Affäre.

Eines Tages steht sie vor Margret im Geschäft: »Sie haben einen minderwertigen Charakter«, sagt sie. »Sie zerstören eine gute Ehe.« Margret, die immer selbstbewusster wird, ist außer sich. Um zehn Uhr sagt sie tags darauf zu Günter: »Sie muss sich bei mir entschuldigen.« Sonst sei es mit dem Geschlechtsverkehr aus, »spring auf Deine Frau, mach, was Du willst, auf mich kommst Du nicht mehr.« Günter unter Druck: Am Ende entschuldigt sich die Ehefrau in der Mittagspause bei der Geliebten. Ausnahmsweise schreibt er auf einem Kalenderblatt. Es wirkt, als würde er die Dialoge für ein Theaterstück tippen. Hier die Worte der Ehefrau, da die Worte von Margret. Und am Ende Günter: »Nach Geschäftsschluss nach oben und um 17 Uhr 15 – 17 Uhr 30 in Rückenlage 1× geliebt. Anschließend nach Alt-Köln.«

»Alles in Ordnung wiederum.«

Günter protokolliert immer gewissenhafter. Seine Welt dreht sich um Margret, ihren Körper, Angaben über sein Geschäft fehlen. Er versucht, der Affäre Herr zu werden.

Wie ein Buchhalter notiert er: »Mittwoch, 17 Uhr 15, Beginn der Tage«. Oder »22 Uhr bis 22.50 gesteckt«. »Einweihungsfeier« nennt er den Akt, mal findet er auf dem gelben Sessel statt, vor dem

Dienstag, d. 6.Oktober 1970

Rote lange Hose und weissen Strickpullover

Gegen 15 Uhr mit Hand an der Funz gespielt jedoch über der Hose

Gegen 16 Uhr 2o mit Hand unter der geöffneten Hose (Reissverschluß
vorne geöffnet) gehobenen Strumpfhose und Höschen dirket mit Hand
an der Funz gespielt. Rechte Hand Mittelfinger im Loch (sehr feucht
naß)gespielt am Kitzler gearbeitet bis zum Erguß. Sehr eng und knochig
gebaut.
Lothar hat Margret gegen 11 Uhr 3o abends gefickt und auch am Mittwoch
früh gegen 6 Uhr gefickt. = (Mittwoch d, 7. Okt. 7o)

Mittwoch, d. 7. Okt. 1970

Margret bekam ihre Tage gegen 1o Uhr etwa vormittags.
Magdalene zufällig ebenfalls am Mittwoch, d. 7.Okt. 1970 gegen 1o - 11

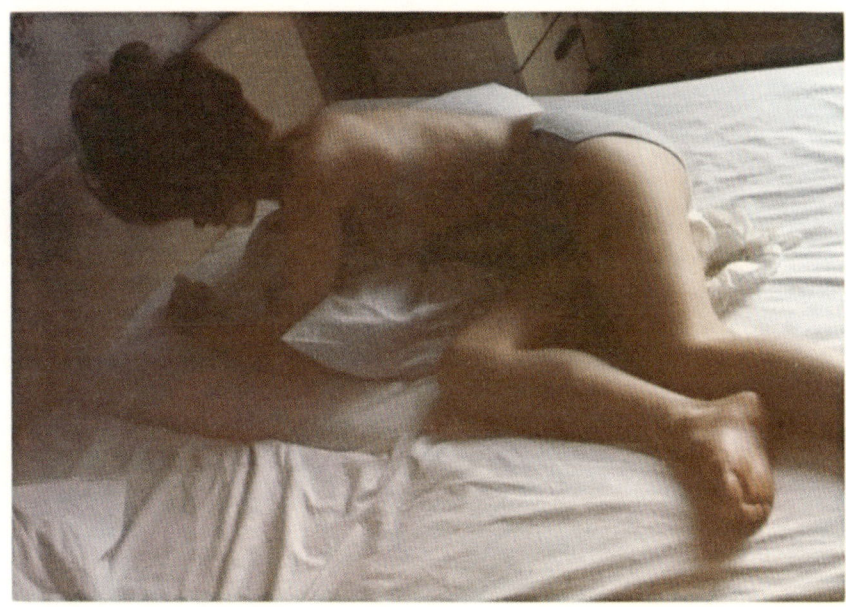

Günter fotografiert Margret wie besessen, sogar im Hotel nach dem Sex.

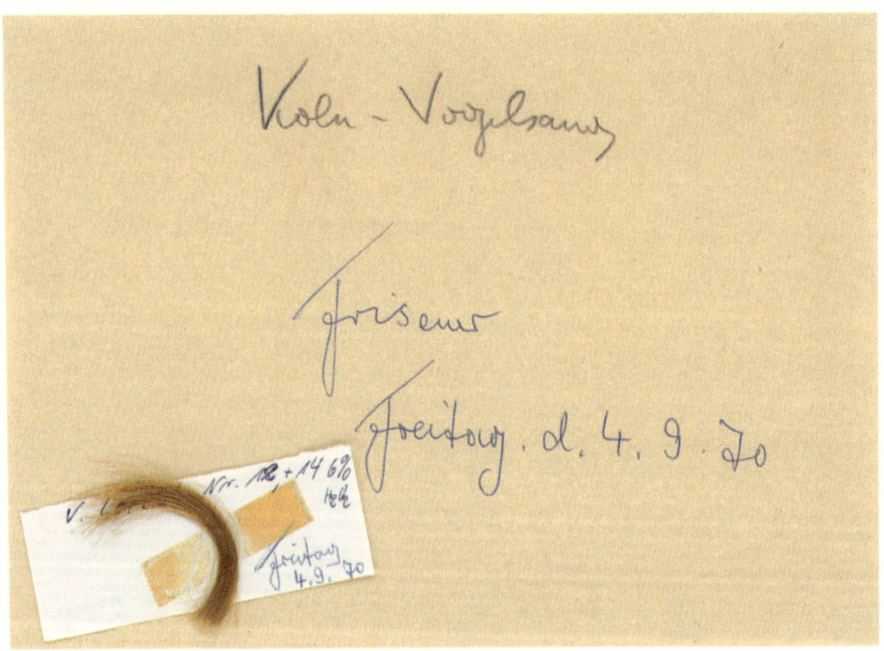

Günter fotografiert seine Geliebte in jeder erdenklichen Situation – und klebt
auch eine Locke vom Friseurbesuch in seine Aufzeichnungen..

Margret posiert im August 1970 vor dem »Kurhotel« im Taunus.

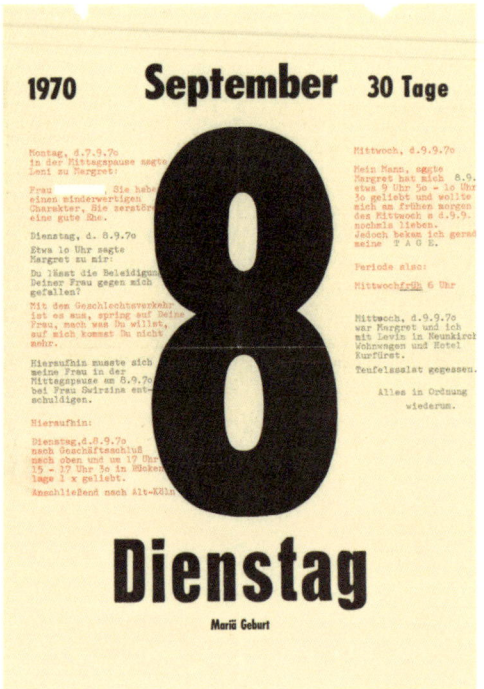

Auf einem Kalenderblatt protokolliert Günter den Streit zwischen seiner Geliebten und seiner Ehefrau. Margret droht ihm mit Sexentzug. Seine Ehefrau muss sich schließlich entschuldigen. Unten: Margret im Opel Kapitän.

Fischbecken, mal in Rückenlage und dann in »Spezialstellung«. Mal in Hotels wie dem »Nassauer Hof« oder dem »Kurfürst«, mal im Liebesnest oder sogar bei Margret in Köln-Niehl, wenn »Loli« weg ist.

Am 22. August verursacht Margrets Ehemann Lothar einen tödlichen Unfall mit einem Radfahrer. Die beiden Liebenden sind im »Kurhotel Bad Schwalbach«, Zimmer 211. Sie unterbrechen den Urlaub nicht. Zwei Tage später lösen sie ein Tagesticket für die Spielbank Wiesbaden, dann reisen sie nach Schlangenbad im Taunus. Günter notiert lapidar: »ca. 9 Uhr vormittags, tödlicher Unfall von Lothar. Radfahrer aus Köln-Merheim rrh. ca. 70 Jahre. Margret und ich waren in Bad Ems«. Auf den Fotos sehen sie glücklich aus. Nur auf einem blickt Margret nachdenklich über die Lahn, wo ein Schiff auf Touristen wartet. Auf einem anderen Foto berührt sie eine Hotelpflanze, der Blick geht in die Ferne.

Aus den Kuverts geht hervor, dass das Paar den Ehemann im Kölner Ausgeh- und Speiselokal »Trumm« trifft. Offiziell verstehen sich Margret und ihr Chef nur sehr gut. Er fährt sie mit dem Opel Kapitän sogar nach Hause. Günter aber notiert, wann der Ehemann die Beine von Margret hochstreicht. Von ihr weiß er, wann die beiden Verkehr hatten, und notiert auch das. Er schreibt auf, dass der andere nicht überprüfe, ob seine Frau wirklich die Tage habe. Dass dieser ihr glaube. Manchmal spekuliert er, dass der Ehemann zweimal am Tag Sex mit Margret habe, denn Margret sei sehr wild. Es ist Oktober 1970. Die Stimmung kippt. Margret ist auf einmal still und stumm, auf den Fotos lächelt sie weniger. Günter notiert: »Bei Zini. Stimmung miese.«

Weil »Loli« wohl Verdacht schöpft, soll Günter andere Frauen treffen und in der »Trumm« vorstellen. »In Wirklichkeit tut sie das zu ihrem Schutz«, glaubt er. Er trifft Anzeigenbekanntschaften, wie Margret wollte – und sie ist sauer. Macht ihm eine Szene. Aber auch sie trifft einen Herrn, um ihn zu »neppen«. Mal ist sie abweisend. »Ich bin doch kein Roboter«, sagt sie nach dem Sex oder wenn er sie beim Schminken vor dem Spiegel fotografieren will. Dann wieder bietet sie ihm »Zungenküsse« an. Trotz Protokoll und Uhrzeiten wirkt Günter ratlos.

Margret, die anfangs kindlich ist, wird selbstbewusst: Am 9. November 1970 steht auf einer Rechnung: »Um 18 Uhr im Prinz Eugen zu Abend mit Margret gegessen. Sie zahlte.« Tags darauf spaziert Margret ins Geschäft. Sie kommt von ihrem Frauenarzt.

»Also ich bin schwanger.« Sie wisse nicht, von wem. Sie will es wegmachen. Da sei eine Martha, Ex-Prostituierte und Hausfrau in Köln-Ehrenfeld, die das besorgen könne. Sie habe schon vor ihrer Tür gestanden, aber keiner öffnete. Lothar kann sie nichts sagen, da sie noch vor zwei Tagen behauptet hat, sie habe ihre Tage.

Abends kocht Margret Spargel aus der Dose. Sie schauen »Buntfernsehen« und trinken Moselwein, Jahrgang 1959. Sie haben Sex, rauchen, trinken den teuren Cappy-Saft, haben noch mal Sex. »Jetzt kann ja nichts mehr passieren«, vertraut Günter seinem geheimen Tagebuch an. Er fährt Margret gegen 22 Uhr im »Kapitän« zum Ehemann. Unter dem Tageseintrag notiert er, wie lange der beim Sex kann und wie schnell er wieder einen Steifen kriegt (»nach 5 M«). Margret hat es ihm gesagt. Eine Tante von ihm findet, Margret sei eine sadistische Person, der es wohl Spaß mache, eine Ehe zu zerstören.

Zwei Tage später treibt Margret ihr Kind ab. 9 Uhr 10, Ehrenfeld, Peter-Bauer-Straße 1., Tel. 520682. Ausnahmsweise schreibt Günter mit der Hand, nicht mit der Maschine. Er zahlt fünfhundert Mark für die Abtreibung. Ob das Kind von ihm ist, wird er nie erfahren. Unter seinem Tagesprotokoll schreibt Günter, dass es für Margret die dritte Abtreibung ist. Mit 17 hatte sie die erste. Für wen schreibt er? Fürchtet er, etwas von Margret zu vergessen?

Aus den Kuverts ist zu erfahren, dass das Paar zwei Tage nach der Abtreibung den Tanzabend der Prinzen-Garde Köln besucht, Tisch Nr. 16. Am 15. November, Sonntag, fahren sie ins Sauerland. Im Wagen ist es kalt, draußen Schneeregen. Sie essen in Bilstein, im Hotel »Zur Post«. Rinderkraftbrühe und Rumpsteak. Sie fahren bis kurz vor Attendorn weiter, machen im Auto einen Mittagsschlaf, decken sich mit dem Wintermantel zu. Während Günter schläft, küsst Margret ihn. So sagt sie es

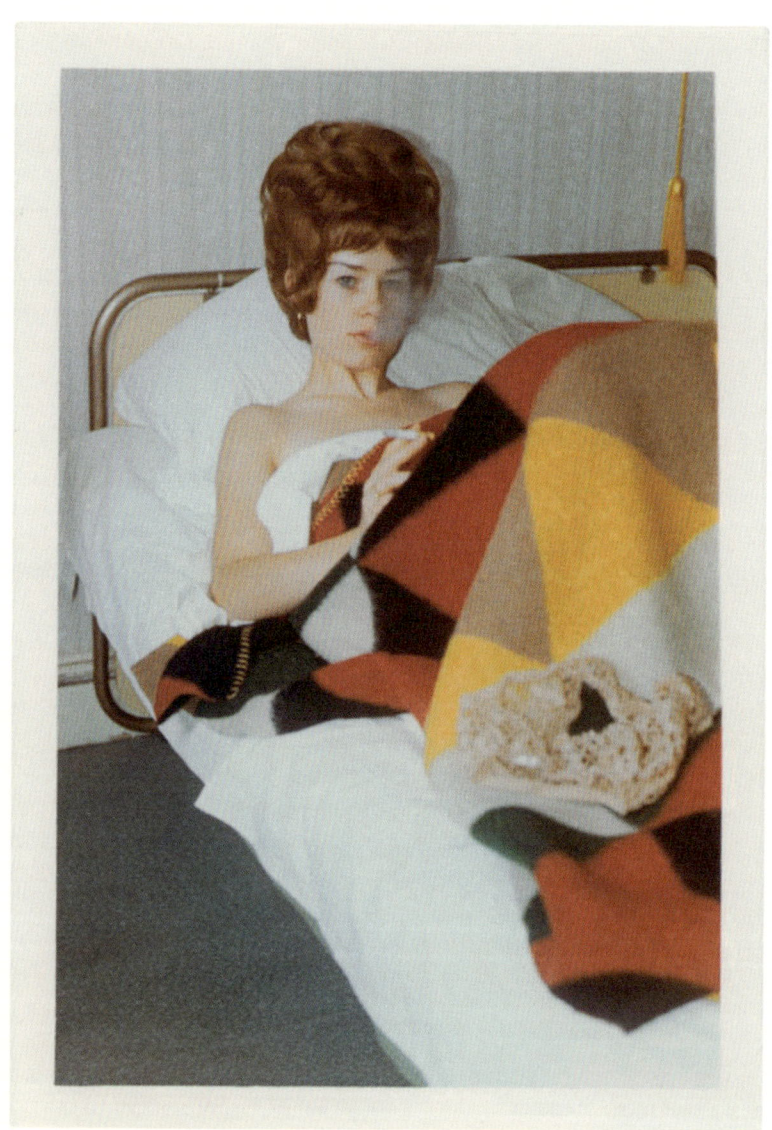

Bunte Decke, trüber Blick: Margret im Hotelbett.

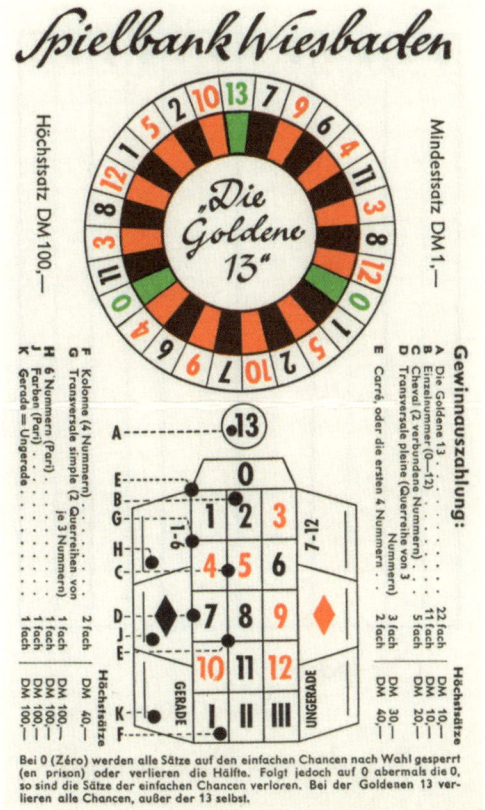

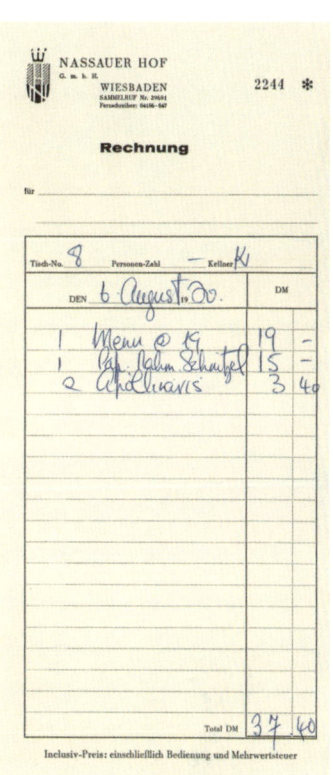

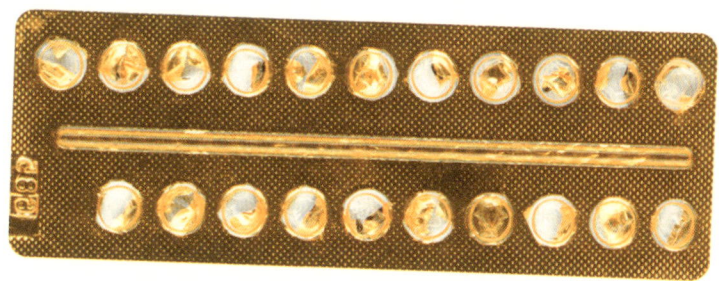

Günter hebt Eintrittskarten, Rechnungen, aber auch leere Antibabypillen-Packungen seiner Geliebten auf.

ihm beim Aufwachen. Günter notiert, dass sie es ihm mit der Hand im Auto besorgte, »sehr zart«. Die Blutung hält an. Eine Ausschabung sei »unabdingbar«, so Günter. Seine Welt dreht sich um den Körper der Geliebten, obwohl ihm alles zunehmend entgleitet. Er klebt ihre Schamhaare auf und schreibt pornografisch-buchhalterisch »Original Funzhaar von Margret aus dem GV v. 10.11.70«.

In der Weihnachtszeit beschließt Margret unvermittelt: »Ich kann nicht mehr auf zwei Hochzeiten tanzen«, nach Weihnachten müsse »das« aus sein. Für den Weihnachtsurlaub soll er sich was anderes suchen. Er notiert, dass er einmal einen »Schlappen« hat. Trotzdem trifft er »Fräulein Gisela« und zugleich »Ursula«. Ursula ist »groß, schlank, sehr gut aussehend. Weiße Stiefel, grünes chices Kleid, schwarze Haare.« Margret fleht: »Günter, tue mir einen Gefallen: Die nicht.« Sie springt bei laufender Fahrt aus seinem Opel Kapitän. Günter: »Sie war außer sich, denn dieses Mädchen war Margret an Jugend, Wuchs und Schönheit überlegen, äußerst geschmackvoll gekleidet und gebildet im Aussehen.« Als er mit der anderen Muscheln isst, stellt sich Margret in der »Trumm« an die Jukebox. Sie legt seine Lieblingslieder auf: *Du* und *Geh' nicht vorbei*. Günter: »Es machte mich wahnsinnig!« Dann fährt er mit der Bekanntschaft in die Wohnung. Er schläft mit ihr.

Am nächsten Tag ist Margret am Telefon: »Ruf nie mehr zu Hause an.« Günter fragt sich, ob Lothar was ahnt: »Wenn Margret um 12 Uhr kommt, wird man hören, was ist.« Ein weiterer Eintrag findet sich nicht mehr im Aktenkoffer, vielleicht ist die Karte verschollen oder Günter zu depressiv, um zu schreiben.

Zehn Tage später endet das Tagebuch mit einem Rätsel: »Wechsel König hat M. gerettet.« Meint er den Wechsel des Mannes? Der Mann als König? Ist Margret zu ihrem Mann zurückgekehrt? Sein Protokoll schließt: »Dann schliefen wir in Löffelchen zur Wand hin von 18 Uhr bis 18 Uhr 30 fest und blieben bis 19 Uhr fett.«

In roter Maschinenschrift steht auf dem Kärtchen: »Keine Aufnahmen.«

Die Affäre ist beendet.

Günter und Margret sind tot, lebende Angehörige gibt es nicht mehr.

Sie waren Zini und Schnaggel, Kinder des Wirtschaftswunders. Was bleibt, sind ihre Locken und Schamhaare, Wundschorf und aufgeklebte Fingernägel. Und eine aus den Fugen geratene Passion in einem Koffer. In ihm liegt die Geschichte des Baustoffhändlers Günter, der seine Sekretärin Margret vor vierzig Jahren mit Haut und Haaren besitzen wollte.

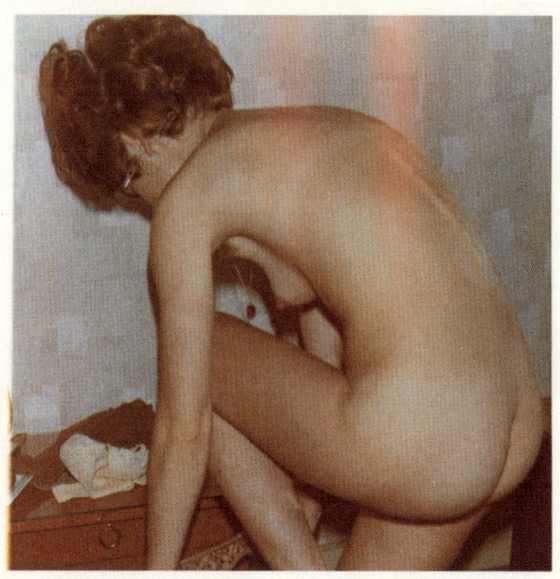

Dienstag, d. 13.10.70
2 Bilder gemacht vom Schachlik essen, Margret hatte
rötl. Rock an. Wollten abens ficken, jedoch auf Mittw.
verschoben. Beide Busen nacht angefasst mit Warøen.
Mittwoch, d. 14.10.70

2 Bilder gemacht, weisser Pullover gestrickt und rote
Strickhose beim Curry-Wurst essen von Strassenseite her
5 Uhr zur Tante ▮▮▮▮▮▮▮▮ gefahren und bis 2o Uhr 3o
geblieben. Dann zur Eifelstr gefahren oben. Um 9 Uhr
1o Minuten ins Bett, Margret blieb auf dem Rücken lieg:
bewegte sich jedoch gut. Ich wollte mir Zeit lassen,je-
doch sagte: Lass kommen. Voll und viel hinein geschosse:
Danach eine Zigarette im Bett geraucht, wie immer nach
dem Geschlechtsverkehr und dann wollte Sie unbedingt
nach Hause. Sie war schlagartig still und wortkrag.
Angeblich Magenschmerzen. Zur Trumm gefahren 9 Uhr 4o
angekommen Lothar angetroffen, nur ein Bier getrunken
und dann fuhr Margret zur Agneskirche mit Lothar zum
Installateur der wiederum nicht nach Katzemisch gekomme:
war. Margret weiterhin sehr still und sagte komm L.laß
uns fahren mir ist es schlecht.

Auf Karteikarten tippt Günter alles, was er von der Affäre festhalten will. Sex notiert er mit nüchternen Detailangaben.

»Privat sind wir alle Amateure«

INTERVIEW GABRIELA HERPELL, MARC SCHÜRMANN **FOTOS** RAMON HAINDL

Wenn man Experte in Liebesdingen ist: Bekommt man die Liebe dann auch besser hin? Wir haben die gefragt, die es wissen müssen: die Partner von Paartherapeuten.

Enrico Landgraf, Bettina Jellouschek-Otto und Ilse Gutjahr-Jung (von links) taten miteinander das,
was zumindest Landgraf mit seiner Partnerin nicht immer genießt: alles ausdiskutieren.

Therapeuten raten Paaren oft zu Ritualen. Etwa sich einmal pro Woche Zeit füreinander zu nehmen, dann sitzt man sich gegenüber, die Knie berühren sich, zwanzig Minuten spricht der eine, zwanzig Minuten der andere. Machen Ihre Partner das mit Ihnen?

ILSE GUTJAHR-JUNG Dieses Ritual empfiehlt mein Mann, aber wir haben andere Regeln. Wir hatten uns mal sehr in der Wolle, auch noch im Urlaub, und ich dachte: Verdammt noch mal, mit einem Paartherapeuten, und dann so ein Zoff! Da habe ich in einer Blumenhandlung zwei Porzellanschafe gekauft, ein großes und ein kleines. Ich habe an seine Tür geklopft, erst hat er nicht aufgemacht. Ich habe heftiger geklopft, er stand ganz sauer in der Tür, ich habe gesagt: Ich glaube, ich war das größere Schaf. Mein Mann musste lachen. Jetzt wandert das Schaf hin und her: Wenn einer das Gefühl hat, er war zu zornig, bringt er es dem anderen.

BETTINA JELLOUSCHEK-OTTO Das heißt: Ich bitte um Verzeihung?

GUTJAHR-JUNG Ja. Es gibt schon mal Ärger, logisch. Welches Paar hat nicht irgendwann auch Spannungen?

Empfiehlt Ihr Mann das Schaf seinen Patienten?

GUTJAHR-JUNG Manche haben in seinen Vorträgen davon gehört und es von sich aus angeschafft. Wir sind beide zum zweiten Mal verheiratet. Er sagt oft, aus der ersten Ehe hat er viel gelernt, was man nicht wiederholen sollte. Mir geht es genauso.

Was sollten Sie denn nicht wiederholen?

GUTJAHR-JUNG Ich würde bei Problemen nie wieder schweigen. Mein erster Mann war alkoholkrank. Nicht der Penner auf der Parkbank, sondern Wohlstandsalkoholiker. Ich hatte ihn mit 22 Jahren geheiratet und war die perfekte Co-Abhängige.

Ist es ein Vorteil, mit einem Paartherapeuten liiert zu sein?

GUTJAHR-JUNG Manchmal kommt mein Mann nach Hause und sagt: Wie gut wir verheiratet sind, habe ich heute wieder erfahren.

JELLOUSCHEK-OTTO Das sagen wir uns gegenseitig auch, wenn wir sehen, wie schwer es andere haben.

Warum haben Sie es nicht so schwer?

JELLOUSCHEK-OTTO Wir schweigen nicht. Darum eskalieren Konflikte nicht so sehr.

ENRICO LANDGRAF Wir versuchen allerdings, die Therapien aus der Beziehung rauszulassen, so weit es geht.

Auf Ihren Wunsch hin?

LANDGRAF Auf beider Wunsch hin. Sonst ist man Therapeut und Therapierter. Wir wollen aber Mann und Frau und ganz normale Menschen sein. Natürlich bringen wir beide unsere Biografien mit, die uns eigen machen und manchmal auch einen Crash verursachen. Und dann reden wir drüber.

Zieht Ihre Partnerin dann nicht was aus ihrer therapeutischen Werkzeugkiste?

LANDGRAF Doch, natürlich. Ich muss auf der Hut sein, dass da nicht irgendwas hintenrum kommt. Dass sie sich Verhaltensweisen wünscht, die gut für sie sind, und ich denke: Aber das bin doch nicht mehr ich!

Fühlen Sie sich manchmal manipuliert?

LANDGRAF Nein, nicht wirklich. Unbewusst kann das aber schon mal vorkommen.

Läuft das über positive Verstärkung: »Schatz, du hast aber toll aufgeräumt«?

LANDGRAF Anders. Ein Beispiel: Wir sollen zu Dieter und Maria gehen, und ich sage: Och nö, ich hab keine Lust. In meinen früheren Beziehungen hieß es nur: Aha, er hat keine Lust. Jetzt heißt es: Warum willst du da nicht hin, was steckt dahinter? Dabei will ich einfach nur nicht da hin – und sitze am Ende doch dort! Mittlerweile lernt man, genauer in sich reinzuhören: Warum habe ich so reagiert? Ich kann Dinge, die ich vorher nicht so zuordnen konnte, besser verstehen, bleibe mir aber treu.

Ihre Lebensgefährtin Carla Thiele ist auf Sex spezialisiert. Reden Sie dauernd über Sex?

LANDGRAF Auf alle Fälle ist das ein Thema. Ich höre von Problemen, die ich interessant finde und von denen ich als Mann auch nicht wusste, dass es da Lösungen gibt. Vom Kopf her und auch medizinisch.

Fahren Sie manchmal von Paaren wie Dieter und Maria zurück, und Ihre Lebensgefährtin sagt im Auto: Ich hab das Gefühl, bei denen läuft's im Bett grad nicht so?

LANDGRAF Natürlich. Der Arzt betrachtet Menschen durch seine Brille, der Therapeut durch

ILSE GUTJAHR-JUNG

leitet das Gesundheitszentrum
Dr.-Max-Otto-Bruker-Haus in Lahnstein bei Koblenz.
Ihr Mann Mathias Jung, ist Paartherapeut
und hat mehr als sechzig Bücher veröffentlicht.

seine, und ich als Steuerberater habe auch meine Sicht der Dinge.

Ob steuerlich was nicht stimmt oder im Bett, ist ja ein Unterschied.

LANDGRAF Ja, klar. Ich kann Typen zuordnen, die im Porsche rumfahren und eine große Klappe haben, aber eigentlich ist nichts dahinter. Der erste Eindruck deckt sich oft zwischen meiner Lebensgefährtin und mir.

Geben sich befreundete Paare vor Ihnen Mühe, harmonisch zu wirken?

JELLOUSCHEK-OTTO Ich versuche, in Runden unter Freunden darauf zu achten, nicht so typische Therapeutenfragen zu stellen. Aber ich denke immer wieder, ach, da könnte ich vielleicht helfen...

LANDGRAF Ich habe das Gefühl, manche Leute haben Angst, dass man sie durchschaut, wenn jemand aus der Psychoecke am Tisch sitzt. Die verkrampfen dann.

Frau Jellouschek-Otto, Ihr Mann und Sie sind beide Paartherapeuten. Kommt man da aus dem Reden über die Liebe gar nicht mehr raus?

JELLOUSCHEK-OTTO Wir reden natürlich anonymisiert über die Paare, die wir begleiten. Auch im Sinne einer Supervision: Ich verstehe nicht, was da läuft, dieses Problem sehe ich, dieses und jenes habe ich ausprobiert, und das hat nichts gebracht. Fällt dir mehr dazu ein? Für uns ist besonders

wichtig zu verstehen, in welcher Entwicklung ein Paar ist. Wir gucken natürlich auch, in welcher Entwicklung wir selbst sind. Wenn wir einen Diskonsens haben oder einen Streit, schauen wir: Warum gerade jetzt? Was ist da für eine Veränderung in unserem Leben?

Das klingt so professionell und unwütend. Fahren Sie nie aus der Haut?

JELLOUSCHEK-OTTO Wenig. Wir sind eher ein Konsenspaar. Wenn's mal ganz doll kommt, gehen wir einander aus dem Weg.

Sind Sie mal sauer aufeinander?

JELLOUSCHEK-OTTO Kurzzeitig schon. Wenn ich in meiner früheren Ehe sauer war, habe ich vor mich hin gegrollt und nicht geredet. Das geht mit uns viel besser.

LANDGRAF Das kenne ich. Ich habe früher bestimmte Dinge auch nicht ausgesprochen, sondern runtergefressen und unterdrückt. Meine jeweilige Partnerin auch, und so wurden es immer mehr Tabuthemen, bis man gar nicht mehr wusste, wo man hintreten durfte, weil überall Fettnäpfchen standen. Mit meiner jetzigen Partnerin fand ich es erst unangenehm, alles auszudiskutieren. Aber du merkst dann: Es macht Sinn. Du weißt, wo der andere steht und wo er verletzlich ist. Früher habe ich auch nie nachgefragt: Du warst krank, was hattest du denn? Wie war der Urlaub? Und so wei-

ENRICO LANDGRAF

ist Steuerberater in Leipzig und Frontmann
der Rockband Der Landgraf. Seine
Lebensgefährtin Carla Thiele, ist Sexualtherapeutin.

ter. Ich hätte das als Insistieren empfunden, als Rumbohren – bis mir gespiegelt wurde: Der andere kann auch denken, dass ich mich nicht für ihn interessiere.

»Gespiegelt werden« – ist das so ein Begriff, den Sie übernommen haben?

LANDGRAF Natürlich. Manche dieser Begriffe treffen es einfach.

JELLOUSCHEK-OTTO Wir verwenden auch viele Ausdrücke aus der Therapie, zum Beispiel: Das habe ich so und so erlebt.

LANDGRAF Letztendlich ist es ein großer Schritt, wenn man versteht, dass man Empfindungen hat, die nicht denen des anderen entsprechen müssen.

Was haben Sie gedacht, als Sie erfuhren, dass Carla Thiele Sexualtherapeutin ist?

LANDGRAF Man stellt sich da viel vor, allerlei Praktiken und so, aber sie berät eher psychologisch oder medizinisch. In größeren Runden ist ihre Arbeit aber ständig Thema.

Sagt sie manchmal, sie sei Orthopädin, wenn sie keine Lust hat, über ihren Beruf zu reden?

LANDGRAF Nein, sie sagt schon, was sie macht. Letztes Wochenende waren wir auf einem Grillfest, plötzlich hieß es: Jetzt stellen sich mal alle vor. Nachdem sie dran gewesen war, sprachen natürlich alle darüber.

Worüber genau?

LANDGRAF Es ging um Viagra für die Frau. Aber mehr so als Gag. Dann wurde es schnell ruhig. Wer wirklich sexuelle Probleme hat, sagt ja wenig.

Auch nicht nach drei Bier?

LANDGRAF Das habe ich noch nicht erlebt. Viel öfter wird sie zum Beispiel von Ärzten auf Kongressen angesprochen: Ich hab da ein Problem, ich würde Sie gern mal in Anspruch nehmen.

Könnten Sie sich vorstellen, mit Ihrem Partner in Paartherapie zu gehen?

JELLOUSCHEK-OTTO Wir müssten großes Vertrauen haben und uns ganz dem Therapeuten überlassen können. Sonst würden wir oft denken: Aha, jetzt kommt dieser Schritt, und jetzt kommt jene Intervention – das würde schwierig.

Wie sehr wird ein Konflikt bei Ihnen und Ihrem Mann zum Fachgespräch mit Argumenten wie: »Du weißt, was Freud dazu schon gesagt hat«?

JELLOUSCHEK-OTTO »Was will die Frau eigentlich?«, das zitiert mein Mann hin und wieder von Freud. Aber er benutzt es nicht als Waffe. Wie laufen Konflikte bei uns ab ... Kürzlich war es so: Ich nutze zu meinen Therapien auch Pferde. Da bin ich viel im Stall beschäftigt. Ich wollte gerade los, da sagte er: »Aber komm bald wieder, sei um sieben wieder da.« Ich sagte, es kann auch später werden. Da war er deutlich enttäuscht, und das hat mich geärgert, weil er mich in meiner Autonomie beschränkte. Ich kam relativ pünktlich nach Hause, da lief er mir entgegen: »Das war nicht gut, verzeih mir.«

Sie erkennen die Untergeschosse von Konflikten früher?

JELLOUSCHEK-OTTO Ja. Wir überlegen: Was habe ich nicht gut gemacht? Danach tauschen wir uns aus: Was ist gerade eigentlich los?

Und was war gerade los?

JELLOUSCHEK-OTTO Ich baue beruflich auf, er reduziert. Daraus entsteht ein Ungleichgewicht: Er möchte mehr mit mir machen und ist auf der Suche nach neuen Inhalten, ich brauche niemanden mehr zu versorgen und möchte meiner Leidenschaft nachgehen.

Sind Sie überrascht, wenn Sie in solche Fallen tappen – nach Jahrzehnten der Beziehungsarbeit?

JELLOUSCHEK-OTTO Ich sage Patienten oft: Privat sind wir alle Amateure. Auch wir reagieren emotional und nach Mustern von anno dunnemals. Nur: Wir merken es früher. Und haben andere Möglichkeiten, Lösungen zu finden.

LANDGRAF Bei uns war es neulich so: Meine Partnerin hat gekocht, in der Soße war Wein. Viel früher hatte sie mich mal gefragt, ob ich das mag, und ich hatte Ja gesagt. Diesmal habe ich gesagt, eigentlich schmeckt mir das nicht so mit dem Wein. Da war die Stimmung im Eimer. Sie meinte: Jetzt weiß ich ja überhaupt nicht mehr, was du wirklich magst! Dahinter steckte ihr Versorgungswunsch. Sie möchte mich als Partner optimal versorgen, glaubt aber: Ich versorge ihn nicht richtig, wenn ich ihm nicht anmerke, dass er das Essen nicht mag.

Wessen Diagnose ist das?

LANDGRAF Ich kenne sie inzwischen gut genug, um selbst darauf zu kommen.

GUTJAHR-JUNG Mein Mann ist leichter als ich gekränkt und der Temperamentvollere von uns, auch nach Jahrzehnten der Beziehungsarbeit. In seinem neuen Buch bezeichnet er sich als Zornbinkel.

Sagen Sie manchmal: Jetzt bist du so lange Paartherapeut und kriegst es selbst nicht hin?

GUTJAHR-JUNG Das habe ich noch nie gesagt.

Gedacht?

GUTJAHR-JUNG Schon eher.

JELLOUSCHEK-OTTO Es ist wichtig, dass man privat auch mal unprofessionell sein kann.

Frau Gutjahr-Jung, Sie wohnen Tür an Tür mit Ihrem Mann, aber in getrennten Wohnungen. Ihr Mann sagt, das sei »für die Ehehygiene außerordentlich sinnvoll«.

GUTJAHR-JUNG Wir wohnen überwiegend in meiner Wohnung, aber er kann sich in seine zurückziehen, zum Beispiel zum Arbeiten. Dass er mault und auch mal da schläft, ist vielleicht zweimal in zwanzig Jahren vorgekommen. Dann bin ich doch hin und habe geklingelt, und er kam rüber mit seinem Schaf.

JELLOUSCHEK-OTTO Was uns ziemlich geholfen hat: Man sollte verschiedene Bedürfnisse nicht werten. Ich bin eher unordentlich, mein Mann ordnungsliebend. Ich bin in sein Haus gezogen, in dem er mit seiner Frau gelebt hatte. Meine Unordnung half mir, da meinen Platz zu finden. Bei ihm bin ich irgendwann darauf gekommen, dass er mich nicht kontrollieren und dominieren will, sondern Angst vor dem Chaos hat. Und er hat rausgefunden, dass ich nicht egoistisch bin, sondern dass das ein Teil meiner Identität ist und Ausdruck meiner Kreativität, die ihm auch guttut. Wenn er jetzt sagt, du hast vergessen, den Tisch ganz abzuräumen, da sind immer noch Salz und Pfeffer drauf, dann kann ich darüber hinwegsehen – und er darüber, wenn ich Dinge liegenlasse.

GUTJAHR-JUNG Da sind zwei Wohnungen toll.

JELLOUSCHEK-OTTO Wir haben von Anfang an Beziehungszeiten gemacht, ganze oder halbe Tage. Dann sind wir in ein Café gegangen oder haben es uns zu Hause schön gemacht und geredet: Wie geht's dir grad mit mir?

GUTJAHR-JUNG Autofahrten sind auch gut. Da können beide nicht weglaufen.

JELLOUSCHEK-OTTO Oder spazieren gehen. Wanderungen.

Geschwiegen wird nicht?

JELLOUSCHEK-OTTO Nur kurzzeitig. Schweigen gehört zu den apokalyptischen Reitern einer Beziehung.

Wollen Sie Ihren Partner im Affekt auch mal verletzen?

JELLOUSCHEK-OTTO Bis jetzt nicht. Toi, toi, toi.

LANDGRAF Nein. Aber man kann sich da missverstehen. Neulich waren wir in Eile. Ich fand, dass sie bummelt, also sagte ich: Los jetzt, ins Auto, fort! Das war schon zu hart. Nee, sagte sie, so redest du nicht mit mir! Ich meinte, entschuldige, aber wir haben einfach Stress, da möchte ich nicht die Samthandschuhe auspacken, das muss mal gesagt werden können!

GUTJAHR-JUNG Bei uns ist ein Thema unser Hund. Mein Mann hat eine große Neufundländerin, die ich ihm geschenkt habe. Sie sabbert mir oft die Wohnung voll. Ich kümmere mich natürlich um Bella: Weil sie schon da ist, können wir uns auch nicht mehr wirklich streiten. Wenn mein Mann sich aber so einen Hund noch mal anschafft, hole ich mir mal Rat bei Ihnen, Frau Jellouschek-Otto. Welchen Rat hätten Sie?

JELLOUSCHEK-OTTO Schwierig. Es gibt keinen Kompromiss, ein halber Hund ist nicht möglich. Das ist wie beim Kind. Es gibt ja diese Sehnsucht nach einem gemeinsamen Dritten, das kann natürlich auch ein Projekt sein. Das ist wichtig für Beziehungen. Wenn ich ein Paar zu beraten hätte, würde ich fragen: Wofür steht der Hund? Wie beim Kind: Was ist für den einen das Wichtige, was verbindet er damit, was sind die Ängste dessen, der das Kind nicht möchte?

Frau Gutjahr-Jung, Ihr Mann zitiert in einem seiner Bücher den Historiker Sebastian Haffner: »Damit eine Ehe glücklich bleibt, müssen sich meist beide Ehegatten gutmütig damit abfinden, für ihre jeweilige Person auf Glück zu verzichten.«

GUTJAHR-JUNG Wie bitte?

JELLOUSCHEK-OTTO Auf dauerhaftes Glück vielleicht.

GUTJAHR-JUNG Dieses Haffner-Zitat versteht mein Mann aber als zu pessimistisch. Er dagegen meint: Das Glück muss ich bei mir finden, das kann ich nicht vom Partner erwarten.

JELLOUSCHEK-OTTO Ich habe an mich den Anspruch, in einer Beziehung auch dienend zu sein. Nicht nur zu gucken, dass für mich alles gut ist, sondern wie es dem anderen geht.

GUTJAHR-JUNG Ohne Liebe geht gar nichts. Wenn die schon zum Fenster raus ist, helfen keine Ratschläge.

Ihr Mann hat mal erzählt, dass der Übergang von seiner ersten Ehe zu Ihnen voller Heimlichkeiten und Lügen war. Klingt nicht sehr professionell für einen Paartherapeuten.

GUTJAHR-JUNG Das ist ja hundert Jahre her. Er war damals noch kein Paartherapeut. Tatsächlich hat er seinen Anteil am Scheitern seiner ersten Ehe in einer Therapie aufgearbeitet. Er hat sich die Trennung nicht leicht gemacht. Ich liebe meinen Mann, weil er so ist, wie er ist. Er ist klug, es macht mir Freude, mit ihm zu diskutieren. Dann sieht man auch über Dinge hinweg, notfalls auch über den Sabber des Hundes.

LANDGRAF In einer Beziehung mit einem Therapeuten erlebt man jemanden, der sich mehr Mühe gibt, eine Beziehung aufrechtzuerhalten, als andere das oft tun. So ein Mensch gibt vielleicht mehr. Bringt sich ein, überlegt sich was, das finde ich wertvoll.

Geben Sie die Verantwortung ab? Nach dem Motto: Sie merkt schon, wenn bei uns was schiefläuft?

LANDGRAF Nein. Sie verlangt da auch viel von mir. Aber mir ist meine Eigenverantwortung wichtig.

Wäre ein Paartherapeut, der nicht liiert ist, glaubwürdig?

JELLOUSCHEK-OTTO Ist eine Hebamme, die kein Kind hat, gut?

GUTJAHR-JUNG Aber ein Paartherapeut, der dauerhaft Single ist, wäre komisch, oder? Wo holt er sich den Alltag her, den er braucht, um Beziehungen zu verstehen?

JELLOUSCHEK-OTTO Wenn er Einfühlungsvermögen hat, kann ich mir das vorstellen. Er hat Modelle um sich herum, Eltern, Freunde. Wichtig sind ja nicht die Tipps, die wir geben und möglicherweise selber ausprobiert haben. Sondern dass wir zwei Menschen miteinander ins Gespräch bringen.

LANDGRAF Nehmen wir jemanden, der nur kurze Beziehungen hatte: Ich glaube, er kann ein guter Berater sein, weil er ein großes Spektrum hat – und bei sich einen blinden Fleck. Kommt ja oft vor, dass man von außen schlauer ist als von innen. Ich habe mal gelesen, man sollte 12,8 Beziehungen gehabt haben, weil man dann einen Erfahrungshorizont hat, aus dem man schöpfen kann.

Wie sehr spielen Ihre Ex-Partner in die aktuelle Beziehung hinein?

GUTJAHR-JUNG Ich habe meinen Mann damals vor seiner Trennung sehr ermutigt, seine Beziehung mit seiner Ex-Frau wirklich zu Ende zu leben. Ich habe sogar versucht, ihn davon zu überzeugen, mit

BETTINA JELLOUSCHEK-OTTO

ist Paartherapeutin in Ammerbuch bei
Tübingen. Auch ihr Mann Hans
Jellouschek, ist ein bekannter Paartherapeut.

ihr eine Paartherapie zu machen. Und natürlich spielt seine erste Ehe eine Rolle in unserer Ehe, auch die Tochter, die seine Ex-Frau mit in die Ehe brachte. Aber Konkurrenz habe ich nie empfunden. Wenn seine Ex-Frau krank würde, täte ich alles dafür, dass er hinfährt und ihr hilft.

JELLOUSCHEK-OTTO Unsere vorigen Partner haben uns auch abgeschliffen. Man hat viel gelernt. Ich empfinde da auch Dankbarkeit.

LANDGRAF Ich habe zu meinen Ex-Partnerinnen Kontakt. Wenn nichts Schlimmes vorgefallen ist, wäre ein Abbruch eigenartig, oder nicht? Das muss man als neuer Partner akzeptieren.

**Wer ist bei Ihnen jeweils
der Eifersüchtigere?**

JELLOUSCHEK-OTTO Ich. Jedenfalls gebe ich es öfter zu. Mein Mann ist viel unterwegs, und in seinen Seminaren sind viele Frauen. Dann sage ich: Du passt schon auf, nicht? Das ist humorvoll gesagt, aber auch ernst gemeint. Ich kriege in der Paartherapie immer wieder mit, dass eine Außenbeziehung einen ziemlich überfallen kann. Man darf ein Auge auf den anderen haben.

GUTJAHR-JUNG Bei meinem Mann kommen immer wieder schwärmerische Briefe von Frauen an. Ich glaube, das geht vielen Therapeuten so. Man muss da Vertrauen haben. Aber wir teilen uns auch jeden Tag etwas Liebes mit. Wenn er auf einen Vortrag fährt, bekommt er in seine Brotdose einen Liebeszettel, zum Beispiel: Vergiss nicht, ich liebe dich, auch wenn du tolle Frauen siehst!

LANDGRAF Jeder will einen Partner haben, den auch andere attraktiv und interessant finden. Wir sind recht offen miteinander und zeigen uns E-Mails von Verehrern. Sie hat Verehrer aus ihren Seminaren, und ich mache ja auch Musik, da gibt es natürlich auch welche. Früher war ich eifersüchtiger, weil ich mir so klein vorkam.

GUTJAHR-JUNG Wie alt sind Sie?

LANDGRAF 44.

GUTJAHR-JUNG Ach, ein junger Knabe. Wenn mein Mann was Ernstes anfangen würde, müsste man mit Anstand auseinandergehen. Wobei ich finde, wir sind zu alt für solche Faxen.

JELLOUSCHEK-OTTO Gefühle kennen kein Alter.

LANDGRAF Wenn man mit einem Therapeuten zusammen ist, wird erst mal darüber diskutiert, wie es zu einer Außenbeziehung kommen konnte. Dass man durch Unaufmerksamkeit dahin gebracht wurde, zum Beispiel. Dann muss man sich auch als Betrogener an die eigene Nase fassen.

GUTJAHR-JUNG Das stimmt. Eine Außenbeziehung ist eine schwere Beziehungskrise. Da müssen beide ihren Anteil an diesem Gau analysieren. Mein Mann zitiert oft Brecht: »Liebe ist eine Produktion.« Sie ist mitunter harte Arbeit.

Jetzt oder nie

EINE AUSWAHL AUS DER SÜDDEUTSCHEN ZEITUNG

Ein schneller Blick, eine kurze Begegnung – und die Erinnerung lässt nicht mehr locker. Tag für Tag greifen Menschen nach der Hoffnung und schalten Anzeigen, um einander wiederzusehen. So entstehen unzählige kleine Dramen: Kurzgeschichten mit ungewissem Ausgang.

Black Swan Cinemaxx Isartor

Du, w., attraktiv, selbstbewusst, humorvoll, warst am So., 30. Jan. im Cinemaxx am Isartor in der Vorstellung um 17.30 h. Wir haben spaßvolle Nettigkeiten ausgetauscht. Würde Dich gerne wiedersehen, bitte schreibe eine E-Mail an xxx_yyy_zzz@me.com oder Zuschriften unter ☎ ✉ ZS7057211

Hallo Du nette Blondine

Ich denke, Du kommst aus Straubing. Ich: »m« : Deine Schwester ist eine Blondine und wohnte in Gauting. Bitte schreibe mir einen klugen Brief mit Bild unter ✉ AS1909044 an SZ.

Rotwandgipfel 18.10. 13:00 h
Du hast mich fasziniert; meldest Du Dich? rotxxxyyy@zzz.de Zuschriften unter ☎ ✉ ZS7064566

Lieber Horst 79 mit 3 Katzen
Sie haben mir eine nette Karte mit handgemalten Katzenbildern geschickt, aber weder Tel.-Nr. noch Adresse hinterlassen. Bitte melden Sie sich noch einmal ✉ ZS1914196

Attr. Elfenlady gesucht!

Rundfunkball, Sa., 9.2.2013: Habe Dich (Anf. 30, ca. 165, blaugrünes Kleid mit weißen Blüten, hüftlange braune Haare) leider nicht mehr angetroffen. Wo bist Du? Ich (»Mozart«) würde Dich gerne kennenlernen. Zuschriften unter ✉ ZS7078118

LH Stewardess

18.06 MUC A9 19.15Uhr Sie mit M-XX Mini weiß lächelten uns zu. Der weiße BMW möchte Sie wiedersehen! Zuschriften unter ✉ ZS7081441

Hilfe!! Suche Jochen

hattest im Juli auf meine Mailbox bei Amio gesprochen! Leider die Handynr. vergessen!! Bist Stier, 53 j., 180 cm, bl. Augen, Vater einer 27j. Tochter und Opa einer 2j. Redest hochdeutsch!! Würde dich gerne näher kennenlernen. Bitte melden bei Gudrun (xxx@yyy.de Zuschriften unter ✉ ZS7077348

ICE HH-München
18.08.2013 Bin in Gö ausgestiegen und würde Dich gerne wiedersehen. Du mochtest O-Saft. Lebensxxx.yyy@zzz.de Zuschriften unter ✉ ZS7083079

Wir sind uns in der Straßenbahn 27 Richtung Stachus am 19.12. gegen 14 Uhr in Höhe Schwabing begegnet und haben Blick(e) gewechselt. Bitte schreiben Sie mir. Zuschr. u. ☎ ✉ ZS1862265 an die SZ

Fahrer Mercedes Kombi, dkl.

Kennz. M (USchleissheim?) Montag, 15. Juli, 17:30 Uhr, Arnulfstraße/Ecke Mittl. Ring Netter Typ bitte melden bei Lady in Mazda 6, silber: mail-xxx-yyy@zzz.de oder Zuschriften unter ZS7081989

Chiffre-Nr. 1912787:

Liebe Heidi M.,

Du hast keine Tel.-Nr. und keine Adresse hinterlassen. Bitte melde Dich.

Opernabend
Nationaltheater, Sa. 7.5., Entf. aus dem Serail: Sie (brünett, schwarzes Kleid und Samtschal) saßen im Parkett hinten. Ich saß wenige Reihen hinter Ihnen (dunkelgrauer Anzug, in Begleitung eines älteren Ehepaars) und bedauere sehr, Sie nicht angesprochen zu haben! xxxyyy@zzz.com Zuschriften unter ☎ ✉ ZS7059832

Luna und Pascal

VON CHRISTIAN SEILER **ILLUSTRATION** GEORGE BUTLER

Eine junge Frau, ein junger Mann, beide als Kinder an Krebs erkrankt, beide geheilt. Mit 24 verlieben sie sich ineinander: die erste Beziehung ihres Lebens. Dann bekommt Luna einen Rückfall.

Pascal sagt Luna immer wieder: »Solange du noch Kraft hast und kämpfen willst, kämpfe ich mit dir.«

Eine Nebenwirkung von Krebs ist die Einsamkeit, deshalb beginnt die Geschichte von Pascal und Luna* – lange bevor sie sich verlieben – in einem Krankenhauszimmer, in dem es nach frisch gebratenen Schweinesteaks riecht.

Pascal sitzt im Bett und schaufelt sich Fleischstückchen in den Mund. Die Chemotherapie hat er direkt ins Rückenmark gespritzt bekommen. Damit er die Medikamente besser verträgt, hat der Arzt Cortison beigemischt. Eine Nebenwirkung des Cortisons ist der Hunger, vor allem auf gebratenes Fleisch, und eine Nebenwirkung davon Pascals aufgequollenes Mondgesicht.

Er ist elf Jahre alt, hat Leukämie, es ist ein Rückfall, mit sechs war er schon einmal erkrankt. Seine Eltern sind zu Besuch und haben ihm Briefe von seinen Klassenkameraden aus dem Gymnasium mitgebracht. »Du musst denen zurückschreiben«, sagt seine Mutter. Sie hat Angst, dass Pascal seine Freunde verliert. Pascal aber fühlt sich viel zu schlapp. »Ich hab keinen Bock«, sagt er. Die Ärzte haben ihm sowieso eingebleut, dass er sich lieber fernhält von Gleichaltrigen. In der Schule sind immer alle krank, das verträgt sich nicht mit Pascals kraftlosem Immunsystem. Wenn er zwischen den Wochen, in denen er gespritzt wird, zu Hause in Speyer ist, und ihn einer seiner Freunde besucht, bleibt Pascal im Esszimmer sitzen, der Freund im Wohnzimmer, damit er ihn nicht anhustet.

Viel lieber spielt Pascal ohnehin allein. In seinem Zimmer steht eine meterlange Modelleisenbahn. Manchmal baut er die Landschaft um die Schienen so auf, dass es aussieht wie auf dem Speyerer Brezelfest. Ihn interessieren nicht Cowboys und Indianer, sondern was vor seiner Haustür stattfindet und was er trotzdem nicht wirklich auskosten kann.

Als er 14 und wieder gesund ist, reicht es seiner Mutter. Sie meldet ihn – obwohl er keinen Bock hat – beim Waldpiraten-Camp an, einem Zeltlager für Kinder, die an Krebs erkrankt sind oder waren. Dort begegnet er zum ersten Mal Luna, die genauso alt ist wie er.

Luna hat mit vier Jahren Krebs im linken Oberschenkelknochen bekommen, ein sogenanntes Osteosarkom, eine besonders aggressive Tumorart; um sie zu retten, wurde ihr das Bein amputiert.

In einer der Nächte wandern die Jugendlichen durch den Wald, als plötzlich die Batterien von Lunas Elektrorollstuhl leer sind. Pascal und ein paar andere schieben sie zurück. Niemand lacht, niemand ist beschämt, im Waldpiraten-Camp ist es nichts Außergewöhnliches, im Rollstuhl zu sitzen, beeinträchtigt zu sein.

Daheim, in ihren Familien und Schulklassen, hat der Krebs die Jugendlichen zu etwas Besonderem gemacht: zu einem besonders schweren Fall. Wie oft hat Pascal schon den Satz gehört: »Es tut mir leid!« Den können nur Gesunde sagen, denkt er. Er will kein Mitleid, sondern Mut. »Du schaffst das! Der Krebs kommt nicht zurück!« Hier verstehen die Jugendlichen das, hier fühlt sich Pascal normal. Und gewinnt ein bisschen Abstand zu seinen Eltern, die ihn ständig umsorgen. Jugendliche, die Krebs haben, stecken in einem Dilemma: Sie sind in einem Alter, in dem sie rebellieren und unabhängig werden wollen, die Krankheit aber wirft sie in die totale Abhängigkeit zurück.

Pascal und Luna treffen sich ab jetzt jedes Jahr im Waldpiraten-Camp wieder.

Pascal ist mit Luna im Schwimmbad, als er merkt, dass er sich in sie verliebt. Die beiden sitzen in einem Whirlpool im Außenbereich, Wasserdampf vernebelt die Luft. Luna ist schlank und hat Sommersprossen auf der Nase, Pascal mag besonders ihr kastanienfarbenes Haar. Sie legt sich über seine Beine, doch er traut sich nicht, ihr zu sagen, was er fühlt.

Pascal ist mittlerweile 24, hat aber noch nie eine Beziehung gehabt. Das ist auch nicht so einfach. In seinem Freundeskreis sind fast ausschließlich ehemalige Krebspatienten, viele hat er im Waldpiraten-Camp kennengelernt. Sie grillen gemeinsam, spielen Gesellschaftsspiele, aber sie gehen nicht auf Partys und trinken auch keinen Alkohol, der ein bisschen Mut machen kann. Der Krebs hat sie vorsichtig werden lassen.

Mit Luna hat sich Pascal über die Jahre immer mehr angefreundet, in letzter Zeit sehen sie sich auch öfter mal allein. Beide studieren Soziale Arbeit in Ludwigshafen. Aber Luna hat auch immer wieder gesagt, dass sie keinen festen Freund haben möchte, weil sie ihre Behinderung niemandem zumuten will. Dabei ist sie sportlicher als jeder sonst, den Pascal kennt. Sie schwimmt 2,5 Kilometer in der Stunde

* Namen von der Redaktion geändert

Pascal und Luna auf ihrer Deutschlandtour im Sommer 2011. Hier liegen sie an der Ostsee am Strand.
Luna hat nach ihrem Rückfall die Chemotherapie gut überstanden, nur ihre Haare sind noch nicht wieder lang.

und kann mit ihrer Prothese wandern gehen. Vor ein paar Wochen erst hat sie mit Pascal an der Regenbogenfahrt teilgenommen, eine sechshundert Kilometer lange Radtour, organisiert von der Deutschen Kinderkrebsstiftung. Da sind sie die gesamte Zeit nebeneinander hergefahren.

»Wann wollen wir uns das nächste Mal treffen?«, fragt Pascal Luna in einer E-Mail, drei Wochen nach ihrem Ausflug ins Schwimmbad. Sie ruft ihn an. »Setz dich mal hin«, sagt sie. »Ich habe einen Rückfall.«

Jeder junge Krebspatient kennt ein paar Zahlen auswendig: 1800 zum Beispiel, so viele Neuerkrankungen unter Kindern gibt es jedes Jahr, achzig Prozent überleben. Bei einem Osteosarkom stehen die Chancen etwas schlechter: zwischen sechzig und siebzig Prozent. Fünf ist die magische Zahl. Denn nach fünf Jahren gilt man als geheilt. Die Zahlen sind der Versuch, Ordnung in eine Welt zu bringen, die sich nicht vorhersehen lässt. Lunas Rückfall kommt nach 17 Jahren.

Ihr Osteosarkom hat über die Blutbahn ihre Lunge angefallen, jetzt steckt ein handballgroßer Tumor in ihrer linken Brusthöhle. Sie muss sofort operiert werden und geht dafür nach Heidelberg, weil sie die Ärzte und Schwestern dort kennt. In der Kinderonkologie ist Luna oft als Clown aufgetreten, es war ein Wochenendhobby von ihr. Sie wollte die jungen Patienten ein wenig aufheitern, ablenken von den ständigen Schmerzen, den Spritzen, dem Kotzen, den Operationen. Nun liegt sie selbst auf dem OP-Tisch, der linke Lungenflügel wird ihr entnommen, danach beginnt die Chemo. Sie bekommt eine Mischung aus Methotrexat, Doxorubicin, Cisplatin und sehr viel Kochsalzlösung injiziert, fünf bis sechs Liter am Tag, und verliert ihre kastanienbraunen Haare.

Pascal besucht sie jetzt jeden Tag. Abends, wenn Lunas Eltern nach Hause gefahren sind, geht er mit ihr im Krankenhausgarten spazieren. Er erzählt ihr dann von der Feldbahn, die er mit seinem Vater zusammen auf einem Waldgrundstück aufgebaut hat: zweihundert Meter Schienen, auf denen eine kleine Lok fahren kann. Pascal ist begeistert von Eisenbahnen, vielleicht weil die Technik dieser einfachen Maschinen keine Zufälle zulässt. Wenn sie kaputtgehen, gibt es einen Grund dafür, und den kann man beheben. Technik ist durch und durch erklärbar, Krebs ist das nicht.

Seine Mutter hat Pascal manchmal gewarnt, dass so ein Hobby Frauen auch nerven kann. Luna aber nervt es nicht: Sie will unbedingt einmal selbst mit der kleinen Lok fahren. Pascal ist beeindruckt von ihr, vor allem von ihrem Kämpferherz. Sooft es geht, radelt sie mit ihrem Mountainbike durch den Wald oder spielt Badminton mit ihm – trotz Chemo, Prothese und halber Lunge. Später am Abend liegen sie dann oft gemeinsam in Lunas Krankenhausbett und schauen Zeichentrickfilme von Disney.

Fünf Monate nach der OP, im Januar 2011, gesteht Pascal ihr schließlich, dass er mehr für sie empfindet als nur gute Freundschaft. Es ist ein Sonntagvormittag, sie sitzen in einer Bäckerei und frühstücken. Luna sagt, dass sie es mutig findet, dass er so ehrlich ist. Im Moment brauche sie aber alle Kraft, um gegen den Krebs zu gewinnen. »Wollen wir es also nicht lieber so lassen, wie es ist?«

Im März schreibt Luna eine E-Mail an alle ihre Freunde: »Hallo, ihr da draußen! Ich dachte heute ist es mal wieder an der Zeit für eine Gruppenmail. Jedem Einzelnen zu schreiben ist mir grade mal wieder zu viel Arbeit *zwinker*. Der Grund für diese Mail ist eigentlich ganz einfach. Ich will euch mitteilen, dass ihr mir gratulieren dürft. Nein, ich habe nicht im Lotto gewonnen und nein, die Note von meiner grad abgegebenen Diplomarbeit hab ich auch noch nicht bekommen. Der Grund warum ihr mir gratulieren dürft, ist ein anderer: *hüpf* Meine Therapie ist vorbei! Ich habe es geschafft!!! *hüpf* :o)))«

Im Mai sagt Luna Pascal, dass sie ihn liebt. Die beiden schließen einen Pakt: »Solange es uns gut geht«, sagen sie, »werden wir auch nicht wieder krank!« Also versuchen sie aus jedem Tag einen besonders schönen zu machen.

Als Erstes fahren sie mit dem Bus von Pascals Eltern quer durch Deutschland: zehn Städte in sechs Tagen. In Freising melken sie auf dem Bauernhof einer Freundin eine Kuh. In Berlin schauen sie sich den Reichstag an. In Hamburg blicken sie vom Michel auf den Hafen, und als plötzlich ein Hagelschauer losbricht, bindet Pascal seine Regenjacke um Lunas Prothese, die nicht nass werden darf. Sie sind durstig nach Erlebnissen und schlafen auf einer Matratze im Wagen. In jeder Stadt kaufen sie eine gelbe Quietsche-Ente, die aus Köln nennen sie Katrin, die aus Berlin Berli. Es sind Erinnerungen zum Anfassen, Symbole der gemeinsamen Zeit.

In ihrer Beziehung trägt fast alles einen Kosenamen. Pascal nennt Luna »mein Delphin«. Sie nennt ihn »mein Baby-Nilpferd«. Die Lok von Pascals Feldbahn heißt Luise, Lunas Rollstuhl, den sie nun immer seltener braucht, Emil. Manche Kosenamen sind einfach nur niedlich gemeint, andere verhüllen die schmerzliche Realität, wie Watte um einen scharfkantigen Stein. Ihr gesundes Bein nennt

Luna Frederick, ihren Stumpf Piggeldy. Sie hat eine sogenannte Umkehrplastik: der vom Krebs befallene Oberschenkel wurde ihr amputiert, den gesunden Unterschenkel hat man ihr dann mit der Hüfte verbunden, verkehrt herum, der Fuß zeigt nach hinten und simuliert das Kniegelenk, mit ihm schlüpft sie in die Prothese hinein. »Frederick muss dem Piggeldy helfen«, haben ihre Eltern ihr damals erklärt.

Die Kindheit, die ihnen der Krebs genommen hat, holen sich Pascal und Luna nun gemeinsam ein Stück weit zurück. Sie schenken sich Plüschtiere, schauen sich Disney-Filme an und sagen sich jeden Abend vor dem Einschlafen, dass es ein schöner Tag gewesen ist. Lunas Haare wachsen wieder.

Im Frühjahr 2012 bekommt sie ihren ersten Job im Sozialen Dienst der Stadt Karlsruhe. Im Juli fliegen sie gemeinsam in die Türkei und gehen im Mittelmeer tauchen, Luna hat ihr Lungenvolumen wieder auf 73 Prozent hoch trainiert, obwohl sie ja nur noch einen Lungenflügel hat. Im August wird sie von der Zeitschrift *Sport Bild* als Sportwunder des Jahres ausgezeichnet, eine Freundin hatte sie bei der Jury vorgeschlagen. Pascal begleitet Luna zum Festakt in Hamburg. Gemeinsam spazieren sie über den roten Teppich, nach der Preisverleihung kommt Wladimir Klitschko zu ihnen und sagt Luna, dass er großen Respekt vor ihr hat.

Zum Abschluss des Sommers fahren sie mit ihrem neuen Campingbus, ihrer »Johanna«, zum Chiemsee und stoßen am Abend des ersten Oktober mit Robby-Bubble-Kindersekt auf die vergangenen Monate an. Am nächsten Morgen fängt Luna, während sie ihre Zähne putzt, plötzlich an zu weinen. Sie hat unfassbare Kopfschmerzen. Ihr linker Arm erschlafft. Ihr linker Mundwinkel hängt herunter. Pascal weiß, was das bedeutet, und ruft den Notarzt. Luna wird mit dem Helikopter ins Krankenhaus nach Murnau geflogen. Die Computertomografie zeigt einen 4,5 Zentimeter großen Tumor in ihrem Gehirn, es hat auch eine Blutung gegeben, daher die plötzlichen Kopfschmerzen und die Lähmung. Pascal legt sich zu Luna ins Bett, auf der Intensivstation, und fragt sie, ob sie ihn heiraten will.

Ein paar Tage später verlegen die Ärzte Luna nach Heidelberg, wo ihr der Gehirntumor entfernt wird. An zwei kleinere Metastasen kommen sie nicht heran, und auch eine intravenöse Chemotherapie ist nicht mehr möglich: Jeder Körper kann nur eine bestimmte Menge der aggressiven Medikamente im Leben vertragen, Lunas Organe, vor allem ihre Niere, sind beim letzten Mal ans Limit gelangt. Aber Pascal sagt Luna immer wieder: »Solange du noch Kraft hast und kämpfen willst, kämpfe ich mit dir.« Luna will kämpfen, ihr geht es wieder besser und sie plant mit Pascal die Hochzeit für Ende November.

In der Nacht auf den zweiten November blutet es wieder in ihrem Gehirn. Intensivstation, Not-OP. Am nächsten Morgen kann Luna schon wieder ganz normal sprechen. Ihr behandelnder Arzt, Clemens Stockklausner, ist von Lunas Kämpfernatur ergriffen. Zwei Hirnblutungen in drei Wochen, und sie steht schon wieder, so etwas hat er noch nie erlebt. Sobald Lunas Kopf verheilt ist, wollen sie mit einer Strahlentherapie beginnen, obwohl diese bei den Metastasen des Osteosarkoms nur einen verlangsamenden Effekt auf das weitere Wachstum hat.

Über den Tod sprechen Pascal und Luna trotzdem nur im Konjunktiv. Als er sie an einem Nachmittag im Rollstuhl durch den Heidelberger Wald schiebt, zu dem Baum, in den sie vor Monaten einmal ihre Initialen geritzt haben, zeigt Luna auf einen Baumstumpf. »Wenn ich begraben werden müsste, dann soll so meine Urne aussehen«, sagt sie. Für ihre Beerdigung wünscht sie sich, dass bunte Luftballons in den Himmel steigen und niemand schwarz trägt. »Und falls es einen Gott gibt«, sagt Luna, »dann scheiße ich den erst mal richtig zusammen.«

Am 22. November blutet es ein drittes Mal. Die Ärzte können nicht mehr operieren, um das Blut abzusaugen, weil die Chance, dass Luna nach der OP nicht mehr aufwacht, zu hoch ist. Sie geben ihr Schmerzmittel, der Druck im Kopf gleicht sich wieder aus. Am 23. November kommt ein Pfarrer ins Krankenhaus: Pascal und Luna feiern Hochzeit. Die Worte »Bis dass der Tod euch scheidet« lässt der Pfarrer aus dem Eheversprechen heraus.

Eine Woche darauf werden sie morgens im Krankenhaus von einem schwarzen BMW abgeholt, der mit weißen Rosen geschmückt ist. Luna sitzt im Rollstuhl, Pascal hat ein Jackett an, ein paar Krankenschwestern, die vor dem Gebäude rauchen, machen eine La-Ola-Welle, als sie die beiden sehen. Sie fahren zum Standesamt. Nach der Trauung stoßen sie im Foyer mit Kindersekt an.

Am Mittwoch, dem 5. Dezember, fährt Pascal mit ihr nach Hause in seine Wohnung am Waldrand von Heidelberg. Luna ist von den Schmerzmitteln ein wenig beduselt und lacht immer wieder laut. Auf dem Weg kommen sie an einer Koppel vorbei, auf der Kühe stehen. Es hat schon Schnee gegeben, und in dem Schnee liegt ein dampfendes junges Kalb, das vor Sekunden erst geboren worden ist. Drei Tage später stirbt Luna in Pascals Armen in seinem Bett.

In Pascals Wohnung ist Luna auch fünf Monate nach ihrem Tod noch in jedem Winkel präsent. Überall hängen Fotos, die sie gemeinsam zeigen, im Bad stehen 110 Quietsche-Enten in einem Regal aufgereiht. Pascal hat ihre Namen in einer Excel-Tabelle festgehalten. Er trägt eine Kette um seinen Hals, mit einem kleinen Zylinder daran, in dem ein paar von Lunas kastanienbraunen Haaren stecken.

»Natürlich will mir jeder einreden, dass ich hier weg muss«, sagt er. »Ich bräuchte einen Neuanfang. Aber ich finde das anmaßend. Niemand kennt meine Situation. Die Zeit mit Luna war die schönste Zeit in meinem Leben, ich will sie nicht vergessen.«

Lunas Beerdigung ist genauso bunt gewesen, wie sie es sich gewünscht hat. Pascal hat ihr einen Trauerbrief von Wladimir Klitschko mit ins Grab gelegt. Im Februar musste er dann seine Abschlussprüfungen an der Uni schreiben und hat alle bis auf eine bestanden. Er hat sogar schon einen Job in Aussicht bei der Deutschen Kinderkrebsstiftung.

Auf einer Anrichte in seinem Wohnzimmer liegt eine Packung Zigaretten. Seit Lunas Tod raucht er abends eine. »Ich bin nicht stolz darauf«, sagt er. »Aber Luna hat nie ein Glas Alkohol getrunken, sie hat Sport getrieben, sich vegetarisch ernährt und ist trotzdem an Krebs gestorben. Ich mache jetzt einfach genau das, wonach ich mich fühle. Luna hat gesagt, wenn sie nicht mehr da sein sollte, soll ich trotzdem wieder glücklich werden.«

Es gibt ein wundervolles Buch, das in den USA zu einem Bestseller geworden ist: *The Fault in Our Stars* von John Green, auf Deutsch heißt es: »Das Schicksal ist ein mieser Verräter«. Darin wird die Geschichte zweier Jugendlicher erzählt, die Krebs haben und sich ineinander verlieben. Am Ende schreibt der Junge in einem letzten Brief: »Man kann sich nicht aussuchen, ob man verletzt wird in seinem Leben, aber man kann ein bisschen mitbestimmen, von wem. Ich bin glücklich mit meiner Wahl.« Pascal sagt: »Es hat sich gelohnt.«

Können diese Augen lieben?

VON GABRIELA HERPELL   FOTO HUBERTUS HAMM

Mensch und Hund, das ist nicht einfach nur ein freundschaftliches Miteinander, das ist oft die große Liebe. Dabei ist ungeklärt: Empfinden Hunde überhaupt die gleiche Liebe wie die Menschen? Oder halten sie sich einfach nur an den, der ihnen Futter gibt? Die Frage hat unserer Autorin keine Ruhe gelassen.

Wenn die Autorin krank im Bett liegt, ist ihr Hund plötzlich mit kleinen Runden ums Haus zufrieden. Ein Zeichen des Mitgefühls?

Ich liebe meinen Hund, ist ja eigentlich klar. Und doch ein bisschen erstaunlich: Man legt 350 Euro auf den Tisch, sucht sich ein Hundebaby aus, nimmt es mit nach Haus – und nach ein paar Tagen liebt man es. Mit der Zeit vertieft sich das Gefühl, auch wenn der Hund irgendwann nicht mehr so süß aussieht und riecht wie als Welpe. Und nun, nach sieben Jahren, denke ich manchmal mit Schrecken, dass vielleicht schon die Hälfte der Zeit mit Ringo abgelaufen ist.

Aber liebt mein Hund mich auch? Und wenn ja, was ändert das? Ich könnte ihn doch auch lieben, ohne dass er meine Gefühle erwidert. Viele Verhaltensforscher und auch sonst viele Menschen bezweifeln, dass derart komplexe tierische Gefühle existieren. Und die, die zugeben, dass sie existieren, halten sie zumindest für unbedeutender als die menschlichen und führen das Verhalten nicht menschlicher Lebewesen auf umweltbedingte und soziale Einflüsse zurück. Sie schütteln den Kopf und sagen: »Mach dir nichts vor. Er himmelt dich nur an, weil du es bist, die ihm zu fressen gibt.« Oder: »Du bist der Rudelführer, mehr nicht.«

Ich glaube nicht, dass das stimmt. Es geht schon damit los, dass mein Hund, ein Jack Russell, meinen Schlaf bewacht. Wenn ich am Morgen die Augen aufschlage, liegt er auf seiner Decke und beobachtet mich schon. Dann stehe ich auf und er kommt an, sucht Nähe, schmiegt seinen Kopf in meine Hand, gräbt ihn in meine Armbeuge. Er trottet hinter mir her, wenn ich in die Küche gehe. Ich schalte das Radio an und fülle Wasser in den Kocher. Er sitzt still da, seine Augen folgen jeder Bewegung. Wenn ich mich an den Küchentisch setze, rollt er sich darunter zusammen, legt eine Tatze auf meinen Fuß und brummt leise.

Wenn das nicht Liebe ist, dann weiß ich es auch nicht. Liebe ist doch vor allem der Wunsch nach Nähe zu einem bestimmten Wesen, für das man sorgt und das man beschützt, falls es nötig ist. Es gibt Menschen, von denen ich glaube, dass sie mich lieben. Aber sie zeigen es viel weniger deutlich als der Hund. Natürlich weiß ich nicht, was genau der Hund fühlt. Aber weiß ich denn, was genau die Menschen empfinden, von denen ich glaube, dass sie mich lieben?

Während des Tages lässt das Zärtlichkeitsbedürfnis des Hundes nach. Doch steht er jedes Mal auf und folgt mir, wenn ich einen Raum verlasse. Manchmal sieht es so aus, als würde er tief schlafen, aber beim leisesten Geräusch aus meiner Richtung klappen seine Augen auf und er wirkt hellwach. Wenn ich zur Haustür gehe, guckt er mich an und stellt die Ohren nach vorn. Ich werde doch nicht ohne ihn gehen? Wenn ich nach der Leine greife, freut er sich wie verrückt und springt hoch in die Luft. Wenn ich sage: »Du passt aufs Haus auf«, lässt er Ohren und Kopf hängen.

Jetzt sagen die Skeptiker, der Hund möchte halt raus, herumrasen und zu all den schönen Hündinnen an der Isar. Ich sage: Ja, aber am liebsten in meiner Gesellschaft. Wenn ich eine Reisetasche packe, kann den Hund zum Ausführen und zu den schönen Hündinnen abholen, wer will, er wird nicht mitgehen. Er wird sich vielleicht zu ein paar Schritten überreden lassen, wenn man ihn mit Leckerbissen lockt, doch dann wird er einen Haken schlagen und zurücklaufen, nach Hause. Oder er wird mitten auf der Straße stehen bleiben, eine Pfote heben und den Kopf rückwärts drehen, mit flehendem Blick. Wieder zu Hause wird er sich so vor die Wohnungstür legen, dass man nicht an ihm vorbei herauskann.

Warum sollte er das alles tun, wenn nicht aus Liebe? Einer Liebe übrigens, die nicht nachlässt wie die Verliebtheit zwischen zwei Menschen. Der Hund freut sich auch nach Jahren noch jedes Mal sehr, wenn ich nach Hause komme. Man sieht das nicht nur daran, dass er wild mit dem Schwanz wedelt, sondern auch an seinen Augen. Sie können ganz blank sein vor Freude. Und sie werden matt, wenn er merkt, dass er allein bleiben muss. Er geht sogar lieber mit in die Stadt, schleppt sich samstags von Zara zu Muji und über den Viktualienmarkt, als allein zu Hause zu bleiben. Manche Leute unterstellen, dass ich mir das so hinbiege, weil es mir so passt. Aber ich weiß, dass es stimmt. Ich kenne ihn, meinen Hund.

Das ist natürlich alles nur Feldforschung. Doch kürzlich wurde auch in biochemischen Forschungslabors bewiesen, dass Hunde sich sehr gern in der Nähe ihres Herrchens aufhalten. Der südafrikanische Forscher Johannes Odendaal und seine amerikanische Kollegin Rebecca Johnson untersuchten Paare aus Mensch und Hund. Wenn sie sich nur zwanzig Minuten lang still in demsel-

Warum sollte er das tun, wenn nicht aus Liebe? Einer Liebe, die nicht nachlässt wie die Verliebtheit zwischen zwei Menschen.

ben Raum befanden, stieg bei beiden der Glückshormonspiegel an, während der Stresshormonspiegel sank: Es wurden vermehrt Oxytocine, Prolactine, Endorphine und Phenylethylamine ausgeschüttet, dafür weniger Cortisole. Wenn Hund und Mensch sich dann gegenseitig auch noch Zuwendung schenkten, stieg der Spiegel der Stimmungsaufheller abermals an. Nicht nur beim Menschen, was längst bekannt ist, sondern eben auch beim Hund.

Endorphine kennt man vom Sport: Sie beglücken einen, wenn man sich ordentlich bewegt hat. Phenylethylamine sorgen für die Art Euphorie, wie man sie beim Schokoladeessen empfinden kann. Prolactin löst Fürsorge aus: Es tritt vermehrt bei werdenden Müttern und sogar auch bei werdenden Vätern auf. Das sogenannte Treuehormon Oxytocin schließlich kommt besonders stark bei Müttern während des Stillens vor, aber auch bei frisch Verliebten, die sich tief in die Augen sehen oder sich berühren. Es sorgt für ein starkes momentanes Glücksempfinden durch die erlebte Bindung.

Folgerichtig stehen Hunde – und das müssen jetzt selbst die größten Behavioristen zugeben – seit Menschengedenken für die Treue zum Menschen. »Es gibt keine Treue, die nicht schon gebrochen wurde, ausgenommen die eines wahrhaft treuen Hundes«, schrieb Konrad Lorenz. Im Spielfilm *Heimweh* aus dem Jahr 1943 läuft der Collie Lassie dreimal durch ganz Yorkshire, um sein Herrchen Joe um Punkt vier Uhr von der Schule abzuholen. Und Terrier Bobby soll, nachdem sein Herr, Old Jock, gestorben war, für den Rest seines Lebens an dessen Grab gewacht haben.

Tatsächlich glaube nicht einmal ich, dass mein Hund das für mich tun würde. Aber auch Hunden muss man zugestehen, mehr oder weniger lieben zu können. Und unterschätzen sollte man sie nicht. Der Hund meiner Schwester wurde eines Tages im Kölner Stadtwald auf unglückliche Weise von einem Auto daran gehindert, zu ihr zurückzulaufen. Als das Auto vorbeigefahren war, war auch der Hund verschwunden. Meine Schwester wohnt viele Kilometer entfernt vom Kölner Stadtwald und war nie vorher mit dem Hund dort gewesen. Sie wartete also und rief und pfiff, zwei Stunden lang. Nichts. Sie fluchte, heulte, rief und pfiff weiter. Irgendwann fuhr sie nach Hause, holte die Decke des Hundes und seinen Futternapf. Sie stellte Futter an die Stelle, an der sie ihn zuletzt gesehen hatte, und legte die Decke daneben.

Tagelang passierte nichts. Die Familie redete über kein anderes Thema, alle schliefen schlecht. Nach einer Woche gab meine Schwester es auf, täglich mehrmals an die Stelle zu fahren, an der sie den Hund verloren hatte.

Es geht um mehr als Zuneigung, Hingabe, Nähebedürfnis. Um Empathie beispielsweise, im Idealfall eine Art Verantwortung für den anderen.

Nach zehn Tagen lag der Hund auf der Schwelle ihres Hauses, er war fast tot vor Erschöpfung. Der Tierarzt, der ihn untersuchte, sagte, Hunde würden von dem Ort aus, an dem sie verloren gehen, ihr Zuhause in immer größer werdenden Kreisen suchen. Spiralförmig. Der Hund meiner Schwester musste Hunderte Kilometer gelaufen sein und verschiedentlich sechs- und achtspurige Straßen überquert haben. Er wurde 18 Jahre alt, was für einen Hund außergewöhnlich ist. Er war blind und taub und steif, joggte nur noch um einen Baum im Garten. Er wich meiner Schwester kaum von der Seite. Als wollte er sie niemals mehr allein lassen.

Da die Liebe aber eine sehr komplexe Angelegenheit ist, geht es um mehr als Zuneigung, Hingabe, Nähebedürfnis. Um Empathie beispielsweise, im Idealfall so eine Art Verantwortung für den anderen. Der populäre deutsche Neurobiologe und Hirnforscher Gerald Hüther schreibt in seinem Buch *Bedienungsanleitung für ein menschliches Gehirn*, die Fähigkeit zur Empathie würde das menschliche Gehirn von allen anderen Nervensystemen unterscheiden. Dabei übersieht er, dass der amerikanische Psychologe Russell Church bereits 1959 bei einem Versuch feststellte, dass sogar Ratten das Leid anderer Ratten begreifen können. Church brachte den Ratten bei, einen Hebel zu

drücken, um an Futter zu kommen. Jedes Mal, wenn eine Ratte den Hebel betätigte, wurde einer anderen Ratte ein Stromschlag verpasst. Sie wand sich vor Schmerzen. Nach einer Weile weigerte sich die eine Ratte, den Hebel zu drücken – sie konnte den Schmerz der anderen mitempfinden. Nun, ein halbes Jahrhundert später, wurde dieses Experiment im Zuge einer verstärkten Empathieforschung weitergeführt. Das Ergebnis: Mäuse, die sich aus dem Käfig kennen, empfinden den Schmerz ihrer Genossen viel stärker mit als Mäuse, die sich nicht kennen. Die Wissenschaft folgert daraus: Wenn Mäuse empathisch sind, sind Hunde es allemal. Sie verfügen also tatsächlich über ein großes Spektrum an Emotionen, von denen einige, wie die Empathie, sogar einen gewissen Grad an bewusstem Denken erfordern. Und weil Hunde und Menschen seit vierzigtausend Jahren auf engem Raum zusammenleben, weil sie also Sozialpartner geworden sind, stehen sie einander mindestens so nah wie eine Maus der anderen und empfinden füreinander Empathie. Nur: Woran sehen Hunde, dass es dem Menschen, den sie lieben, schlecht geht? Oder dass er Schmerzen hat? Denn dieselbe Sprache sprechen Hunde und Menschen ja nicht.

Verhaltensforscher unterzogen Hunde, Wölfe und Affen mehrfach sogenannten Objekt-

Er empfindet Wut, Schmerz, Trauer, Angst, Glück. Er fühlt mit mir mit. Vielleicht hat er sogar Emotionen, die wir Menschen gar nicht kennen.

wahltests: Unter Bechern versteckten sie Futter. Dann deutete ein Mensch mit dem Finger auf den Becher. Die Wölfe und Affen verstanden den menschlichen Fingerzeig meist nicht, aber unter den Hunden begriffen oft schon die Welpen, worum es ging. Über ihre lange Zugehörigkeit zum Menschen haben Hunde also gelernt, dessen Mimik und Gestik zu lesen, und sie geben dieses Wissen offenbar in ihren Genen weiter. Im Gegensatz zu den Menschen übrigens, denen man in der Hundeschule erst einmal erklären muss, was ein Hund mit seiner Körpersprache sagen möchte.

Und mein Hund, ist er mitfühlend? Versteht er meine Gestik, meine Mimik? Manchmal schon. Wenn ich mit Fieber im Bett liege, ist er, der eigentlich ziemlich hyperaktiv ist, mit kleinen Notrunden draußen zufrieden. Als würde er einsehen, dass mich jeder Schritt anstrengt. Wenn ich Kummer habe, kommt er zu mir und legt den Kopf auf mein Knie, ganz zart, auch abends, wenn sein Zärtlichkeitsbedürfnis eigentlich gegen null geht. Seine Augen sind dann dunkel, voller Anteilnahme. Er liebt mich also, mein Hund. Er empfindet Wut, Schmerz, Trauer, Angst, Glück. Er fühlt mit mir mit. Vielleicht hat er sogar Emotionen, die wir Menschen gar nicht kennen und darum auch bisher nicht erforscht haben. Dieses Wissen ist nicht nur befriedigend, weil der Hund meine Liebe er-

widert. Es ist wirklich wichtig. Weil es zeigt, dass nicht die Menschen allein über tiefe Gefühle verfügen. Und weil es die Haltung der Menschen gegenüber den Tieren verändert. Denn wer denkt, Tiere könnten nicht denken und kaum fühlen, darf ja fast alles mit ihnen machen.

Hin und weg

VON REBECCA CASATI   **FOTO** ALLAN TANNENBAUM

Manchmal ist ein Traum am schönsten, wenn er einfach Traum bleiben darf. Darum kann für viele Frauen der perfekte Mann genau der sein, der *nicht* da ist.

Traummann? Traumstrand? Traummarke?
Der kaum angezogene Mann wirbt für jugendliche Klamotten.

Man hört so häufig: »Das wäre aber ein Traummann!« Oder liest: Haben Sie Ihren Traummann noch nicht gefunden?

Der Mann, von dem ich nachts träume, ist damit jedenfalls nicht gemeint. Der ist ein Sniper, der mich in eine stolpersteingepflasterte Sackgasse verfolgt. Er ist ein Zwerg, der gar nichts sagt, nur guckt, wenn man ihn etwas fragt. Oder er trägt einen rötlichen Bart und erklärt mir, dass ich mein Abitur jetzt leider, leider, doch nicht bestanden habe.

Vielleicht habe ich in meiner Jugend zu viele *Twin Peaks*-Folgen gesehen und nicht genügend *Bravo* gelesen. Denn da lernte man ja spätestens, dass das was Tolles war, so ein Traummann, und dass man sich unbedingt einen zulegen müsste. Der aber, Voraussetzung Nummer eins, nicht in der Nachbarschaft leben durfte, da er ja eine viel wichtigere Funktion als Erreichbarkeit zu erfüllen hatte: Er war die Benchmark, an der sich die Jungs aus der Nachbarschaft messen lassen mussten. Damit man so den eigenen Durchschnitt anheben und sich nicht etwa aus Versehen oder Fantasielosigkeit an den nächstbesten Trottel vergeben würde.

Das steckt hinter der Idee des Traummannes: Nur so, mit diesem Referenzpunkt, kommt man voran mit der Auslese. Bloß: Die auf diese Weise gewonnenen Erkenntnisse waren schon damals so sinnvoll wie die Ratschläge einer neidischen Freundin; nämlich bei näherer Betrachtung ungenau, kurzsichtig und irreführend wie nur was.

Die Jungs aus der Informatik-AG, die während jeder anderen Stunde als Informatik mit den Zahlenschlössern ihrer Lederkoffer herumhantierten, waren ausdrücklich keine Referenzpunkte. Auch wenn sie möglicherweise noch die nächsten siebzig Jahre zu emsig und zu verliebt sein würden, um einen zu betrügen, auch wenn sie Kinder aller Wahrscheinlichkeit nach bombig fänden, weil sie deren Spieltrieb nachvollziehen könnten, und auch wenn sie wahrscheinlich nur ein paar Jahre später Bill Gates für eine Milliarde Dollar ein Programm zur Früherkennung von Krebs verkaufen würden.

Dagegen wichtige, riesengroße Referenzpunkte: Hollywoodstars oder Musiker, die mit ein bisschen schief gucken oder leidend singen unanständig viel Geld verdienten. Und die einem selbstverständlich nibelungentreu sein würden, und mit Sicherheit auf Familie aus waren.

Referenzpunkte laut *Bravo*-Titelbildern waren Anfang der Neunziger: Den Harrow (wer?), Ralph Macchio (der aus *Karate Kid*) und Tom Cruise. Zwei in der Versenkung Verschwundene. Und ein dreimal Geschiedener.

Das mit dem Traummann kriegen wir trotzdem nicht korrigiert, im Gegenteil. Jahrzehnte später wird immer noch von ihm geredet. Die Kriterien, die er heutzutage erfüllen sollte, werden alle paar Monate in wichtigtuerischen Studien erfasst, meist steckt ein Partnervermittlungsbusiness dahinter.

Da wir ja mit ein paar Jährchen Erfahrung alle wissen, wie einzigartig und vom Zufall bestimmt die Faktoren bei der Auswahl unserer Beziehungen waren, müssten wir dazu eigentlich sagen: Nonsens. Geht ja gar nicht. Welche Studie sollte denn bitte *das* erfassen?

Stattdessen lesen wir wieder und wieder, aus welchen Attributen sich angeblich die Idealvorstellung der Frauen - unsere! - zusammensetzt. Sie klingen griffig, diese Attribute, überzeugend und zwingend, etwa zwei, drei Sekunden lang.

Frauen können viel besser, ohne Zögern und präzise, das irrationale Moment, den Impuls - und damit sich selber - beschreiben, der sie aus sechs identischen Welpen genau diesen oder jenen aussuchen lässt: Er kam so unbeirrbar direkt auf mich zu ... Er ließ sich von den anderen gar nicht unterkriegen ... Er saß nur in der Ecke, so rührend und schutzbedürftig, dass er mir leid tat ... Er war der liebste ... Er war der flauschigste ... Er war der verspielteste ... Er wich mir einfach nicht mehr von der Seite ... Er roch so gut.

In Traummannstudien klingen sie, als würden sie gehorsam genau das sagen, was ein manipulativer Marktforscher von ihnen hören will. Der Traummann soll demnach und vor allem anderen sympathisch sein - ist das nicht Hauptkriterium bei jedem Bewerber eines Versicherungsunternehmens? Er soll immer treu bleiben (während die Frau es nicht immer ist, aber das ist wieder eine andere Studie). Er soll ihr die Kinder abnehmen, sich die Figur eines Trapezakrobaten antrainieren und – wahrscheinlich mit einer dieser beiden Tätigkeiten? – viel Geld verdienen.

Welche Frau ist auch nur annähernd mit dem Mann verheiratet, der die Kriterien erfüllt, die sie immer wieder in irgendwelchen Studien zu Protokoll gibt? Sind diese Frauen todunglücklich, wenn ihnen dämmert, wie weit sie sich von ihren Träumen entfernt haben?

Bei mehr als vierzig Prozent liegt in Deutschland die Scheidungsrate, und in den meisten Fällen stellen die Frauen die Anträge. Fast die Hälfte wacht demnach eines Morgens auf und merkt, wie unaushaltbar Idee und Ausführung doch auseinanderklaffen. Und das kann durchaus damit zusammenhängen, dass ihnen fortwährend suggeriert wird, dass sie sich selber suggerieren sollen, dass irgendwo da draußen der Traummann auf sie wartet; ihre perfekte Ergänzung, der Rest ihrer Formel, der fehlende Stein für ihre Legoburg. Ein Gedanke, der gleichsam tröstlich ist und tief verstörend.

Denn was bedeutet er für die vielen Frauen, die glücklich wurden mit jemandem, von dem sie weiß Gott niemals geträumt hätten? Oder ist so etwas auch schon immer implizit im Traum verankert? Oder müssten sich nicht auch die Glücklichen darüber Gedanken machen, dass da draußen einer wäre, der noch viel, viel besser zu ihnen passt? Eben ideal ist?

Wenn man seinem Herzen folgt, geht es bei der Wahl des Partners um eine Mischung aus Erfahrung, aktueller Situation und der Variablen X, dem eben nie Herbeigeträumten. Es geht um die André-Heller-CD-Sammlung. Um einen Haarwirbel. Krümmungen von Fingerkuppen. Um Details, bei denen sich Attraktion und Aufmerksamkeit plötzlich einhaken, Besonderheiten, die jede Vernunft – und der Traummann ist eben letztlich etwas ganz Rationales, nämlich ein Korrektiv – aushebeln und neue Realitäten schaffen.

Den Rest erledigt, ganz unverträumt, die Chemie. Das alles wissen wir. Wenn wir ehrlich sind, gibt es eine Riesenkluft zwischen dem, was wir bei Befragungen angeben, und dem, was wir in der Realität anstreben. Wahrscheinlich hätten weder Thelma noch Louise den Cowboy geheiratet. Haben sie ja auch nicht. Aber beide hätten ihren Traummann wie ihn beschrieben.

Warum also überhaupt noch sein Bild heraufbeschwören? Weil man sich daran, meistens in der Zeit zwischen zwei Beziehungen, wie an einem Kaminfeuerchen wärmt. Der Traummann ist ein Pin-up. Ein Spindfoto. Der Platzhalter zwischen unseren wahren und wichtigen Beziehungen.

Und manchmal ist er als Spiegelbild ganz amüsant. Wie in den Ergebnissen einer groß angelegten Traummannstudie vor ein paar Jahren – dieses Mal durchgeführt von einer großen Bekleidungskette –, an der zweitausend Frauen teilnahmen. Man konnte sie in allen großen Zeitungen und Internetportalen nachlesen.

Demnach hat unser Traummann, neben den üblichen, auch noch folgende Kriterien zu erfüllen, er musste:

- einen muskulösen, trainierten und athletischen Körperbau haben
- auf gute Kleidung achten
- gerne mit seiner Freundin shoppen gehen
- gern Soaps gucken
- immer glatt rasiert sein, auch seine Brust rasieren
- einen stylishen Geschmack haben
- regelmäßig seine Mutter anrufen

Der Traummann im Jahr 2012 war demnach das Klischee eines Homosexuellen, auch wenn das so nicht in der Studie stand. Aber da die Frauen in dieser Studie auch gar keine erotischen Anforderungen formulierten, ist es eindeutig.

Also, tun wir einfach weiterhin so, als würden wir es glauben: Es gibt für jeden das Ideal.

Und übrigens, auch Harald Glööckler ist sicher der Traummann irgendeiner Frau.

Ein Stein, der deinen Namen trägt

VON FLORIAN ZINNECKER **FOTOS** REINER RIEDLER

Eine Schweizer Firma presst Totenasche zu Diamanten. Für die Angehörigen ist es ein kleiner Sieg der Ewigkeit über die Vergänglichkeit.

 eit dem Tod ihrer Mutter Friederike Gruber bewahrt Sissi Gaidos deren funkelnde Überreste in einem Kästchen bei sich zu Hause auf. Unten: Mutter und Tochter auf einem alten Foto.

Schmeichelhafte Vorstellung: dass ein Mensch in seiner ganzen Unaufgeräumtheit, der inneren und der äußeren, nach dem Tod zu einem kleinen, ordentlichen Diamanten wird. Als wären da nicht säckeweise Altkleider, Berge von Papieren, Bücher und Fotos, ungelöste Konflikte, ungeklärte Gefühle, Computer, deren Passwort niemand kennt, oft auch Schulden. Wenn all das zusammen mit dem leblosen Körper der Firma Algordanza in Graubünden, Schweiz, übergeben werden könnte, und die presste es zu einem Edelstein: Das würde das dunkle, ungeheure Thema Sterben ein kleines Stück funkelnder wirken lassen. Wie schrieb Friedrich Nietzsche in *Also sprach Zarathustra*: »Man muss noch Chaos in sich haben, um einen tanzenden Stern gebären zu können.«

Ganz so ist es nicht. In den Diamanten, die Algordanza fertigt, steckt nur ein geringer Teil der Leiche. Es geht nicht anders: Diamanten bestehen aus reinem Kohlenstoff. Kohlenstoff brennt aber gut. Die Totenasche, die zum Diamanten werden soll, setzt sich fast nur aus Stoffen zusammen, die nicht gut gebrannt haben. Ohnehin besteht der Mensch zum Großteil aus Wasser, das sich im Krematorium in Luft auflöst. Der Diamant besteht nun aus dem winzigen Rest Kohlenstoff, der doch noch in der Asche zu finden ist. Wie im Labor dieser Rest aus der Asche gefiltert wird und was in der Maschine passiert, die am Ende den Diamanten ausspuckt: Betriebsgeheimnis.

Aber darauf, was genau in dem Diamanten steckt, kommt es auch nicht an. Sondern darauf, was die Angehörigen darin sehen: die vielen Erinnerungen. Die Trauer. Und die Liebe. Der österreichische Fotograf Reiner Riedler stieß auf einer Seniorenmesse in Wien auf solch einen Diamanten und war fasziniert – davon, dass die Diamanten wie Fotos ein Abdruck der Wirklichkeit sind, aber auch selbst zur Wirklichkeit gehören. »Der Diamant ist eine Analogie auf das pralle Leben, auf das Leben davor, und gleichzeitig eine Konzentration dieses Lebens«, sagt Riedler. »Die Frage nach der Technik ist mir gar nicht wichtig. Ich finde einfach die Idee wunderbar.«

Riedler begann, Menschen, die ihren Partner oder einen nahen Verwandten als Diamanten mit sich tragen, zu begleiten, über Jahre hin. Er hörte die Geschichten, blätterte in den Fotoalben, weinte mit und lachte mit, und er staunte, wie selbstverständlich und vertraut die Angehörigen mit den Diamanten umgehen. Weil in Deutschland für Totenasche fast ausnahmslos der Friedhofszwang gilt, muss der Wunsch, zum Diamanten zu werden, im Testament stehen. Dann überführt der Bestatter die Asche zu Algordanza in die Schweiz; in Deutschland dürfte die Firma nicht produzieren – das erklärt auch, weshalb Reiner Riedler seine Gesprächspartner vor allem in der Schweiz und Österreich fand.

Bei ihnen kommt der Diamant mit, wohin sie gehen, er ist Begleiter und Talisman. Als wären es nicht Spuren von Kohlenstoff eines Verstorbenen, die sie der Vergänglichkeit entrissen haben. Sondern, mindestens, die Seele.

Friederike Gruber – 22.7.1922–13.11.2012. Gruber (unten als junge Frau) ist die Mutter von Sissi Gaidos (oben). Einmal spazierten beide bei einem Bestatter vorbei, der jene Diamanten anbietet. »Schau, Mutti, da kann ich einen Brillanten von dir machen«, sagte die Tochter. Darauf die Mutter: »Mach mit mir, was du willst.« So fiel die Entscheidung. »Es ist ein schönes Andenken, ich bin kein Friedhofsgänger.«, sagt Sissi Gaidos heute. »Sie lacht mich eigentlich jeden Tag als Brillant an.«

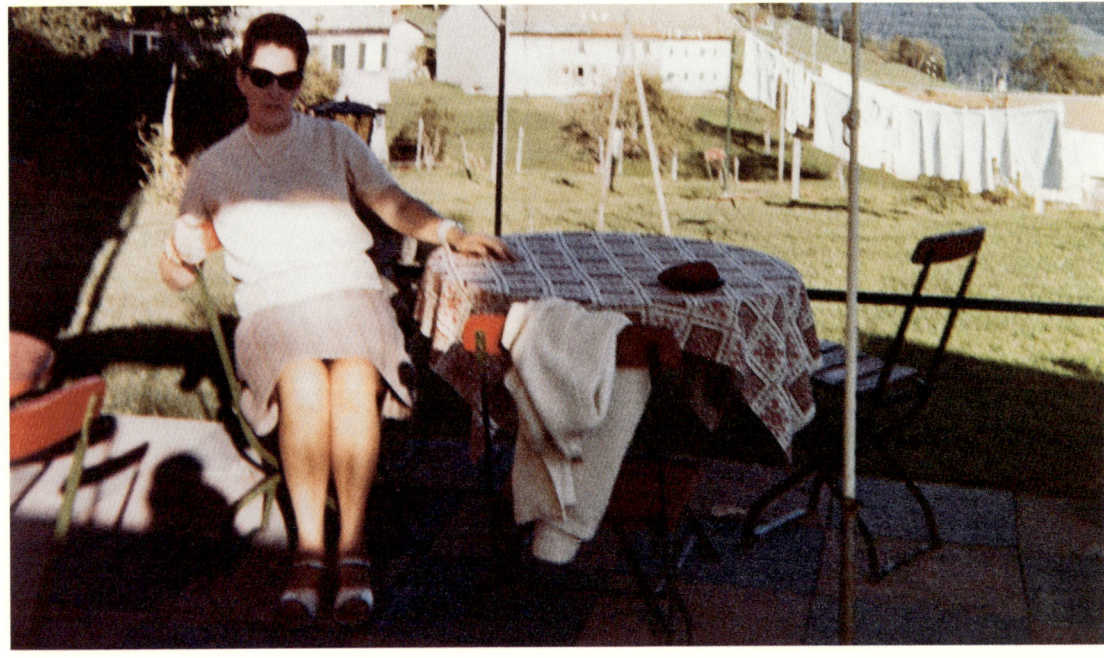

Hilda Wampl – 14.5.1913–17.8.1991. Vor einigen Jahren wurde das Urnengrab der Urgroßmutter von Christoph Wampl aufgelöst, dem Vertriebschef von Algordanza für Österreich. Diesen Diamanten trägt Christoph Wampl seither stets am Finger. Sie reist mit ihm um die Welt. »Wenn ich den Diamanten berühre, erinnere ich mich an die Sommer, die ich bei ihr in den Bergen verbringen durfte – und an ihren Topfenstrudel«, sagt Wampl.

Paul Wampl – 12.4.1930–31.10.2004. Aus seinen Überresten wurde der erste Erinnerungs-
diamant österreichischer Herkunft – Paul Wampl ist der Großvater von Christoph Wampl.
Seine Witwe bewahrt den Diamanten in einer Schatulle auf. »So gerät man nicht in
Vergessenheit«, sagt Christoph Wampl. »Ich möchte, dass meine Familie auch mich so
in Erinnerung behält.«

Günther Mader – 13.2.1944–2.5.2012. Das Ehepaar Mader ist viel gereist. Nachdem Günther Mader gestorben war, hörte seine Frau Marlene im Fernsehen von den Erinnerungsdiamanten und sprach den Bestatter darauf an. »Ich möchte ihn bei mir haben«, sagte sie und entschloss sich, ihren Mann als Diamantring bei sich zu tragen. Und mit ihm gleichsam wieder zu reisen. Die erste Reise mit Günther am Finger führte in den Oman, weil sie dort auch ihre letzte gemeinsame Reise verbracht hatten.

Franz Raaber – 3.6.1960–15.11.2012. Rosi Raaber hat lange überlegt, was sie mit ihrem Franz machen sollte. Da er keine Erdbestattung wollte, wählte sie zunächst eine Feuerbestattung. »Franz war oft auf Montage. Er hat immer gesagt: Es ist so schön, daheim zu sein, ich möchte gar nicht mehr weg.« So entschied sich Rosi dann noch für einen Diamanten: »Er ist jetzt immer da, wo er gerne war.« Sie hat den Diamanten in der kleinen Schachtel – so wie er geliefert wurde. Ob er dort bleiben oder doch in einen Ring gefasst werden soll, weiß Rosi Raaber noch nicht.

»Das andere Geschlecht ist für mich das Spannendste auf der Welt«

INTERVIEW MICHAEL EBERT, SVEN MICHAELSEN **FOTOS** JULIAN BAUMANN

Peter Maffay war schon viermal verheiratet. Aber jetzt, glaubt er, hat er die Liebe seines Lebens gefunden.

In diesem Tonstudio in Tutzing am Starnberger See hat Peter Maffay die meisten seiner Aufnahmen produziert.

Als Sie 1970 nach Ihrem ersten Nummer-eins-Hit *Du* per Zeitungsinserat eine Putzfrau suchten, meldeten sich innerhalb weniger Stunden mehrere Hundert Frauen. Hat Sie das für immer verdorben?

PETER MAFFAY Diese Anekdote ist ein lustiger Mythos. Auch nach dieser Scheibe hatte ich noch nicht genügend Geld, um eine Putzfrau bezahlen zu können. Vom Bruttoerlös der verkauften Platten kamen ja nur fünf Prozent bei mir an. Deshalb habe ich meine Zweizimmerwohnung selbst geputzt.

In den folgenden Jahren formierten sich Hunderte Fanclubs schmachtender Mädchen, Sie waren zigfach Posterboy der *Bravo* und bekamen bis zu zweihundert Liebesbriefe am Tag. Deformiert solche Dauerverführung jede Moral?

Eine extreme Groupiephase hatte ich nie. Außerdem war ich früh in einer Beziehung. Petra und ich haben geheiratet, als sie 21 und ich 25 Jahre alt waren. Ohne den Druck meiner Mutter hätten wir diesen Schritt nicht getan. Wir waren noch Kinder und hatten keine Ahnung, worauf wir uns einlassen. Die Ehe ist dann auch schnell kollabiert.

Haben Sie noch Kontakt?

Petra zog auf die Bahamas und heiratete einen Arzt. Ich habe nie wieder etwas von ihr gehört. Sie soll Kinder haben und führt, soweit ich weiß, ein glückliches Leben.

Sie sagen: »Ohne die Mädels würde dieser ganze Beruf sowieso nur die Hälfte wert sein. Die Mädels waren und sie sind immer noch der Motor für Kreativität, auch beim Komponieren und auf der Bühne.« Das klingt nach einem Treueproblem.

Das andere Geschlecht ist für mich das Spannendste auf der Welt. Und ich will nicht wegreden, dass es meine Eitelkeit befriedigt, von der Bühne auf Mädels zu schauen, die gut finden, was ich mache. Aber wenn ich vor einem wunderschönen Mandelbaum stehe, muss ich auch nicht jede Blüte vom Ast pflücken. Solange meine Beziehungen funktionierten, war ich treu. Auf One-Night-Stands habe ich nie gestanden. Sie bedeuten Chaos, und Chaos ist nicht gut für mich.

Der Schriftsteller Walter Kempowski sagte einmal: »Mit fünf Jahren half ich meiner Mutter beim Heißmangeln. Nachdem ich zum dritten

Mal losgelassen hatte, schimpfte sie: ›Deinem Bruder Robert ist das nie passiert!‹ That makes me tick.« Was macht Sie zum Getriebenen, der seit 45 Jahren wie ein Akkordarbeiter Alben veröffentlicht, Konzerte gibt, wohltätige Stiftungen anführt und täglich ab acht Uhr morgens eine Firma mit vierzig Angestellten leitet?

Meine Eltern sind 1963 aus Rumänien nach Deutschland gekommen, um ihrem 13-jährigen Sohn eine bessere Zukunft zu ermöglichen. Bis dahin hatten wir zu dritt in einem Zimmer gelebt. Meine Mutter war Fabrikarbeiterin, mein Vater wurde kurz nach meiner Geburt zur rumänischen Volksarmee eingezogen. In den ersten zweieinhalb Dienstjahren hatte er keinen Anspruch auf Urlaub. Ich will nie wieder zurück in die Enge und Not, aus der ich gekommen bin. Das ist eine Urangst, die mich noch keine Sekunde verlassen hat. Und die Wahrheit ist, dass ich diesen Zustand des Getriebenseins inzwischen genieße. Nichts wäre schlimmer als Agonie und Stillstand. Wenn ich nicht arbeite, werde ich aggressiv – und bevor ich aggressiv werde, arbeite ich lieber.

Wie haben Ihre Eltern Ihr Bild von Frauen und Liebe geprägt?

Ich wurde von meiner Mutter in unvorstellbarer Dimension geliebt, aber wie Millionen anderer Söhne habe ich diese Mutterliebe als selbstverständlich empfunden. Das änderte sich erst, als meine Mutter versucht hatte, sich das Leben zu nehmen.

Ihre Mutter schoss sich 1990 mit einer Pistole in den Kopf, verlor ein Auge und wurde zum Pflegefall. Warum wollte sie sterben?

Das weiß ich nicht. Mein Vater und ich waren froh, dass sie überlebt hatte. Wir stellten ihr keine Fragen.

Bis zum Tod Ihrer Mutter sechs Jahre später haben Sie nie nach dem Motiv gefragt?

Nein. In meiner Familie wurde nie groß über Vergangenes gesprochen.

Ihr Vater war Pilot bei der rumänischen Luftwaffe, Widerstandskämpfer und Folteropfer des Geheimdienstes Securitate. Was hat er Ihnen über Frauen beigebracht?

Mein Vater ist das größte Vorbild, das ich je hatte. Er ist Szekler, ein rumänischer Ungar. Das ist ein sehr stolzer Volksstamm, in dem Männer zu Respekt und extremer Höflichkeit erzogen werden. Man rückt

» Ich wusste schon mit 18 Jahren, dass mein Leben eine Achterbahnfahrt wird.«

Frauen den Stuhl zurecht, und selbstverständlich hat man ihnen in den Mantel zu helfen.

1973 schrieben Sie im Booklet Ihres dritten Albums *Omen*: »Ich wünsche mir oft, eine Frau wirklich zu lieben, auf der anderen Seite weiß ich, dass es nicht gut ist, weil es zu sehr das beeinflusst, was ich erreichen will.« Kürzer kann man das Dilemma Ihres Beziehungslebens nicht zusammenfassen.

Ich schwöre, dass ich schon mit 18 Jahren wusste, dass mein Leben eine Achterbahnfahrt werden wird. Der Satz sollte mich ermahnen, als Musiker keine Kompromisse zu machen. Wer sich von Beziehungsstress ablenken lässt, kann keine Nummer-eins-Hits singen.

In den Achtzigern tranken Sie zwei bis drei Flaschen Whisky am Tag. Machte das Ihre Musik besser?

Es fing mit einem Drink nach den Auftritten an. Mit einem Drink vor den Auftritten ging es weiter. Irgendwann kam der erste Drink nach dem Frühstück. Wir hatten das Gefühl, dass wir besser spielen, wenn wir trinken. Nüchtern hörte sich das allerdings meistens scheiße an.

Sie führten ein Rockerleben wie aus dem Lehrbuch. Auf einer Tournee sollen Betten aus dem Hotelzimmerfenster geflogen sein.

Das kann ich nicht ausschließen. Ich war nicht mehr zurechnungsfähig. Wir hielten Selbstzerstörung für Rock 'n' Roll-Romantik. Wenn Falco abends mit dem Auto bei mir in Tutzing in der Auffahrt stand und rief: »Geh komm, fah' ma' nach München!«, war es sinnlos, ihn darauf aufmerksam zu machen, dass er doch gar nicht mehr laufen könne. Er sagte nur: »Stimmt. Macht aber nix. Fahren geht noch.« Wir waren jahrelang damit beschäftigt, der Welt zu beweisen, dass es für uns keine Regeln gibt.

Wie blau waren Sie nach zwei Flaschen Ballantines?

Die Hälfte des Tages hätten wir ein Gespräch führen können wie jetzt. Ich hatte keine Blackouts. Die Tage verliefen in Wellenbewegungen: Man trank sich zu einem Peak, dann ging's wieder runter. Irgendwann gab's Mittagessen, danach fühlte man sich etwas klarer. Also wurde es höchste Zeit für den nächsten Drink.

Hat Sie Ihre damalige Frau um Mäßigung gebeten?

Natürlich. Ich habe ihr geantwortet, dass ich den Alkohol voll unter Kontrolle habe.

Hat Sie Ihr Hausarzt in Ihrer Krankenakte als Alkoholiker geführt?

Er sagte bei jeder Untersuchung, ich hätte eine Leber wie ein Baby. Wie das bei meinem Lebenswandel möglich sei, könne er sich nicht erklären.

PETER MAFFAY

wurde 1949 als Peter Alexander Makkay geboren.
Das Kind rumänischer Einwanderer verließ das Gymnasium
ohne mittlere Reife. In Schwabing zog er von Bar zu Bar
und sang für ein Freigetränk zur Gitarre. 1970 wurde er mit dem
Schmachtfetzen *Du* zum Star. Ende der Siebziger wandelte
er sich vom Schlagersänger zum Deutschrocker, der mit Songs
wie *Über Sieben Brücken Musst Du Gehn* zum nationalen
Kulturgut wurde. Es folgten 17 Nummer-eins-Alben und mehr
als fünfzig Millionen verkaufte Tonträger. Maffay ist der
Schirmherr der Tabaluga-Kinderstiftung und finanziert Projekte für traumatisierte Kinder. Er ist Vater eines Sohnes
und lebt abwechselnd am Starnberger See und auf Mallorca.

**Anfang der Neunzigerjahre glaubte ein Arzt,
einen Schatten auf Ihrer Lunge zu sehen.**

Ich rauchte achtzig Marlboro Red am Tag, deshalb
hätte mich Lungenkrebs nicht gewundert. Es war
aber eine Fehldiagnose. Ich schwor mir, ab sofort
harten Alkohol und Zigaretten nicht mehr anzu-
rühren. Auf einmal fand ich es viel aufregender,
morgens um sechs aufzustehen, in die Muckibude
zu gehen und ab acht am Schreibtisch die Geschäfte zu führen. Statt Rock 'n' Roller waren Spitzen-
sportler meine Vorbilder.

**Trotzdem Sie Ende 60 sind, sind Sie ein
fettloses Muskelpaket. Wie viel Zeit verbringen
Sie täglich mit Eisenstemmen?**

Eine Stunde.

**Rock 'n' Roll impliziert das Prinzip der
permanenten Revolution.**

Das ist korrekt.

**Daraus folgt, dass man alle paar Jahre das
eigene Privatleben auf den Kopf zu stellen hat.
Sollten das Frauen wissen, die in Ihnen den
Mann ihres Lebens sehen?**

Ich stelle mein Privatleben nicht vorsätzlich auf den
Kopf. Aber meine Rastlosigkeit führt zu einem Egoismus, der zerstörerisch sein kann. Ich muss mir
vorwerfen lassen, dass ich zu Beginn einer Beziehung nicht immer deutlich genug sage, welche Risi-
ken das Leben mit mir birgt. Wer meine Geschichte

kennt, muss damit rechnen, dass sie sich wiederholt.
Was mir nun mit meiner Freundin Hendrikje wider-
fahren ist, lässt mich allerdings selbst an das große
romantische Versprechen der Liebe glauben: dass
sie grenzenlos und endlos sein wird.

**Vier Jahre Ehe mit der vier Jahre jüngeren
Petra Küffner, fünf Jahre Ehe mit der fünf
Jahre jüngeren Chris Heinze, sieben Jahre Ehe
mit der 18 Jahre jüngeren Michaela Herzeg,
zwölf Jahre Ehe mit der 25 Jahre jüngeren Tania
Spengler, dann Trennung zugunsten der 38
Jahre jüngeren Hendrikje Balsmeyer: Da erkennt
man ein Muster, das Ihrer Freundin Sorgen
machen müsste.**

Im Gegenteil: Sie ist gerade zu mir gezogen. Hendrikje ist eine sehr souveräne und selbstsichere
Frau. Und Haltbarkeit ist für die Liebe nur ein
Kriterium von vielen. Entscheidend ist doch die
Intensität: Ich liebe dich so sehr, dass ich auch
dann bei dir sein wollte, wenn ich wüsste, dass es
nur für einen Tag wäre. Das ist Liebe!

**Ihre Scheidung von Ihrer zweiten Frau Chris
Heinze hat Sie vier Millionen Mark gekostet,
ein Viertel Ihres damaligen Vermögens.**

Und schaut mich an: Ich lebe trotzdem noch.

**Trotz des jahrelangen Rosenkrieges lehnen Sie
Eheverträge bis heute ab.**

Hätte ich einen Ehevertrag in der Schublade, wäre

»Wer seinen Partner umformen will, macht ihn kaputt — und ich will nicht kaputtgehen.«

die Ehe bloß ein Geschäft. Ich vertraue darauf, dass man sich auch bei einer Trennung daran erinnert, wie sehr man sich geliebt hat.

Sie haben mit Chris Heinze ein Mädchen adoptiert, das heute um die dreißig ist. Haben Sie Kontakt zu Ihrer Tochter?

Nein.

Ihre Tochter ist auf Mallorca aufgewachsen, ein paar Kilometer von Ihrer Finca entfernt. War es nicht naheliegend, den Kontakt zu halten?

Ich habe einen Schnitt gemacht. Ich hätte ihr nie und nimmer das anbieten können für ihre Entwicklung, was ihre Mutter ihr angeboten hat. Sie lebt in einer äußerst intakten Familie und hat Geschwister. Warum sollte ich mich da einmischen? Sollte sie Kontakt zu mir haben wollen, würde ich ihn ihr nicht verwehren.

Karl Kraus erklärte: »Da das Halten wilder Tiere verboten ist und die Haustiere mir kein Vergnügen machen, bleibe ich lieber unverheiratet.« Was trieb Sie viermal zum Standesamt?

Eine Ehe ist für mich die Verabredung, zu zweit Unmögliches zu versuchen: den ganzen herrlichen Irrsinn einer jungen Liebe zu bewahren und sich gleichzeitig auf ewig Sicherheit und Stabilität zu versprechen. Ich heirate, weil ich liebe.

Woran scheitern Ihre Beziehungen?

An Lebensprinzipien, an denen ich nicht rütteln lasse. An meinem Tempo. An meinem Egoismus. An meiner Kompromisslosigkeit. Wer seinen Partner nach eigenen Vorstellungen umformen will, macht ihn kaputt – und ich will nicht kaputtgehen.

Sie gelten als verschlossen. Singen Sie lieber über Gefühle, als über sie zu sprechen?

Ich bin nicht verschlossen. Es ist mir lieber, jemand weiß, wie ich ticke. Ich lege es nicht darauf an, der große Geheimnisvolle zu sein. Mein einziges Geheimnis ist meine Unwissenheit.

Ertragen Sie Gefühle am Morgen, oder gehen Sie dann lieber Brötchenholen?

Es fällt mir nicht schwer, »Ich liebe dich« zu sagen, bevor ich »Guten Morgen« sage. Ist doch wunderschön.

Sind Sie überdurchschnittlich eitel?

Auf der Bühne bist du gezwungen zu gefallen. Also wirst du eitel. Diese Eitelkeit ist ein Werkzeug, um die Qualität zu erhalten, die deine Karriere sichert. Die Leute wollen Gewinner sehen. Deswegen tun sie es sich an, in ein Konzert zu gehen. Sieger schenken ihnen ein Gefühl, nach dem sie sich sehnen. »Sieben Mal wirst du die Asche sein, aber einmal auch der helle Schein.« Diese Zeile wollen die Leute hören und mit nach Hause nehmen. Diese Zeile vor zehntausend Leuten überzeugend rüberzubringen, fordert aber auch eine gewisse Form

Es gab auch Momente im Leben, da ging es für Peter Maffay abwärts. Meistens aber ging es, genau: aufwärts.

von Leben, die Rastlosigkeit und auch Selbstzerstörung beinhaltet.

Welche Bereiche des Ehelebens würden Sie gerne outsourcen?

Das Monotone aushalten zu müssen, das alles entwertet. Und das viele Zuhörenmüssen. Ich habe von allen Partnerinnen Sätze gehört wie: »Hör mir zu«, »Nimm mich ernst«, »Denk nicht nur an dich«.

Waren Sie je Single?

Vor meiner ersten Ehe. Das ist vierzig Jahre her. Ich kann sehr gut Zeit mit mir allein verbringen, aber alleine zu leben entspricht mir nicht.

Könnten Sie jemanden lieben, der den gleichen Charakter hat wie Sie?

Gleichnamige Pole von Magneten stoßen sich ab. Ich bin mir nicht sicher, ob das gutgehen würde. Ich habe Dinge anzubieten, die nicht ganz verkehrt sind, aber ich weiß auch, wie schwer ich auszuhalten bin.

Suchen Sie in Frauen etwas Fremdes, eine glaubhafte Gegenthese zu sich selbst?

Hendrikje sagte heute Morgen zu mir: »Du bist mein Gegenstück.« So fühle ich auch. Wir sind unterschiedliche Hälften, die zusammen ein Ganzes ergeben. Dass sie 38 Jahre jünger ist, spüre ich nicht. Dass ich 38 Jahre älter bin, spürt sie offensichtlich auch nicht.

Die erste Begegnung mit Hendrikje Balsmeyer hatte märchenhafte Züge. Bei einem Ihrer Konzerte holten Sie sie zu dem Lied _Weil Es Dich Gibt_ aus dem Publikum auf die Bühne. Was ist zu tun, um von Peter Maffay unter Tausenden erwählt zu werden?

Ich sehe von der Bühne fünfzig Meter weit in die Augen meiner Zuhörer und kann erkennen, ob ich sie mit meinen Liedern erreiche. Manchmal sehe ich noch mehr: Angst. Glück. Hoffnung. In Hendrikjes Augen sah ich genau das Gefühl gespiegelt, von dem ich in diesem Lied sang: unendliche Sehnsucht. In solch seltenen Augenblicken findet eine Art magische Übereinkunft mit einem dieser Menschen aus dem Publikum statt: Wir erkennen uns. Und dann sag ich: Come on up.

Was macht Sie zum besseren Musiker: Liebeskummer oder Liebe?

Einen Song über Liebesschmerz performst du am besten, wenn du mit gebrochenem Herzen am Boden liegst. Umgekehrt klingt es wie Plastik, wenn du von der Liebe singst, ohne zu lieben.

Altern Ihre Gefühle mit Ihnen, oder sind Sie zuinnerst immer noch ein daueradoleszenter Rocker?

Ich weiß heute mehr über die Zerbrechlichkeit der Liebe als mit dreißig, aber Gefühle verändern sich nicht durch Lebenserfahrung. Nur der Umgang mit ihnen wird anders: Du lernst ein Geschenk zu schätzen, das dir das Schicksal macht. Ich weiß: Hendrikje ist die Frau, mit der ich zusammenleben werde, bis ich alle bin.

Falsch verbunden

VON MALTE WELDING **ILLUSTRATIONEN** ARNE BELLSTORF

Ein Mann lernt eine Frau auf Facebook kennen und verliebt sich in sie. Viele Mails später ist er ihr hoffnungslos verfallen. Und merkt nicht, dass die Frau nur eine Täuschung ist, eine ausgedachte Figur, ein Streich. Die Geschichte einer digitalen Amour fou.

Die US-Börsenaufsicht SEC geht davon aus, dass 8,7 Prozent aller Facebook-Profile
unter falschem Namen geführt werden, das wären 83 Millionen weltweit.

Als Jakob zum ersten Mal Louisas Profilbild auf Facebook
sieht, weiß er sofort: Das ist die Frau, von der er immer geträumt hat.

Jakob war seit Langem allein. Er hatte oft Frauen kennengelernt, mit vielen von ihnen Sex gehabt, aber irgendetwas fehlte immer. Jedes Jahr vor Weihnachten saß er da und dachte, ob nicht seine Freunde recht hatten, die ihm sagten, dass seine Ansprüche überzogen waren. Dieser Gedanke nagte an ihm, aber er blieb dabei: Irgendwo musste es die eine, die vollkommene Frau doch geben. Als er Louisa sah, wusste er, dass er sie gefunden hatte.

Louisa Catharina Jacardi, 28, lange blonde Haare, schön wie die Frauen in der Raffaelo-Werbung – am 15. September 2012 hat Jakob ihr Profilfoto auf Facebook entdeckt und sie angeschrieben. Sie ist Managerin bei Next Models, einer der drei größten Modelagenturen der Welt, hatte selber kurz gemodelt, bis ihr strenger jüdischer Vater es ihr verbot. Sie stammt aus einer wohlhabenden Familie, ist mehrsprachig aufgewachsen, pendelt zwischen New York und London, hat eine Yacht im Hafen von Palma liegen, macht in ihrer Freizeit Charity. Sie ist genau das, wonach Jakob immer gesucht hatte. Und auch er scheint ihr zu gefallen: Allein in den ersten zwei Wochen, bevor die beiden das erste Mal telefonieren, schreiben sie einander mehr als 5300 Nachrichten.

Am 27. November ändert Jakob auf Facebook seinen Beziehungsstatus von »Single« auf »in einer Beziehung mit Louisa Catharina Jacardi«. In den kommenden Wochen verfolgen seine Freunde mit Enthusiasmus und vielen Likes seine neue Beziehung auf Facebook. Einmal schreibt er: »Ich werde geliebt!« Der ewige Single Jakob, 33, ein begehrter Junggeselle, der seit Kurzem in Los Angeles lebte, um als Schauspieler in Hollywood Fuß zu fassen, ist endlich angekommen.

Weihnachten will sie ihn in Los Angeles besuchen und zwei Pferde mitbringen. Jakob, der bei einer Pflegefamilie auf dem Land aufgewachsen ist und Pferde liebt, reist kreuz und quer durch die Stadt, um Ställe auszusuchen, er sucht Strände für Badeausflüge, kauft Geschenke; etwa zweitausend Dollar gibt er aus für dieses Weihnachten mit Freundin. Sie lässt ihn aber sitzen, ein Prozess gegen ihren Ex-Freund beanspruche sie zu sehr – es ist schon das dritte Mal, dass sie ihn versetzt. Er ist verzweifelt.

Seine Halbschwester macht ihn darauf aufmerksam, dass es sich bei den Bildern auf Louisas Profil um verschiedene Frauen handele. Er will es nicht wahrhaben.

Widerwillig vergleicht er die Fotos, die sie von sich ins Netz gestellt hatte, bei der Bildersuche von Google. Und tatsächlich, die Frau auf den Bildern ist eine andere. Als er Louisa damit

Er ahnt nicht, dass sich hinter dem Profil des angeblichen Ex-Models,
das zwischen New York und London pendelt, eine ganz andere Person verbirgt.

konfrontiert, gesteht sie, ihn getäuscht zu haben. Alles war falsch, die Bilder auf ihrem Profil hatte
sie von Modelblogs und Pornoseiten; das Bild ihres eingegipsten Beins, mit dessen Hilfe sie
einen Unfall vorgespielt hatte, selbst ein Foto ihres iPads: alles aus dem Internet. Die Frau hinter
Louisa ist eine 38-jährige Sekretärin, die in Hamburg lebt. Normales Gesicht, normaler Beruf,
sogar der Name ist normal, es gibt ihn sicher einige Tausend Mal in Deutschland; nennen wir sie
Melanie Schmidt.

Jakob war mit einer Frau zusammengewesen, die es nicht gibt. Wie konnte er so blind sein?
Und was hatte Melanie Schmidt von dem Schauspiel?

Jakob erlebte ein Szenario, das längst in die Populärkultur Einzug gehalten hat. In dem
Dokumentarfilm *Catfish* macht sich ein junger Mann auf, seine Online-Liebe zu sehen – und findet
statt eines Models eine Hausfrau vor, die zwei schwer behinderte Stiefsöhne pflegt. Der Film
steht seinerseits in dem Ruf, Scripted Reality zu sein, also frei erfunden.

Menschen können sehr viel Energie darauf verwenden, sich ständig neue Lügengeschichten
auszudenken. Auch wenn es noch so sinnlos erscheint: Es wird getäuscht, und gar nicht mal so
selten. Die US-Börsenaufsicht SEC geht davon aus, dass 8,7 Prozent aller Facebook-Profile unter
falschem Namen geführt werden, das wären 83 Millionen weltweit. Es gibt viele Gründe, so ein
Profil zu erstellen. Den Ex-Freund überwachen. Jemandem einen Streich spielen. Seine Schüler
kontrollieren, wie es die Direktorin der Clayton High School in Missouri getan hat, die daraufhin
ihre Stelle verlor. Die meisten Fälschungen gehen auf Firmen zurück, die mittels der Profile
Marketing betreiben wollen. Erst recht bedienen sich amerikanische Geheimdienste bei Facebook.
Große Communities wie die Webseite Reddit oder das Online-Irrenhaus 4chan sind aus leidvoller
Erfahrung inzwischen sehr streng mit den Identitätsbeweisen von Usern, die mit erfundenen
Geschichten von Missbrauch und Krebs, Gewalterfahrungen und Mobbing um Aufmerksamkeit oder
auch Geld betteln. Egal wie herzzerreißend die Geschichte ist: Als echt geht dort nur durch, wer
sich mit einem Bild ausweist, das ein aktuelles Datum zeigt. Ausnahmslos gilt: Wer nicht beweisen
kann, dass er echt ist, ist nicht echt.

Vor Facebook war es üblich, im Internet unter Tarnnamen unterwegs zu sein. Die Klarnamen-
pflicht hat die Regeln geändert. Und groteskerweise dazu geführt, dass auf diesen Seiten erst recht

Lousia schickt Jakob Bilder von ihrem Gipsbein nach einem
Unfall, er kauft Geschenke und träumt davon, mit ihr Weihnachten zu feiern.

getrickst und getäuscht wird. Im Netz kursieren Anleitungen, die erklären, wie sich unechte Profile erkennen lassen. Gleichzeitig gibt es Seiten, auf denen gezeigt wird, wie man ein Video für andere Personen im Chat so abspielen kann, dass das Gegenüber den Schwindel nicht bemerkt.

Männer nützen dieses Wissen etwa, um an freizügige Bilder von Mädchen zu kommen. Sie spielen Videoschleifen vor, die suggerieren, beim Partner im Chat handle es sich um einen makellosen Jüngling, während auf der anderen Seite in Wahrheit jemand ganz anderes sitzt.

Louisa Jacardi alias Melanie Schmidt fand immer neue Wege, Jakob zu täuschen: Mal sagte sie, sie sei technisch nicht in der Lage, mit ihrem iPhone aktuelle Fotos von sich zu verschicken, mal ging ihr angeblich alles zu schnell, wenn er einen Videochat vorschlug. Bis zuletzt, selbst als sie im Netz längst ein Paar sind, hat sie immer Ausreden parat, warum sie nicht mit Bild chatten können. Mal leidet sie an einer Hirnhautentzündung, mal unter zu viel Stress. Kurz bevor sie ihn das erste Mal besuchen soll, macht sie einen Rückzieher: Ihr Bruder Daniel habe sie gewarnt. Es gebe so viele gefälschte Profile.

Wenn sie nicht bekommt, was sie will, droht sie mit Kontaktabbruch. Fühlt sie sich von Jakob in die Enge getrieben und droht ihr Spiel aufzufliegen, erniedrigt sie ihn. Aus der unterwürfigen Anpassung wird plötzlich Aggression. Er halte sich wohl für etwas Besonderes, sie dagegen halte niemanden für etwas Besonderes.

Natürlich erscheint Jakob bei der Geschichte naiv, das weiß er selbst. Aber er würde es eher »an seine Träume glauben« nennen. An seine Träume glauben muss er als deutscher Schauspieler in Los Angeles. Filme können immer auch nicht zustande kommen, und so sind im Filmgeschäft eigentlich alle im Zustand des angespannten Wartens. Die Warterei wird dadurch erträglich, dass die Hoffnungen und Erwartungen bezüglich künftiger Projekte möglichst fantastisch sind. Aber natürlich ist er dadurch auch für Illusionen anfällig geworden.

Anlagebetrüger haben ihren Erfolg nicht, indem sie sich an irgendwelche Normalsterblichen wenden, denen sie fünf Prozent Zinsen versprechen. Sie wenden sich an erfolgreiche Geschäftsleute, die selbst gern die Regeln bis an den Rand des Legalen dehnen, und versprechen ihnen zwanzig Prozent. Was, wenn man sich das Angebot entgehen lässt und der Konkurrent auf einmal die Millionen macht?

Die beiden schmieden Pläne für die
gemeinsame Zukunft, auch ein Pferd für Louisa soll dazugehören.

Louisa war zu gut, um wahr zu sein. Vor allem aber war sie zu gut, um sie sich entgehen zu lassen. Dabei übersah Jakob, dass er sich im Grunde nur von Puzzleteilen blenden ließ. Alle Bilder zeigten Louisa im Halbprofil oder mit Sonnenbrille. Melanie Schmidt hatte Fotos mindestens sechs verschiedener Frauen benutzt.

Von Jakob kannte Louisa nicht viel mehr als Dutzende von Fotos, die ihn posierend zeigten. Seinen vollkommenen Körper, er geht fünfmal die Woche ins Fitnessstudio; sein männliches Gesicht, die melancholischen Augen.

Ein großer Teil der Nachrichten, die das Paar sich schickte, dreht sich darum, welches Pferd sie irgendwann kaufen wollen, welcher Agent gut ist. Manchmal macht sie ihm Eifersuchtsszenen, wenn er das Bild einer anderen mit einem »Gefällt mir« versieht. Dann muss er die Freundschaft wieder kündigen. Er fühlt sich geschmeichelt, weil die Eifersucht doch heißen muss, dass er ihr etwas bedeutet. Er war verliebt, zum ersten Mal seit Jahren. Verliebt in eine schöne Stimme, die seine Worte wiederholte. Er liebte Kinder? Sie liebte Kinder. Er trank nicht? Sie trank nicht. Er machte Charity? Sie machte Charity.

Es ist ein wenig wie in der Geschichte von Narziss und Echo: Echo wurde von Hera dazu verdammt, nur noch die letzten Worte, die jemand an sie richtete, zu wiederholen. Sie verliebt sich in den schönen Jüngling Narziss, kann ihn aber wegen des Fluchs nicht ansprechen. Als sie ihm folgt, während er auf der Hirschjagd ist, hört er sie und ruft nach ihr. Es kommt zu einem kurzen Wortgeplänkel, das er für einen Dialog hält, dann zeigt sie sich ihm. Er weist sie zurück. Narziss konnte sich nur verlieben, weil Echo sein konnte, wen immer er sich vorstellte. Mehr noch: Sie konnte alle Frauen sein.

Auch wenn Echo wunderschön gewesen wäre, wäre Narziss nicht interessiert gewesen, wenigstens nicht dauerhaft. Das ist heute die Tragik des Narzissten: Er erträgt die Limitierungen der realen Welt nicht.

Auch Melanie Schmidt war klar, dass Jakob sie zurückweisen würde, wenn er ihr wahres Gesicht erblickte. Aber solange das nicht geschehen war, wusste sie genau, was sie ihm sagen musste.

Nachdem die Nichtexistenz von Louisa aufgeflogen und Louisas Profil und die Seiten ihrer erfundenen Freunde gelöscht worden waren, blieben Melanie Schmidt und Jakob in

Nachdem mehrere Treffen mit Louisa platzen,
schaut sich Jakob ihre Bilder genauer an. Und merkt, dass er betrogen wurde.

Kontakt. Zuletzt drängte sie ihn, sich mit ihr zu treffen. Sie sei schließlich Louisa. Wenn er sich weigere, sei dies ein Zeichen, dass Louisa – von der sie ihm gegenüber immer noch spricht, als sei sie eine Person – immer recht gehabt hatte, als sie befürchtete, ihm gehe es nur um ihr Aussehen. Sie, Melanie, könne nicht alles so leicht hinter sich lassen wie er, ihre Gefühle seien schließlich echt. Sie liebe ihn.

Für ein Gespräch mit dem *SZ-Magazin* stand Melanie Schmidt zunächst nicht zur Verfügung. Statt zu antworten richtete sie über Jakob aus, es würde ein schwerer Weg für sie werden, sich mit ihrem Handeln auseinanderzusetzen, da wäre ein Zeitschriftartikel nur belastend. Nach einigem Hin und Her erklärte sie sich doch bereit, Fragen per Mail zu beantworten. Mal droht sie mit ihren Anwälten, sagt, sie kenne ihre Rechte, mal wirkt sie geradezu ergeben. Im Umgang mit Melanie Schmidt entsteht unweigerlich ein gewisses Unbehagen.

Von einer solchen Irritation beim Gespräch mit Betrügern berichtet auch die Psychologie-professorin Heidi Möller, die mehrere Jahre lang in einer Justizvollzugsanstalt gearbeitet hat. Sie sei dort immer vor den Betrügern gewarnt worden. Selbst im Therapiegespräch wisse man nie, woran man sei. Ist also Melanie Schmidt wirklich verreist, wenn sie sagt, sie sei nun für drei Wochen in Florida und der Karibik? Hat sie sich tatsächlich wegen dieses Artikels mit zwei Anwälten beraten und zuvor bei zwei Polizeiwachen selbst angezeigt?

Offensichtlich hat sie Angst davor, sich strafbar gemacht zu haben. Sie spielt in den Antworten ihre Verantwortung herunter. Sie habe Louisa zusammen mit zwei Freundinnen erfunden. Eine der Freundinnen sei damals gerade von ihrem Freund verlassen worden, weil dieser eine Frau auf Facebook kennengelernt hatte. »Es war ein bunter Abend, und nach ein paar Gläsern Wein« seien drei Profile entstanden: Louisa, ihre Cousine Sara und ihr Bruder Daniel. Ein Spaß, um zu sehen, wie viele Kontaktanfragen kommen, wenn man einfach ein paar hübsche Bilder nutzt. Besonders Louisa sei rasch so beliebt geworden, dass sogar echte Bekannte von Melanie Schmidt unter den Interessenten waren. Meistens hätten die Kon-taktsuchenden behauptet, Louisa irgendwoher zu kennen. Jakob dagegen habe sofort zu-gegeben, nur auf das hübsche Foto hin geschrieben zu haben. Eine Ehrlichkeit, die ihr Interesse geweckt habe, schreibt Melanie Schmidt.

Als das Spiel aus ist, stellt Melanie Schmidt fest, dass Jakob
ein Teil ihres Lebens geworden ist, auf den sie nicht mehr verzichten will.

Von Anfang an habe sie das Gefühl gehabt, »um jeden Preis« verhindern zu müssen, irgendwann zu sagen, dass es Louisa gar nicht gibt. Seine Ernsthaftigkeit habe sie überrumpelt. Sie sei ein anderer Mensch geworden, habe es als einen Teufelskreis erlebt, immer weitermachen zu müssen, um Jakob nicht das Herz zu brechen. Sie habe ein schlechtes Gewissen gehabt, »das mich immer wieder lieb und herzlich werden ließ, wenn es ihm schlecht ging«. So habe sie gelogen und die Geschichte mit Jakob dadurch verlängert, gleichzeitig aber gehofft, alles würde aufhören. Sie habe fast genauso sehr gelitten wie Jakob.

Melanie Schmidt stellt es so dar, als sei die Initiative im Grunde immer nur von Jakob ausgegangen. Habe er sich mal einen Tag nicht gemeldet, habe sie das »fast wie Urlaub« empfunden. Die Psychologin Möller sagt, ihrer Erfahrung nach könnten Betrüger nur schwer aufhören. Der Kick, das Spiel auszureizen, sei zu groß.

Ernsthaft den Kontakt gesucht zu Jakob habe sie erst, erzählt Melanie Schmidt, als der die Wahrheit kannte. Kurz habe sie sogar geglaubt, sie sei in ihn verliebt. Noch im Februar 2013 bittet sie ihn um ein Telefonat. Sie sei eifersüchtig und ihm sei es ganz egal, weil er sie nur »ganz nett« finde. Einen Tag darauf schreibt sie ihm, dass sie ihn liebe.

Der Nachrichtenaustausch der beiden spricht eher dafür, dass Melanie Schmidt an dem Katz-und-Maus-Spiel immer mehr Gefallen fand, je länger es dauerte, und dass sie die Macht, die sie über Jakob besaß, genoss. An manchen Mails schrieb sie mehrere Stunden. Louisa war Teil ihres Lebens geworden.

Melanie Schmidt hat Louisa im Jahr 2008 erfunden. Sie sagt, sie habe mit drei Männern einschließlich Jakob ein engeres Verhältnis gehabt, etwa fünfhundert Leute waren mit ihr befreundet. Unter dem Namen Louisa Jacardi findet sich heute noch eine alte MySpace-Seite, mit dem Foto eines Models namens Nofri Gaillard als Profilbild, ein leerer Youtube-Kanal und ein Konto bei Soundcloud mit einem Lieblingslied, dem *Reckoning Song*. Reste eines erfundenen Lebens. Eine der »Freundinnen«, mit der zusammen sie angeblich Louisa erfunden hat, ist immer noch auf Facebook aktiv. Sie nutzt Bilder und den Namen des Models Elisa Sednaoui. Tausend Menschen haben ihre Status-Updates abonniert.

Das Spiel muss weitergehen.

Erst das Kind, dann die Liebe

VON CHRISTOPH CADENBACH **FOTO** TOBIAS TITZ

Aminah war Single und wollte ein Baby. Sie entschied sich für eine anonyme Samenspende – lernte den Mann dazu aber doch noch gut kennen.

Das Erste, was Aminah an Scott gefällt, ist seine makellose Gesundheit. Vor allem seine Gene scheinen in Ordnung zu sein, so versteht Aminah das Schreiben der Kinderwunschklinik, das im Juli 2011 vor ihr liegt. In Scotts Familie, heißt es, sind bisher keine Erbkrankheiten aufgetreten. Auch seine Haarfarbe, seine Größe und sein Beruf sind vermerkt: blond, 1,78 Meter, Rinderzüchter. Aber diese Daten interessieren sie nicht – Aminah, 42 Jahre alt, Marketingspezialistin, Single, will nur endlich ein gesundes Kind.

»Natürlich war unser erster Kontakt nicht besonders romantisch«, sagt sie heute. Sie suchte damals eine Samenspende, Scott war ein anonymer Spender. Seinen Namen erfuhr sie erst später. Ihre gemeinsame Geschichte aber sollte auf eine Weise enden, dass sie in Hollywood davon gehört haben. Einige Regisseure hätten wegen der Rechte nachgefragt, erzählt Aminah. »Es ist verrückt!« 2004 wird Aminah zum ersten Mal schwanger. Sie lebt zu dieser Zeit in London und arbeitet für eine Werbeagentur. Ihre große Liebe heißt Jake, sie sind seit einem Jahr verheiratet. Am 18. Mai wird Marlon geboren, »aber er war ganz blau und schlaff«, sagt Aminah. Die Ärzte wissen nicht, warum. Sie beatmen das Baby künstlich, weil es nicht genug Kraft hat, dies allein zu tun. Nach 14 Wochen stirbt Marlon. Sein Tod belastet die Beziehung zwischen Aminah und Jake. Ende 2006 trennen sie sich, und Aminah kehrt nach Melbourne zurück, Australien, wo sie aufgewachsen ist und wo ihre Mutter lebt.

Ein Jahr später, im Januar 2008, verliebt sie sich in Simon und ist kurz darauf wieder schwanger, diesmal ungeplant. Von Monat zu Monat wird sie nervöser, weil ihr Sohn sich im Mutterleib nicht so bewegt, wie er soll. Er wirkt kraftlos. Als er am 31. Oktober 2008 auf die Welt kommt, ist auch er blau und schlaff. Aminah denkt: Es muss an mir liegen – ich gebe den Jungs etwas mit, was sie krank macht. Diesmal erkennen die Ärzte eine X-chromosomal rezessive myotubuläre Myopathie, eine sehr seltene vererbte Muskelkrankheit: Im Mutterleib reifen die Muskeln der Kinder nicht richtig, nach der Geburt sind sie oft zu schwach, den Kopf zu heben oder auch nur zu atmen. Die meisten Kinder sterben in den ersten Monaten. Betroffen sind nur Jungen, weil der Gendefekt auf dem X-Chromosom sitzt. Jungen haben nur ein X-Chromosom, Mädchen zwei, sie können den Defekt ausgleichen. Die Ärzte sagen Aminah, dass etwa einer von fünfzigtausend geborenen Jungen an der Muskelreifestörung erkrankt. Louis, so heißt ihr zweiter Sohn, wird 14 Monate alt. Nur eineinhalb Jahre nach seinem Tod, im Juli 2011, beschließt Aminah, es ein letztes Mal zu versuchen. »Ich war eine Mutter ohne Kind«, sagt sie, »das wollte ich nicht sein.«

Die Beziehung mit Simon ist auseinandergegangen, also meldet sich Aminah bei einer Kinderwunschklinik, die Samenspenden vermittelt. Sie wird zum dritten Mal schwanger, und als der Arzt ihr nach zwölf Wochen mitteilt, dass es ein Mädchen wird, löst sich ihre Anspannung langsam. Am 14. August 2012 wird Leila geboren, vollkommen gesund, und Aminah denkt: Mensch, ist die blond.

Aminah hat dunkle Locken und einen dunklen Teint, ihr Vater stammt aus der Karibik. Aminahs Eltern haben sich in den Sechzigern in London kennengelernt, aber kurz nach Aminahs Geburt getrennt. Aminahs Mutter zog nach Australien zurück, Aminah hatte wenig Kontakt zu ihrem Vater. Damit es Leila anders ergeht, schreibt sie eine Mail an den Samenspender, die von der Klinik weitergeleitet wird.

Scott, damals 41 Jahre alt, freut sich über die Nachricht. Er hat selbst vier Kinder, drei Jungen, ein Mädchen. Für die Samenspende hatte er sich eher zufällig entschieden: Eine Klinik hatte ihn angerufen und gefragt, ob er sich das vorstellen könne – warum gerade ihn, weiß er bis heute nicht.

Fürs erste Treffen fahren Aminah und Leila zu ihm aufs Land, 130 Kilometer von Melbourne entfernt. Von seinem Haus aus blicken sie auf den Pazifik. Scott zeigt ihnen die Rinderställe, seine Tochter spielt mit Leila. Zum Abschied sagt er, dass er Leila gern regelmäßig sehen würde. Aminah ist begeistert. Sie treffen sich bald wöchentlich. Beide sind zu dieser Zeit Single. Nach vier Monaten, sie sind gerade auf dem Weg zu Scotts Haus, bleiben sie in einem Stau stecken. Die Straße ist gesperrt. Sie entscheiden sich, umzudrehen und zu einem Pub zu fahren. Später wollen sie bei einem von Scotts Freunden übernachten, der ganz in der Nähe wohnt. An diesem Abend küssen sie sich zum ersten Mal.

»Ich nenne es nicht Happy End«, sagt Aminah, »weil meine beiden Söhne ja noch immer tot sind. Aber es ist ein Neubeginn.« An Weihnachten wollen die beiden heiraten.

»Ich bin in Rage angesichts unserer Sexualkultur«

INTERVIEW TOBIAS HABERL   **FOTOS** LUKASZ WIERZBOWSKI, FRANK RÖTH

Zerstören Pornofilme die Erotik? Ist eine Welt ohne Prostitution vorstellbar? Und was wissen wir über die Sexualität von Kindern? Ein Gespräch mit dem Sexualwissenschaftler Volkmar Sigusch – nach vierzig Jahren Forschungserfahrung.

Sehr heiß – obwohl Volkmar Sigusch auch sagt: Sauberkeit ist Gift für die Erotik.

»o sie lieben, begehren sie nicht, und wo sie begehren, können sie nicht lieben«, schrieb Sigmund Freud vor hundert Jahren. Hat sich daran etwas geändert?

VOLKMAR SIGUSCH Nein. Freud war ein kluger Mensch, weil er damals schon beobachtet hat, dass die sinnliche und die zärtliche Strömung nicht zueinanderkommen, dass also Trieb und Liebe auseinanderfallen. Nach vier bis sieben Jahren sinkt in festen Beziehungen das sexuelle Begehren, das ist erwiesen. Dieses Dilemma lässt sich oft nicht lösen, überhaupt sind die Verhältnisse heute viel komplizierter als damals, ja paradoxal.

Inwiefern?

Einerseits wird der Sexualtrieb angefacht, andererseits wird er durch die Art und Weise, wie er angefacht wird, gedrosselt, ja zerstört, weil wir ständig mit erotisch gemeinten Reizen konfrontiert werden, die in Wahrheit anti-erotisch sind, denken Sie nur an die Werbung. Besonders zerstörerisch ist folgende Situation: Man schaut fern, sieht eine emotional anrührende Liebesszene, und auf einmal Schnitt, Werbung, eine Frau sagt: »Ich bin verstopft, ich kann nicht kacken, ich nehme jetzt Polameruterinerum.« Dann kommt der Spruch mit den Nebenwirkungen, und anschließend geht der Film weiter, als wäre nichts geschehen. Das Erotische ist zermalmt, es wurde der Werbung geopfert.

Jede achte Internetseite, die aus Deutschland aufgerufen wird, ist eine Pornoseite. Damit spielt Pornografie im Netz eine größere Rolle als zum Beispiel Nachrichten. Gehören Pornobilder und Pornofilme auch zu diesen anti-erotischen Reizen?

Natürlich. Im Internet haben wir permanenten Zugriff auf sexuelle Reize ausgefallenster Art. Gleichzeitig ahnen wir nicht mehr, wie es sich in einer Welt voller Geheimnisse anfühlen kann, wenn man auf etwas Erotisches stößt, das einen umwirft. Vor fünfzig Jahren genügte eine Andeutung oder ein Wort wie »Schenkel« in einem Roman, um junge Menschen aufs Äußerste zu erregen. Heute wachsen Jungen und Mädchen ganz normal mit öffentlicher Pornografie und sexualisierter Werbung auf. Und je obszöner die Gesten der Popkultur, desto stärker die Enterotisierung. Der liberale Umgang mit der Sexualität hat es der

Wirtschaft ermöglicht, sie wie eine Ware zu behandeln. Heute lässt sich mit Sex viel Geld verdienen.

Ist es vorstellbar, dass junge Menschen ihre erotische Verarmung durch Pornografie spüren und sich freiwillig beschränken?

Ja, es gibt Jugendliche, die sich bewusst davon abwenden. Bei uns ist das keine Bewegung, in den USA aber sehr wohl, und zwar in der Regel fundamentalchristlich unterlegt. Bei uns leben muslimische Heranwachsende, die unsere Sexualkultur als Teufelszeug erleben, eine Kultur, in der es ein besonderes Ereignis ist, wenn junge Frauen als sogenannte Models halbnackt mit Zeug behängt ihrer Fruchtbarkeit beraubten, von Kotzattacken ausgemergelten Körper den lüsternen Blicken dauergeiler Männerattrappen anbieten.

Sie klingen ja richtig verbittert. Kann es sein, dass Sie eine Rückkehr zur altkirchlichen Sexualmoral gar nicht so schlecht fänden?

Ich gestehe, ich bin in Rage angesichts unserer misslungenen Sexualkultur. Eine Rückkehr zur alten Kirchenmoral ist aber bei uns Gott sei Dank nicht vorstellbar, ganz einfach weil ihr viel zu wenige Menschen folgen würden. Außerdem wünsche ich mir das als Letztes, weil sich die fundamentalchristliche Moral bis auf die Knochen disqualifiziert hat. Denken Sie nur an den Umgang mit Zeugungs- und Empfängnisverhütung, ungewollten Schwangerschaften, Homosexualität und Aids. Es ist eine Tatsache, dass wir es im Westen nicht geschafft haben, eine Ars erotica zu entwickeln, wie es sie ansatzweise in Asien gibt. Wir haben es nur zu einer Kulturbeutel-Kultur gebracht.

Meinen Sie mit Kulturbeutel-Kultur, dass wir im Westen verkniffen mit Sex umgehen?

Ja, das Elend fängt doch schon mit der Sprache an: Schwanz, Scheide, Brust-Warze, Hoden-Sack, verkehren, poppen. Das ist doch grauenhaft. In der medizinischen Fachsprache sagt man zu Impotenz »erektile Dysfunktion«, das heißt übersetzt so viel wie »schwellfähige Fehlfunktion«, ist also reiner Unsinn.

Die Sprache kann ja nicht das einzige Problem sein.

Nein. Das größere Problem ist, dass die Leute nicht miteinander sprechen. Dass sie nicht sagen, was sie möchten, was sie erregt, was sie nicht mögen. Unter uns sind sogenannte Feeder, die ihre Freundin mästen, Objektophile, die sich in ein Auto verlieben, und Kultursodomiten, die nur mit einem Hund

VOLKMAR SIGUSCH

gilt als einer der bedeutendsten Sexualwissenschaftler weltweit. Er studierte in den Sechzigerjahren Medizin, Psychologie und Philosophie. Später war er Direktor des Instituts für Sexualwissenschaft am Universitätsklinikum Frankfurt am Main. 1996 prägte er den Begriff der neosexuellen Revolution, bezogen auf die Etablierung neuer Formen wie Internetsexualität, Transsexualismus oder Objektophilie. Sigusch wurde 2006 emeritiert, veröffentlicht aber weiter Bücher zu seinen Themen – wie zum Beispiel *Sexualitäten – Eine kritische Theorie in 99 Fragmenten* oder 2016 *Das Sex-ABC – Notizen eines Sexualforschers*.

oder einer Katze zusammenleben – und gleichzeitig wissen viele Menschen nicht, wie die Sexualorgane aufgebaut sind, wie sie funktionieren und wo sie liegen. Haben Frauen einen G-Punkt? Wenn ja, wo ist er? Welche Regionen des Körpers sind besonders sensibel? Kann ich durch das Streicheln der Kopfhaare einen Orgasmus auslösen? Wir sind im höchsten Maße aufgeklärt, haben die Möglichkeit, Vorlieben auszuleben, die früher als krank oder pervers galten, und haben trotzdem keine Ahnung. Geschlechtsverkehr ist bei uns immer noch: rein, raus, fertig. Es ist ein Trauerspiel.

Was für Vorlieben meinen Sie?

Den einen erregt die Kleidung des anderen Geschlechts oder ein Tier, den anderen Nasenschleim oder das Fehlen eines Beines. Wir sprechen dann von Transvestitismus, Sodomie, Mukophagie oder Amelotatismus. Es gibt Paare, denen es gelingt, Begehren und Liebe für längere Zeit zusammenzuführen, indem sie eine solche Vorliebe in ihr Sexualleben integrieren.

Haben Sie für alle anderen Paare einen Tipp, wie sie ihr Sexleben so gestalten können, dass es nicht langweilig wird?

Ich gebe keine Tipps, zumindest nicht öffentlich. Hätte ich Tricks gesammelt und Ratschläge erteilt, hätte ich Millionenauflagen gehabt. Nur so viel: Mit Paaren, die zu mir kommen und zusammen-

bleiben wollen, mache ich eine Paartherapie nach dem Hamburger Modell, dessen Anfänge ich vor vielen Jahren mitentwickelt habe. Es ist ziemlich komplex, aber hat sich bewährt.

Sie haben mal gesagt: »Ich habe keine Angst, weil ich praktisch alles gesehen habe.« Welcher Fetisch hat sie trotzdem schockiert?

Seien Sie mir nicht böse, aber ich spreche nicht über konkrete Fälle, weil ich nicht will, dass frühere Patienten sich erkennen. Im Übrigen geht es bei einer Paartherapie nie darum, eine fetischistische Neigung zu beseitigen – in den meisten Fällen ist das ohnehin unmöglich –, sondern sie in die Beziehung zu integrieren.

Gibt es eine Art Goldenes Zeitalter der Sexualität?

Nein, das sexuelle Elend war immer groß. Und die Umstände waren immer paradoxal. Neue Freiheiten haben eben nicht automatisch zu einem sexuell erfüllten Leben geführt, sondern brachten stets neue Zwänge mit sich. Auch heute sind viele Menschen einsam und lustlos. Es gab Phasen des Aufbruchs und Umbruchs, zum Beispiel um 1968 oder um 1900, als sexuelle Triebstörungen allmählich von einer Sünde zu einer Krankheit wurden, aber auch Phasen der Verfolgung und des Stillstands, wie die Nazizeit oder die Fünfzigerjahre. Nach 1968 kam eine Phase, die ich neosexuelle Revolution genannt habe.

»Leider sind wir so bigott, dass wir Prostituierte für etwas verachten, das wir alle mehr oder weniger machen müssen«

Wodurch zeichnet sich diese Phase aus?
In ihr haben sich die Geschlechts- und Sexualformen vervielfältigt, zerlegt und zerstreut. Selbst Freud empfand Oralverkehr noch als pervers. Inzwischen hat sich die Grenze zwischen normal und pervers eindrucksvoll verschoben, ja man unterscheidet gar nicht mehr zwischen einer gesunden und einer perversen Sexualität. Dass *Fifty Shades of Grey* so ein Erfolg wurde, hat mit der neosexuellen Revolution zu tun. Heute finden Menschen mit den ungewöhnlichsten sexuellen Vorlieben Verbündete, mit denen sie sich zusammenschließen, und das ist doch schön.

Haben Sie außer SM noch ein Beispiel?
Ja, es gibt immer mehr Menschen, die sich keinem der beiden großen Geschlechter, also männlich oder weiblich, zuordnen wollen. Vielmehr wechseln sie zwischen den Geschlechtern hin und her, verhalten, fühlen und kleiden sich mal als Mann, mal als Frau, und zwar nicht gespielt, sondern absolut überzeugend. Das sind Menschen, die treffen sich als Mann mit ihren Kumpels zum Fußballschauen, am nächsten Tag gehen sie als Frau Parfüm und Unterwäsche shoppen. Ich habe dafür den Begriff »Liquid Gender« eingeführt. Wissen Sie, man kann viel gegen den Kapitalismus vorbringen, er hat aber auch eine unglaubliche liberalisierende Kraft entfaltet, weil ihm vollkommen egal ist, was der einzelne Mensch sexuell treibt, solange er das System nicht behindert, sondern sogar fördert. Sie sehen, heute haben alle Menschen – zumindest im Westen – scheinbar unheimlich viele Möglichkeiten.

Warum scheinbar?
Weil die Praxis anders aussieht. Heute spielen sich rund 95 Prozent aller Sexualakte in festen Beziehungen ab. Die Singles machen 25 Prozent der Bevölkerung aus, bekommen aber nur fünf Prozent der Sexualkontakte ab. Sie ziehen Nacht für Nacht frustriert von einer Bar zur anderen, während 60-jährige Frauen und Männer, die in einer festen Beziehung leben, relativ regelmäßig miteinander schlafen. Das wird eindeutig von empirischen Studien des Hamburger Instituts für Sexualforschung belegt.

In dem Roman *Unterwerfung* von Michel Houllebecq wird die Islamisierung Frankreichs als kurzfristige Erlösung von den Neurosen und Zwängen der westlich-säkularisierten Welt beschrieben. Männer dürfen mehrere, auch minderjährige Frauen haben. Glauben Sie, dass sich viele Männer im Westen unbewusst nach so einem Modell sehnen?
Selbstverständlich, aber eben nicht nur Männer, sondern genauso selbstverständlich auch Frauen, und zwar aller Altersgruppen. Die älteren Frauen fantasieren von einem unerfahrenen, jungen

Mann, dem sie alles zeigen können, die jungen wünschen sich einen erfahrenen, der alles erlebt hat und ihnen zeigt.

Seit einem Jahr wird in Deutschland über die rechtliche und soziale Stellung von Prostituierten diskutiert. Sollte man Prostitution verbieten?
Ich kann mir unsere Gesellschaft ohne Prostitution gar nicht vorstellen.

Warum nicht?
Weil es ohne sie Mord und Totschlag gäbe, und zwar aus Triebgründen. Leider sind wir so bigott, dass wir Prostituierte für etwas verachten, das wir alle mehr oder weniger machen müssen, wenn wir überleben wollen. Schauspielerinnen lassen sich operieren, um eine Filmrolle zu bekommen. Abertausende von Angestellten kriechen ihrem Chef in den Hintern, um ihren Arbeitsplatz behalten zu dürfen. Nein, ich beteilige mich nicht an der Hatz auf Prostituierte. Und wissen Sie, welche Erfahrung ich im Laufe meiner Arbeit gemacht habe? Je aggressiver öffentliche Personen gegen Prostituierte auftreten, desto wahrscheinlicher ist es, dass sie deren Dienste in Anspruch genommen haben.

Gilt das auch für Menschen, die sich dafür einsetzen, dass Pädophile härter verfolgt und bestraft werden sollen? Im Zusammenhang mit der Edathy-Affäre wurde in Internetforen die Todesstrafe für Pädophile gefordert.
Ja, bei einigen trifft das zu, und es gibt auch wissenschaftliche Belege dafür, dass es sich dabei um den seelischen Vorgang der Verleugnung beziehungsweise Verdrängung handelt. Übrigens gibt es seit Jahrzehnten experimentelle Studien, mit denen nachgewiesen wurde, dass viele normale Männer sexuell auf Kinder reagieren.

Wie lässt sich das nachweisen?
Die Methode nennt sich Penisplethysmographie. Dabei wird die Durchblutung des Penis gemessen. Es zeigte sich, dass der Penis vieler Männer anschwillt, wenn sie unerwartet mit dem Bild eines nackten, vorpubertären Mädchens konfrontiert werden. Den meisten wird diese Gliedversteifung gar nicht bewusst.

Heißt das, dass alle Männer potenzielle Missbrauchstäter sind?
Im Prinzip ja, tatsächlich aber nicht, weil bei vielen ein mitfühlender Charakter dagegenspricht, einer unwillkürlichen und unheimlichen sexuellen

Erregung zu folgen. Pädophilie ist auch deshalb so ein Tabu, weil viele Männer ahnen, wie erotisch der Umgang mit einem Kind sein könnte. Trotzdem darf man nie vergessen, dass zwischen der Sexualität eines Kindes und der eines Erwachsenen ein Abgrund klafft. Kinder pflegen nicht Erwachsene sexuell zu begehren.

Gibt es pädophil veranlagte Männer, die es schaffen, ihr Leben lang ihrem innigsten Wunsch zu widerstehen?
Ja, und einige davon haben mich sehr beeindruckt. Diese Männer leiden unglaublich unter ihrem Begehren. Die sitzen weinend vor einem und wollen ihrem Verlangen auf keinen Fall nachgeben, trotzdem lässt es sich durch nichts beseitigen. Männer, die es schaffen, ein Leben lang zu widerstehen, sind moralisch gefestigt. Wichtig ist dabei oft, dass sie eine Partnerin oder einen Partner haben, die oder der zu ihnen hält – und zwar in Kenntnis ihres Begehrens.

In Ihrem Buch *Sexualitäten – Eine kritische Theorie in 99 Fragmenten* schwärmen Sie von »der kindlichen Erotik als Notwendigkeit und Bedingung der Möglichkeit der Menschwerdung«. Was wissen wir von der kindlichen Sexualität?
Viel zu wenig, oder treffender gesagt: Wir wollen gar nicht so viel wissen. Als ich als Sexualmediziner begann, habe ich Kinder gesehen, von denen man annahm, sie hätten epileptische Anfälle, in Wahrheit hatten sie Orgasmen, die natürlich nicht durch Fantasien, sondern reflektorisch, also wie ein Schluckauf, ausgelöst wurden. Meine Kollegen wollten das anfangs gar nicht glauben. Wissen Sie, einerseits müssten wir auf diesem Feld noch viel mehr erforschen, andererseits würden wir mit jeder neuen Erkenntnis letzte Geheimnisse vernichten. Die Erotik des Kindes ist ja deswegen so wunderbar und einzigartig, weil sie sich der Rationalität entzieht. Wenn Sie von einem Kind innig umarmt werden, verflüchtigt sich alles Berechnende und Böse unserer Erwachsenenwelt. Das ist es, was mich an der kindlichen Erotik fasziniert. Umso schrecklicher ist es, wenn diese einzigartige Menschlichkeit von Erwachsenen missbraucht wird.

Warum haben Sie sich als Student überhaupt für das Forschungsfeld Sexualität entschieden – weil Sie viel oder wenig Sex hatten?

Traut Euch! Sigusch findet: Wir sollten uns erlauben, beim Sexualakt nicht politisch korrekt zu sein.

Ich war weder impotent noch sexsüchtig, sondern wollte Psychiater werden, um die Schizophrenie meiner Tante, mit der ich als Kind aufgewachsen war, besser zu verstehen und vielleicht sogar heilen zu können. Ich habe sie regelmäßig in einer psychiatrischen Anstalt besucht, in der wirklich irre Menschen laut geschrien und gelacht haben. Sie dürfen nicht vergessen, wir sprechen von einer Zeit, in der es noch nicht einmal Psychopharmaka gab. Ich studierte also Medizin, Psychologie und Philosophie, schmiss meine psychiatrische Doktorarbeit aber schon nach einem Jahr hin.

Warum?

Weil mein Doktorvater wollte, dass ich neue Präparate, die Impotenz und Haarausfall verursachten, an mir selbst teste. Ich wechselte die Universität, suchte mir einen neuen Doktorvater und landete bei dem psychiatrischen Sexualforscher Hans Giese. Unser erstes Treffen werde ich nie vergessen. Ich klopfe an die Tür, er macht auf und fragt: »Sind Sie der Doktorand oder der Transvestit?«

1973 bekamen Sie die erste Professur für Sexualwissenschaft in Deutschland. Zugleich wurden Sie Direktor des Instituts für Sexualwissenschaft am Universitätsklinikum Frankfurt am Main und leiteten zwei Jahre später die erste deutsche Sexualmedizinische Ambulanz mit Kassenzulassung. Mit welchen Problemen kamen die Menschen damals zu Ihnen?

Männer mit Erektionsstörungen, Frauen und Männer mit Beziehungskonflikten und Triebwünschen, die als pervers angesehen wurden oder heute noch als krank angesehen werden. Manche Probleme wurden wellenartig durch die Medien ausgelöst. Ende der Sechziger, Anfang der Siebziger war der richtige Orgasmus der Frau auf einmal das große Thema. Ich erinnere mich gut, unsere Telefone standen nicht mehr still. Es ging erstens darum, überhaupt einen Orgasmus, und zweitens, den richtigen zu bekommen. Psychoanalytiker hatten die Unterscheidung zwischen einem reifen und einem unreifen Orgasmus in die Welt gesetzt. Der unreife war der klitoridale, der reife war der vaginale.

Konnten Sie ihnen helfen?

Ja, ich hatte schon 1970 mit Hilfe sexualphysiologischer Studien nachgewiesen, dass diese Trennung Unsinn ist, weil sich die Erregungen nicht voneinander trennen lassen. Ehrlich gesagt, bin ich ein bisschen stolz auf diese Abhandlung, weil sie diesen Unsinn schon Jahre vor den Feministinnen widerlegt hat. Die Bayerische Staatsbibliothek hat damals übrigens mein Buch *Exzitation und Orgasmus bei der Frau* als »sittlich entrüstend« bewertet und aus dem öffentlichen Katalog entfernt und weggesperrt.

Sie studierten unter anderem bei Adorno und Horkheimer. Haben Sie da auch was über Sexualität gelernt?

Nicht direkt, aber indirekt, insbesondere durch eine ebenso kritische wie menschzugewandte Haltung. Ich weiß zum Beispiel noch, dass Adorno vom »abscheulichen Homosexuellenparagrafen« gesprochen hat.

Der südkoreanische Philosoph Byung Chul-Han diagnostiziert in der westlichen Welt eine »Gesellschaft der Positivität«. Aus Gründen der politischen Korrektheit werde alles Dunkle, Triebhafte, Schmutzige verdrängt. Ist das nicht verheerend für unser Sexleben?

Was Sie beschreiben, hat zwei Seiten: Dürfte sich das Triebhafte, Dunkle, Verschlingende durchsetzen, würden wir uns das wunderschöne, süße, erregende Sexualobjekt einverleiben, nicht orgasmatisch-phantasmatisch, sondern sprichwörtlich, wie ein leckeres Stück Fleisch. Es gibt zum Beispiel einige Naturvölker, die beim Koitus in die begehrten Köperteile hineinbeißen. Erlauben sollten wir uns aber, beim Sexualakt nicht politisch korrekt zu sein. Das würde tatsächlich den Rest des Triebhaften und uns selbst im Blümchensex ersticken. Sauberkeit und Gewissenhaftigkeit sind Gift für jede Erotik.

Hatte der Roman *Fifty Shades of Grey* so großen Erfolg, weil er seine Leser zumindest momentweise von der politisch überkorrekten Wirklichkeit erlöste?

Wir wissen seit vielen Jahren, dass viele Frauen durch sadomasochistische Fantasien sexuell erregt werden, wohlgemerkt Fantasien, nicht eine handfeste Praxis, die von denselben Frauen meistens abgelehnt wird.

Sie haben vor einigen Jahren den Begriff Cisgender geprägt. Was verstehen Sie darunter?

Cis kommt aus dem Lateinischen und heißt ursprünglich diesseits der Alpen, im Gegensatz zu trans, was jenseits der Alpen bedeutet. Wenn es

»Ich klopfe an die Tür, mein Doktorvater macht auf und fragt: Sind sie der Doktorand oder der Transvestit?«

also so etwas wie Transgender gibt, muss es auch Cisgender geben, also Menschen, die ihre Geschlechtlichkeit als diesseits ihres körperlichen Geschlechts empfinden und leben, also im Grunde die sogenannten Normalen. Für die Transpersonen muss meine Erfindung in den Neunzigerjahren ein sprachlicher Befreiungsschlag gewesen sein, denn der Begriff hat sich weltweit durchgesetzt.

Sie haben mal gesagt: Die Heterosexualität homosexualisiert sich. Was heißt das?

Früher trafen sich Homosexuelle in Parks, heute verabreden sich auch Heterosexuelle über Netzportale zum Sex. In Sachen Promiskuität haben sie definitiv aufgeholt. Oder denken Sie daran, wie akkurat inzwischen auch heterosexuelle Männer auf die Pflege ihres Körpers achten, obwohl sie früher tagelang die bereits verharnte Unterhose getragen haben. Während die Frauen die eigentlichen Gewinner der neosexuellen Revolution sind, werden die Partnerschaften einerseits ent-, andererseits belastet, weil der Mann jetzt beides sein soll: schnurrender Kater und penetrierender Tiger. Es gibt inzwischen sogar Fußballspieler, die sich nicht nur parfümieren und tätowieren, sondern das Höschen ihrer Geliebten tragen.

Welcher Fußballer macht das denn?

Von mir keine Enthüllungen. Das kann man vielleicht in Zeitungsarchiven nachlesen.

In Ihrem Buch prognostizieren Sie, das sexuelle Elend werde im Kern bleiben, wie es ist: »Aufgepeitschte Nerven, enttäuschte Liebe, unendliche Einsamkeit«.

Ja. Die intimen Beziehungen werden sich weiter vervielfältigen. Menschen werden noch selbstverständlicher mit einem geliebten Tier zusammenleben oder einen toten Gegenstand, zum Beispiel ein Musikinstrument, sexuell begehren. Es wird dazu kommen, dass endlich mehr als zwei Geschlechter rechtlich anerkannt werden, der Inzest wird entpönalisiert werden, die Internetsexualität wird sich ausweiten, und es wird natürlich Eheschließungen homosexueller Partner vor Gott geben. Pädosexualität wird weiter verfolgt werden, zunehmen könnten der allgemeine sexuelle Missbrauch und die allgemeine sexuelle Gewalt, auf jeden Fall aber die sexuelle Selbstbezüglichkeit insgesamt. Mit anderen Worten: Die Verhältnisse bleiben paradoxal.

Glauben Sie trotz allem noch an die Liebe?

Aber ja. Die Liebe ist eine einzigartige Kostbarkeit, nicht zuletzt, weil sie selbst in unserer Kultur weder produziert noch gekauft werden kann.

Crazy Little Thing Called Love

VON PHILIPP MATTHEIS **ILLUSTRATION** CHRISTOPHER DELORENZO

Kaum war er ihr begegnet, war er ihr verfallen. Die Frau ließ ihn nie ganz nahe kommen, hielt ihn aber auch nicht wirklich auf Abstand. Unser Autor verzweifelte an dieser Liebe, doch er lernte eine Menge – über sich.

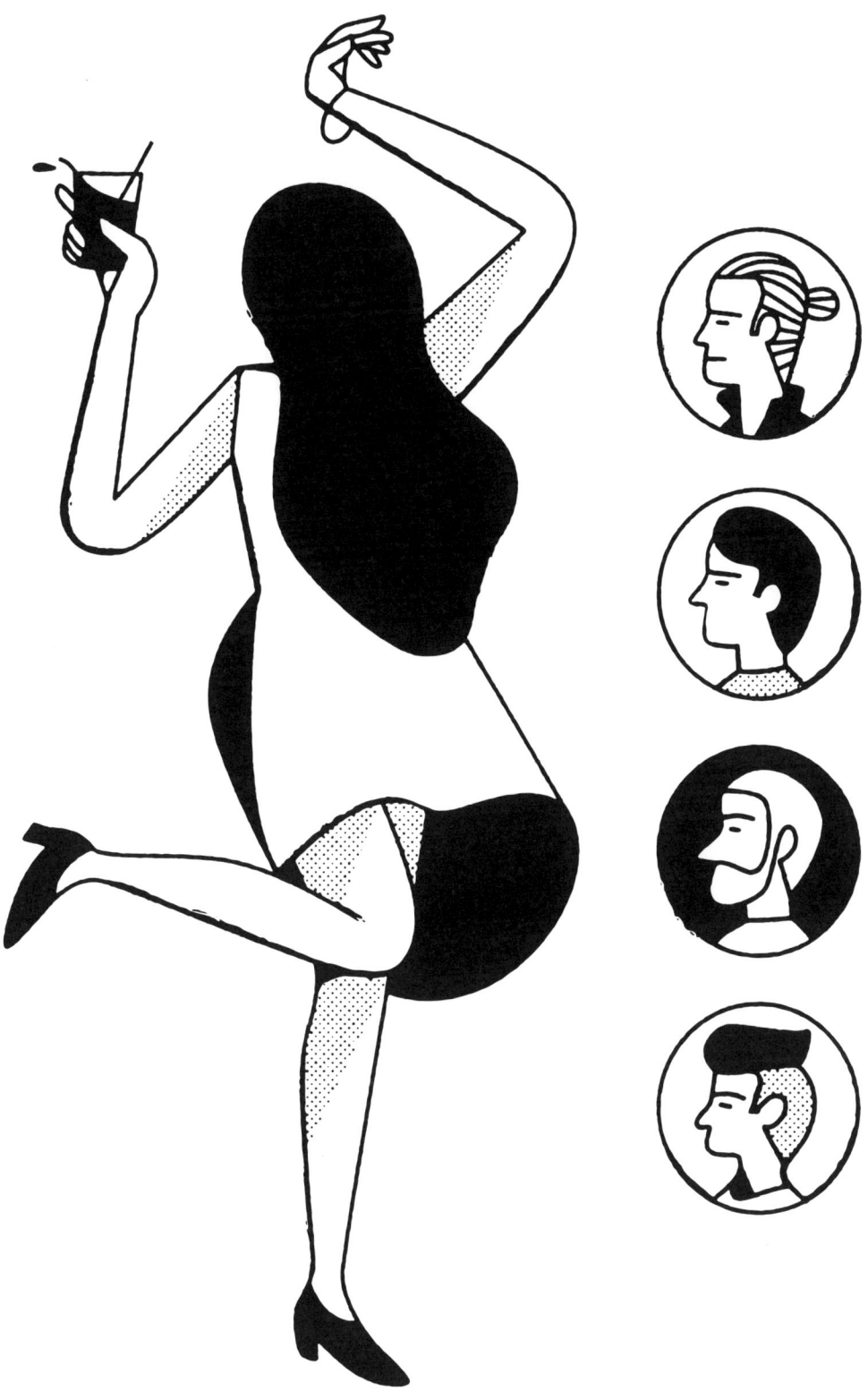

Gab es da noch andere Männer? Und wenn ja, wie viele?

I ch traf Charlotte auf einer Party in Shanghai, wo wir beide damals lebten. Sie war aus London, die Mutter Portugiesin, der Vater Ire; zierlich, dunkles Haar, riesige Augen, ein Lachen, das Beton sprengt. Es war nach Mitternacht, eine der schwülsten Nächte des Jahres. Sie tanzte im Garten eines alten französischen Hauses, dessen Mauern von der Feuchtigkeit brüchig geworden waren. Rote Girlanden hingen an Wäscheleinen, der Weißwein in den Pappbechern war lauwarm. Ich näherte mich ihr, wir tanzten miteinander. Sie lachte. Und ging. Weil ich ihr nicht sofort folgen wollte, stand ich irgendwann allein auf der Tanzfläche. Und kam mir blöd vor. Ich suchte sie, fand sie, sprach mit ihr über ihre Masterarbeit zum Thema »Antike Militärtechnik«, trank mit ihr, lachte mit ihr über die lallende Kunstlehrerin aus Kanada. Weil alles so perfekt schien und sie so gut roch, wollte ich sie küssen. Sie sagte nicht Nein. Sie sagte: Nicht hier. Ich fragte: Bist du mit einem anderen Mann hier? Statt zu antworten, lief sie fort und begann wieder zu tanzen. Ich folgte ihr.

Shanghai ist wie ein riesiges Flughafenterminal – Menschen kommen und gehen, haben Affären, trennen sich nach ein paar Wochen wieder, weil einer nach Singapur und eine andere nach Sydney weiterzieht. Ich hatte vier Jahre lang in einem Durchlauferhitzer für zwischenmenschliche Beziehungen gelebt, und irgendwann spielen sich Muster ein. Ich tat also, was ich meistens tat, wenn mir eine Frau gefiel. Ich lud Charlotte zum Essen ein. Ich wollte ihr zuhören, sie zum Lachen bringen, ihr ein paar Komplimente machen, sie irgendwann berühren, sie küssen, sie mit zu mir nach Hause nehmen.

Sie kam 45 Minuten zu spät, doch dafür wie ein warmer Sturm. Sie trug einen schwarzen Rock und ein schwarzes Oberteil – nicht aufreizend, sondern schlicht, subtil, sexy. Wir stellten fest, dass wir beide dasselbe Buch lasen: *Der Distelfink* von Donna Tartt. Und wir waren beide gerade an derselben Stelle. Das Buch handelt von einem seltenen Gemälde, das der Besitzer vor der Welt verbirgt und das ihn sein Leben lang begleitet. Fügung, dachte ich. Wir küssten uns noch vor dem Dessert.

Ich bezahlte das Essen, sie das Taxi zu mir. Wir schliefen nicht miteinander. Wir saßen auf dem Balkon, tranken Wein, sprachen über China, lachten, stellten mehr Gemeinsamkeiten fest: Ihre Schwester war Juristin, mein Bruder Jurist, sie war vor vier Jahren nach China gekommen, ich auch, sie hatte vor einem halben Jahr eine mehrjährige Beziehung beendet, ich auch.

Sie ging durch meine Wohnung, als wäre es ihre. Sie ließ sich auf mein Bett fallen. Ich legte mich neben sie, sie stand auf. Als sie um vier Uhr ging, blieb ihr Duft in meiner Wohnung: süßlich, sanft und scharf. Am nächsten Tag verabschiedete ich mich von zwei Affären, die ich in den vergangenen Wochen gesehen hatte, per SMS: »Ich habe jemanden kennengelernt, den ich wiedersehen möchte.«

Eine antwortete: »Ich fühle mich getäuscht.« Ich dachte: Mach dich mal locker. Ich schrieb: »Das tut mir sehr leid. Gleichzeitig denke ich nicht, dass ich dir etwas vorgemacht habe.«

Charlotte und ich sahen uns wieder, am darauffolgenden Tag, am Tag darauf und am Tag darauf auch, wir sahen uns acht Tage hintereinander. Es war ein Rausch. Wir buchten einen Urlaub in Myanmar (den wir nie antraten), redeten stundenlang über Liberalismus, Liebe und die Kulturrevolution, dazwischen schliefen wir miteinander. Mir gefiel ihr zierlicher Körper, unsere Bewegungen schienen perfekt aufeinander abgestimmt. Ich wurde süchtig nach ihrem Geruch, nach ihrem Humor, ihren Witzen. Ich begann, sie »Goldfinch« zu nennen, Distelfink auf Englisch. Das gefiel ihr. Die Zeit, in der ich nicht bei ihr sein konnte, erschien mir sinnlos – mehr noch, ich bildete mir ein, körperlichen Schmerz zu spüren.

Warnzeichen gab es. Einmal saßen wir im Garten eines italienischen Restaurants. Charlotte sah mich mit großen Augen an und meinte, sie müsse mit mir über etwas sprechen. Sie sei sehr verletzlich, sagte sie. »Ich will wissen, woran ich bin.«

Es gibt Anmach- und Aufreißtipps, die Männern mehr oder weniger psychologisch fundiert erklären, warum man mit Gefühlsäußerungen sparsam sein soll und wie man seine Attraktivität steigert, indem man die Frau im Ungewissen lässt. Und es gibt Omas, die sagen: Willst du was gelten, mache dich selten. Ich aber dachte: Mit ihr ist alles anders. Wozu Spiele spielen?

Ich beugte mich über den Tisch, küsste sie und sagte: »Ich weiß, dass ich dich will. Ich bin

Früher hieß es mal:
Willst du was gelten, mache dich selten.
Ich aber dachte: Mit ihr ist
alles anders. Wozu Spiele spielen?

verliebt in dich.« Es war die Wahrheit. An etwas anderes als an sie zu denken fiel mir schwerer und schwerer. Arbeit, Sport, Freunde – all das wurde zu Zeitvertreib, bis ich sie wiedersehen konnte.

Und Charlotte? Sie lachte. Ich begriff es in diesem Moment nicht, aber ... sie lachte mich aus. Als wir das Restaurant verließen, zog sie mich an sich und sagte: »Wir sollten es langsam angehen.« Sie ging allein nach Hause. Warum, verstand ich nicht, so vieles an ihr war aufregend, einzigartig, eigenartig.

Eigenartig war, dass sie sich zwanzig Minuten lang mit einem betrunkenen Franzosen unterhielt, den sie gerade beim Rauchen vor der Tür kennengelernt hatte, während ich mit ihrem Hund drinnen auf die Rechnung wartete, und dass sie diesen betrunkenen Mann zum Abschied umarmte.

Eigenartig war, dass sie nie bei mir übernachten wollte und ich in diesen zwölf Wochen nur zweimal in ihrer Wohnung war. Manchmal verließ sie mich mitten in der Nacht. Eigenartig war, dass sie manchmal Verabredungen kurz vorher absagte: »Sorry, ich bin müde.«

Ihre Unverbindlichkeit steigerte mein Verlangen nach ihr nur. Ich hatte die Kontrolle verloren. Diesen Zustand extremer, obsessiver Verliebtheit, der über das normale Kribbeln im Bauch hinausgeht, nennen Psychologen Limerenz. Ich war limerent.

»Vergiss es«, sagte eine Freundin. »Die hat einen anderen.«

»Mach dich locker«, sagten Freunde. »Lauf ihr nicht hinterher.«

»Die ist halt nicht so verliebt«, sagte eine andere Freundin – eine Analyse, die ich als Unverschämtheit empfand.

Eines Abends hielt ich die Spannung nicht mehr aus. Ich rief Charlotte an, fragte, ob ich bei ihr vorbeikommen könne. Als sie sagte, es sei gerade schlecht, insistierte ich. Sie gab nach, zögerlich. Es war acht Uhr am Abend, sie traf mich vor ihrer Haustür – im Schlafanzug. Komisch kam mir das in diesem Moment nicht vor. »Ich will dich«, sagte ich. »Aber ich habe das Gefühl, dass etwas nicht stimmt. Wenn du jemand anderen triffst, sag es mir.« Sie lächelte süß, umarmte mich und sagte: »Du hast ein großes Herz. Es ist alles in Ordnung, aber ich kann mich zur Zeit auf nicht viel einlassen.« Dann ging sie allein zurück in ihre Wohnung. Wartete dort jemand auf sie?

Kurze Zeit später flog sie für zwei Wochen nach London. Am Abend vor ihrem Abflug gingen wir essen. Nachdem wir gezahlt hatten, sagte sie, dass sie nach Hause müsse, E-Mails schreiben und packen. Ich verstand das nicht, ich wollte sie sehen, jede freie Stunde mit ihr verbringen. Ich sagte: »Das macht mich traurig.«

Menschen sind Monaden. Eigenverantwortlich. Autonom. Emanzipiert. Jetzt aber fühlten sich ihre Worte an wie ein Tritt in meine Eier.

»Du bist für deine Gefühle selbst verantwortlich«, antwortete sie.

Noch ein paar Wochen zuvor wäre mir die Wucht dieses Satzes nicht weiter aufgefallen. Ich hätte darauf erwidert: Ja, natürlich, wer sonst, wenn nicht ich?

Menschen sind Monaden. Eigenverantwortlich. Autonom. Emanzipiert. Jetzt aber fühlten sich ihre Worte an wie ein Tritt in meine Eier. Sie verschwand, und ich begann, schlecht zu schlafen. Nachts wachte ich auf mit Herzrasen, suchte auf meinem Handy nach Nachrichten von ihr. Es kamen keine. Ich verlor Gewicht, vier Kilo in drei Monaten.

Dann, fünf Tage später, die erste SMS: »Vermisst du mich überhaupt? Ich vermisse dich nämlich.« Euphorie löste die Panik ab.

Als sie wieder in China war, fuhren wir zusammen nach Peking. Es war Mitte Oktober. Ein Herbstwind aus der Wüste Gobi blies nachts durch die Hutongs, die chinesischen Häuser. Wir verliefen uns, weil wir wie im Rausch redeten, lachten, uns berührten. Wir schliefen in weißen, gestärkten Laken, hielten uns die ganze Nacht. Sie sagte, wir seien wie das Paar in Milan Kunderas *Die unerträgliche Leichtigkeit des Seins*. Das klang schön, nur verstand ich es nicht. Meinte sie, ich sei die Frau, die den notorischen Fremdgänger Tomas bis in den Tod liebte? Am Ende des zweiten Tages schlug ihre Laune um. Sie wurde kalt, abweisend. Warum? Ich war ihr so hörig geworden, dass ich nicht einmal mehr fragte.

Als wir zurück in Shanghai waren, verschwand sie für drei qualvolle Tage. Sie reagierte weder auf Anrufe noch auf SMS. Am vierten Tag trafen wir uns. Sie beendete, was immer auch zwischen uns war. Der Grund? »Es ist zu intensiv.«

Am nächsten Tag rief sie mich an und sagte, sie habe eine Geschlechtskrankheit. Am Tag darauf sagte sie, alles sei in Ordnung, und ob wir mit einem gemeinsamen Bekannten etwas trinken gehen wollten. Ich verstand nicht: Hatte sie nicht gerade mit mir Schluss gemacht? Am dritten Tag fragte sie, ob die Praktikantin aus meinem Büro etwas für sie erledigen könne.

Mir dämmerte: Charlotte waren meine Gefühle egal. Sie spielten keine Rolle, waren für sie wahrscheinlich von Anfang an irrelevant gewesen. Es war ihr gleich gewesen, dass ich verrückt nach ihr war; jetzt war ihr gleich, dass ich Abstand brauchte, um mit der Trennung zurechtzukommen. Ich begann, alles über »weiblichen Narzissmus« zu lesen – männerfressende Femmes fatales, die, weil selbst innerlich leer, stetigen Nachschub an Bewunderern brauchen. Ich fand Beleg für Beleg: das Flirten mit dem alten Franzosen, die Unverbindlichkeit, den Entzug. Ich las über Manipulation und darüber, wie man Abhängigkeit schafft: durch das ständige Wechseln zwischen Nähe und Distanz. Menschen, die uns verrückt machen, sind wie Spielautomaten. Man wirft Geldstücke hinein, erhält aber jedesmal ein anderes Ergebnis: mal Innigkeit, mal abweisende Kälte. Ich verstand, wie verwirrend und grausam es sein kann, zugleich maximale Nähe zuzulassen und jegliche Verbindlichkeit zu verweigern.

Und ich verstand noch etwas. Ich hatte selbst jahrelang aus Launen heraus verführt und mich aus Launen heraus wieder getrennt, hatte Nähe gesucht und Verbindlichkeit abgelehnt. Ich hatte mich hinter einer Wand aus Charme und Komplimenten verborgen, so lange es mir gefiel.

Als Mann findet man in der westlichen Kultur genug Beispiele, die den Verführer glorifizieren. Jemanden als Don Juan zu bezeichnen, ist ein Kompliment. Pick-up-Artists versprechen, jedem Mann das Game beibringen zu können. Don Draper, James Bond, Hank Moody – coole Typen. Weil sie Inszenierungen schaffen. Weil sie die Kontrolle behalten. Das ist in Ordnung, bis sie zu lieben beginnen. Oder geliebt werden.

Nie konnte ich ihren Satz »Du bist für deine Gefühle selbst verantwortlich« vergessen. Ich zerlegte ihn, analysierte ihn, setzte ihn wieder zusammen. War er falsch? Ja und nein.

Gehen wir eine Verpflichtung ein, wenn wir uns nahekommen? Nein.

Schulden wir uns etwas, wenn wir miteinander schlafen? Nein.

Sind wir Monaden, autarke und emotional isolierte Wesen, die sich zusammentun, wenn es beiden passt, und sich trennen, wenn es nicht mehr passt?

Wir sind es. Aber wir sind auch noch viel mehr.

Ab einem gewissen Punkt beginnt etwas anderes. Überschreiten wir diese Grenze, sind wir miteinander verbunden und aufeinander bezogen. Wir übernehmen Verantwortung für die Gefühle des anderen. Es ist schwierig, diese Grenze zu identifizieren, und es ist einfach, sie zu ignorieren. Sie kann lästig sein, denn Verantwortung kostet Freiheit. Und doch existiert sie. Es ist der schmale Grat, der Verführung von Manipulation, Hingabe vom Rausch und Liebe vom Funktionieren trennt. Ich war jenseits dieser Grenze, Charlotte diesseits.

Und heute? Ich weiß nicht, was passieren würde, wenn ich noch einmal ihren Duft atmen könnte. Vielleicht würde mein Kopf explodieren. Aber wir leben in weit entfernten Städten, und die Gedanken an sie verblassen wie die Farben des alten Hauses, in dem ich sie zum ersten Mal tanzen sah. So verrückt und manipulativ, wie ich es mir nach der Trennung eingeredet hatte, war Charlotte wohl nie gewesen. Ich muss an den lapidaren Satz meiner Bekannten denken: »Die ist halt nicht so verliebt.« Das ist wohl das Wahrste an dieser Geschichte. Doch im Wahn des Verliebtseins lässt sich Wahrheit nur ertragen, wenn sie nicht schmerzt.

Mir fiel erst viel später ein: Als wir die Party verließen, auf der wir uns zum ersten Mal gesehen hatten, fragte ich sie noch mal, ob sie mit einem anderen Mann hier sei. Sie antwortete nicht. Da rief eine Männerstimme ihren Namen. Sie ging.

Bitte nicht stören!

VON MARC BAUMANN **FOTOS** ROYAL SPA BERLIN, DOLOMITEN WELLNESS RESIDENZ MIRABELL, CONCORDIA WELLNESS & SPA HOTEL OBERSTAUFEN, TRIHOTEL AM SCHWEIZER WALD, HOTEL ZUM STEIN, ANGERHOF SPORT- UND WELNESSHOTEL, HOTEL WALDESRUH / FOTO WEBER, BODEN-MAIS, HOTEL WINZER WELLNESS & KUSCHELN MIT BOUTIQUEHOTEL, KUSCHELHOTEL SEEWIRT

In Reisekatalogen geht es ganz schön zur Sache: Warum werben Hotelbetreiber so gern mit Paaren, die offenbar kurz davor sind, übereinander herzufallen?

Kuscheln in Muscheln. Mit diesen Fotos wollen Hotelbesitzer Lust auf Urlaub machen –
das mit der Lust nehmen sie nur zu wörtlich.

Die meisten Menschen wollen sich im Urlaub erholen.
Ungeklärt ist, ob die Liebesnest-Ästhetik dabei nicht einen gewissen Leistungsdruck erzeugt.

Blättert man in deutschsprachigen Reisekatalogen, fühlt man sich mitunter wie eine Reinigungskraft, die ins Vorspiel platzt.

Unsere ehemalige Kollegin ging immer gern in ein Wellnesshotel nahe Garmisch-Partenkirchen. So lang, bis ihr in der Werbebroschüre des Hauses eine junge Frau im Pool auffiel, die bei genauerem Hinsehen – sie selbst war. Ein Fotograf hatte sie beim Schwimmen aufgenommen und das Bild ungefragt für die Hotelwerbung benutzt. Junge Frauen machen sich gut in Prospekten, schon klar, aber einige Hoteliers übertreiben es: Blättert man sich durch deutschsprachige Reisekataloge, fühlt man sich mitunter wie eine Reinigungskraft, die das »Bitte nicht stören!«-Schild übersehen hat und ins Vorspiel platzt. Da blickt er ihr ungeniert ins Dekolleté, es wird eng umschlungen in der XXL-Badewanne herumge..., äh ...legen, dazu gibt es Brachialromantik wie Rosenblätter, Kerzenschein und Sektglas. Wären das keine Fotos, sondern Videoclips, würde man als Zuseher schnell umschalten, bevor das Wasser in Bewegung gerät oder die Bademäntel zu Boden fallen. Aber warum werden die Zimmerfotos in an sich schönen Hotels so unangenehm zweideutig inszeniert? Das Gute an Hotelbetten ist doch, dass sie frisch überzogen sind und ich nicht weiß, wer gestern Nacht mein Kissen hatte – oder zuletzt in der Muschelbadewanne saß. Liebe Hoteliers, vertrauen Sie unserer Fantasie: Leere Hotelzimmer reichen zur Bebilderung. Dass man nach dem Dessert nicht sofort einschlafen muss, wussten wir schon.

Zusammen ist man weniger allein

INTERVIEW WOLFGANG LUEF, LENA NIETHAMMER **FOTOS** RAMON HAINDL

Wir haben im Jahr 2014 bei den großen Onlinedating-Seiten nachgefragt, wer die meisten Zuschriften erhält – und die damals erfolgreichsten Singles zum Gespräch gebeten: Was ist das Geheimnis guter Kontaktanzeigen? Und wie wählt man den besten Partner aus?

Im Bild: die sechs beliebtesten Singles Deutschlands.
Nicht im Bild: der große schwarze Hund eines Teilnehmers, auf den gerade alle Blicke gerichtet sind.

MEIKE DEUTSCHMANN (JAHRGANG 1982)
friendscout24.de

Die zweifache Mutter aus Mainz war 2014 die
erfolgreichste Frau beim »Date-Roulette« von Friendscout24.
Dabei wird den Singles nur ein Foto gezeigt, dann
müssen sie sich entschieden, ob sie ein Date wollen.
Hundert Prozent antworteten mit Ja.

Hier sitzen die beliebtesten Singles von Deutschlands Onlinepartner-börsen am Tisch. Gratulation!

DANA KRÖHNERT Danke. Mich hat das überrascht, dass mein Profil das erfolgreichste sein soll.

RÜDIGER KEITH Als die Anfrage von Shopaman kam, ob ich als »Nummer eins« bei einem Interview mitmachen will, hielt ich das erst für einen Scherz. Oder für Spam.

MEIKE DEUTSCHMANN Ich dachte mir: Was heißt hier »erfolgreich«? Ich bin ja immer noch Single.

ALEXANDRO D. Bei mir sind es im Moment 350 Nachrichten pro Woche.

DEUTSCHMANN Ich bin jetzt bei siebenhundert Männern angelangt, die mich treffen wollen.

Was machen Sie denn besser als andere?

ALEXANDRO D. Bei GayRoyal ist es so: Wenn man einmal ganz besonders viele Likes oder Nachrichten bekommen hat, wird man hervorgehoben und direkt auf der Startseite vorgestellt. Und bekommt dadurch noch mehr. Das wird zum Selbstläufer.

KRÖHNERT Ich habe versucht, authentisch rüber-zukommen und beim Ausfüllen des Profils nicht lange nachzudenken. Zum Beispiel die Frage: »Was macht dich glücklich?« Mich macht's glücklich, wenn ich meine Eltern besuche, und deren weiße Schäferhündin kommt freudespringend, um mich

zu begrüßen. Das klingt nach mir, ist konkret und ehrlich.

DEUTSCHMANN Bei mir zum Beispiel *(liest vor)*: »Wofür würden Sie Ihr Leben riskieren? Schokolade!«

AXEL LOHSE Ich glaube, bei mir hat es mit dem Beruf zu tun. Ich bin Psychotherapeut und arbeite mit Pferden. Vor dem Therapeuten haben zwar die meisten Frauen erst mal einen Heidenrespekt. Aber das mit den Tieren – das macht mich attraktiv.

Wie sehen das die Frauen am Tisch?

KATHRIN STEINERT Nein. Nichts für mich.

KRÖHNERT Ich mag Tiere, aber das wäre mir zu viel.

STEINERT Was steht denn noch in deinem Profil?

LOHSE *(liest vor)* »Das sollten Sie über Axel wissen: Unkonventionelles Herangehen begleitet mich bis heute. Neue Blickwinkel sind eine Selbstver-ständlichkeit. Eher der Natur als dem modernen Leben verbunden. Sensibel, kraftvoll, den Rest finde selbst heraus.«

STEINERT Okay, das finde ich jetzt wieder total ansprechend. Knapp, auf den Punkt. Mit Charme und Tiefgründigkeit.

Warum suchen Sie im Internet nach einem Partner?

STEINERT Manchmal wünschte ich, ich könnte wieder so wie früher, nachts in der Disco und so. Aber ab einem gewissen Alter ist es im Nachtleben schon echt schwierig. Und ich habe bestimmt kei-

ALEXANDRO D. (JAHRGANG 1963)
GayRoyal.com

Alexandro D. ist seit 2005 beim kostenlosen Männerchat GayRoyal angemeldet. 2014 avancierte der
bisexuelle Handwerker aus Mainz innerhalb von sechs
Monaten zum meistangeklickten Mann. Alexandro D.
erhielt rund fünfzig Kontaktanfragen pro Tag.

ne Lust, dort mit 37 die Älteste zu sein und belächelt
zu werden.

LOHSE Wenn man ein bisschen abseits wohnt, so
wie ich, dann hat man ja gar keine andere Möglichkeit als das Netz. Manche Bereiche in Deutschland
sind fast völlig entvölkert: Thüringen, Sachsen,
Brandenburg. Die Leute ziehen weg. In Mecklen-
burg-Vorpommern gibt es überhaupt keine Frauen
mehr. In Städten ist das einfacher.

KEITH Ich wohne in der Großstadt. Aber ich könnte im realen Leben nie eine Frau ansprechen. Ich
würde hochrot anlaufen und wüsste nicht, was ich
da sagen soll.

KRÖHNERT Du bist doch voll der hübsche Typ.
Probier's doch mal!

KEITH Ich habe es ein einziges Mal versucht. Wir
waren tanzen, und ich bin zu der Frau hingegangen
und habe gesagt: »Was würde die schönste Frau im
Club sagen, wenn ich sie ansprechen würde?« Und
sie guckt mich an: »Ja, wer denn?«

KRÖHNERT *(lacht)* Entschuldige, aber der Spruch
ist auch doof.

KEITH Ich hab gemerkt, im Netz ist das einfacher,
ich bin einfach mutiger. Es gibt ja im realen Leben
so Singlepartys, das wäre nichts für mich: Jeder
bekommt ein Bändchen, und …

STEINERT Oh Gott!

Oh Gott? So schlimm?

KRÖHNERT Und wie.

**Was unterscheidet denn Singlepartys
vom Onlinedating?**

DEUTSCHMANN Die Männer betrinken und vergessen sich. Sie verstehen kein Nein mehr.

STEINERT Man fühlt sich da wie Freiwild.

DEUTSCHMANN Da wäre Rüdigers Spruch von
eben noch oberste Klasse!

STEINERT Im Netz kann ich einfach jemanden
blocken. Oder nicht mehr antworten.

**Wie haben Sie sich für das jeweilige
Portal entschieden?**

KRÖHNERT Ich war erst bei Friendscout, das ist
kostenlos. Aber ich wurde da mit Nachrichten
zugemüllt.

DEUTSCHMANN Ich bin bei Friendscout. Ich finde
das gut dort, aber ja, stimmt: Derzeit habe ich 60
ungelesene Nachrichten.

KRÖHNERT Es kamen immer mehr Anfragen nach
dem Motto: Na, wie sieht's aus, bist du geil? Ich hab
mich dann bei ElitePartner angemeldet, was richtig Geld kostet. Dort sind die Nachrichten und
Anfragen respektvoller.

Bei Secret und GayRoyal ist das anders.
Da will man schnell zur Sache kommen, oder?

ALEXANDRO D. GayRoyal ist ein Männerchat, und
das ist schon eine ganz andere Schiene als die seriösen Portale. Es geht da oft nur um das Eine.

KATHRIN STEINERT (JAHRGANG 1977)
Secret.de

Kurz nachdem das Seitensprungportal Secret im Jahr 2011
gestartet war, wurde Kathrin Steinert aus Bochum dort
zur beliebtesten Frau. 1786 Männer haben ihr geschrieben.
Bei zwei Männern hatte die Angestellte der evangelischen
Kirche das Gefühl, es könnte sogar mehr daraus werden.

STEINERT Angeblich richtet sich secret.de an
Leute in Beziehungen, die Seitensprünge suchen
oder spezielle Neigungen haben. Aber man findet
dort unheimlich viele Singles. Letzten Endes sind
auch da alle auf der Suche nach der großen Liebe.
Man trifft sich und hofft, dass mehr draus wird.
**Und warum hat das noch bei keinem
von Ihnen geklappt?**
KRÖHNERT Ich bin gerade frisch verliebt! Den
Mann habe ich aber nicht online kennengelernt.
Die anderen sind derzeit Singles. Warum?
KEITH Vielleicht bin ich einfach zu kompliziert.
Gerade am Anfang einer Beziehung braucht man
viel Geduld mit mir.
LOHSE Man muss auch sagen: Wer trifft sich denn
in diesen Portalen? Die Beziehungsgescheiterten.
STEINERT Also bitte.
LOHSE Ist doch so. Die anderen sind nicht online.
DEUTSCHMANN Also ich war kürzlich schon ein-
mal vergeben, an einen Mann von Friendscout. Er
war nicht der Richtige.
**Sucht Friendscout die Partnervorschläge
anhand des Persönlichkeitsprofils aus?**
DEUTSCHMANN Eigentlich ja, aber ich habe den
Persönlichkeitstest nicht ausgefüllt, weil ich glau-
be: Man verbaut sich Chancen, wenn man nur ganz
bestimmte Profile vorgeschlagen bekommt.
KRÖHNERT Bei ElitePartner muss man diesen Test

machen. Und ich fand die Vorschläge immer ganz
gut und hatte auch viele Dates, etwa um die dreißig.
LOHSE Ich hatte erst fünf oder sechs. Ich muss
sagen, ich bin manchmal ein bisschen sauer über
die Auswahl, die mir dort angeboten wird. Wenn
mir als Psychotherapeut eine Küchenhilfe vorgeschlagen wird, obwohl bei mir im Profil steht, ich
suche eine Partnerschaft auf Augenhöhe – das
kann doch nichts werden.
STEINERT Das finde ich überheblich.
LOHSE Es geht nicht nur um den Beruf. Aber dazu
dann noch Fotos, wo man gleich weiß, das passt
nicht zusammen …
**Die Fotos sind das erste
Auswahlkriterium, oder?**
LOHSE Ja. Ich reagiere dann spontan: ja oder nein.
KRÖHNERT Sagen wir so: Wenn ich bei einem Bild
nicht schreiend weglaufen würde, sehe ich mir das
gesamte Profil an.
LOHSE Da sind wir wieder bei der Authentizität:
Auch die Fotos sollen ja das eigene Leben zeigen.
Ich habe sehr viele im Profil: Ich in der Natur, mit
den Pferden und so weiter. Keine schnellen Han-
dyschnappschüsse, sondern gut überlegte Bilder.
DEUTSCHMANN Ich hab auch 25 Fotos hochgeladen
– das ist die maximale Zahl. Ich finde das wichtig.
Was geht auf einem Foto gar nicht?
DEUTSCHMANN Weiße Tennissocken und Sandalen.

AXEL LOHSE (JAHRGANG 1958)
eDarling.de

Der Psychotherapeut aus Brotterode war 2014 seit anderthalb
Jahren bei eDarling. Auf der kostenpflichtigen Dating-
Plattform werden durch einen Algorithmus passende Partner
ermittelt und den Usern vorgeschlagen. Ungefähr
zehn Frauen pro Woche schrieben Lohse eine Nachricht.

KRÖHNERT Nackte Oberkörper! Das schreckt mich ab.

KEITH Moment.

KRÖHNERT Ich finde das eklig. Hast du so eins?

KEITH Ja, aber das ist kein Selfie, sondern aus einem professionellen Shooting, das ich mal mit einer Sportgruppe gemacht habe.

Frage an die Männer: Bikinifotos, ja oder nein?

KEITH Bikinifotos sind auf jeden Fall interessant. Was ich nicht mag: betrunkene Partybilder.

KRÖHNERT Oh ja.

KEITH Mit Wodkaflaschen in der Hand.

DEUTSCHMANN Noch schlimmer: wenn auf den Bildern der Expartner halb abgeschnitten ist.

KRÖHNERT Wenn man mit sich nicht zufrieden ist, sollte man auf keinen Fall Fotos von irgendwelchen Models reinstellen. Alles schon gesehen.

DEUTSCHMANN Man kann alles mit Humor rüberbringen. Bei mir steht: »Nach einem Kilo runter noch ein bisserl Speck übrig, aber gut verteilt.«

**Wenn Ihnen ein Foto gefällt,
wie geht es weiter?**

KEITH Ich schaue mir das Profil an und gehe gezielt darauf ein. Also, wenn sie schreibt, ihr Lieblingsreiseziel sei San Francisco, dann frage ich: Warum? Warst du da schon?

DEUTSCHMANN Okay, Pluspunkt. Viel besser als dieses typische »Hi, wie geht's dir? Wie war dein Wochenende?« oder diese vorgefertigten Texte, die

man immer wieder sieht.

KRÖHNERT Ja, genau, viele beschreiben in der ersten Nachricht ihr ganzes Leben, was sie gemacht und erreicht haben, wie liebevoll sie sind. Eine Freundin von mir hat mal von einem Typen genau die gleiche Nachricht bekommen wie ich.

ALEXANDRO D. Manchmal steht sogar drin: »Dein Profil war so interessant.« Anhand meiner Besucherliste kann ich sehen, dass der nicht mal mein Profil angesehen hat.

LOHSE Was mich manchmal wundert, sind diese riesigen Ansprüche, die man unmöglich erfüllen kann: »Ich möchte rund um die Uhr verwöhnt werden«, »Ich möchte, dass du immer für mich da bist«. Das sind Ausschlusskriterien.

DEUTSCHMANN Am besten ist doch immer noch, man ist humorvoll. Oder richtig kreativ. Hier zum Beispiel *(zückt ihr Handy)*, da schreibt einer: »Junger, aufstrebender Zuhälter und Drogendealer sucht Gangsterbraut. Frauen ohne Foto oder nur mit Gesicht drauf: Bitte stellt wenigstens ein Foto von eurem Dekolletee ein, damit ich schon mal weiß, wohin ich schauen soll.«

Würden Sie diesem Mann antworten?

STEINERT Na, mit Sicherheit!

DEUTSCHMANN Hab ich auch. Der kriegt Kontra von mir!

LOHSE Das ist wenigstens nicht so 08/15. Wenn

man sich durchschnittlich präsentiert, kriegt man
auch nur Durchschnitt.

**Jeder von Ihnen hat sich schon oft real
verabredet. Ihre Tipps fürs erste Date?**

STEINERT Ich finde es wichtig, vor dem Date telefoniert zu haben. Da bekommt man ein Gefühl, ob
einem die Themen ausgehen werden.

KRÖHNERT Oh ja. Ich hab mal einen getroffen,
den ich vom ersten Moment an scheußlich fand.
Aber man muss ja trotzdem irgendwie durch das
Date. Als er fragte, ob wir noch mal was trinken
gehen wollen, habe ich versucht, es nett zu verpa-
cken: Danke, aber ich sehe da eigentlich kein zweites Treffen. Da ist er aufgesprungen, hat zehn Euro
für den Kaffee auf den Tisch geknallt und wild
geschimpft.

STEINERT Ich kann nur jedem Mann raten: Nicht
anfangen zu diskutieren, wenn die Frau das Date
beenden möchte. Manche wollen mit mir bis zum
bitteren Ende darüber streiten, warum ich nach
Hause will – ich habe nicht nach Hause zu wollen.

KEITH Ich habe mal einen Korb bekommen und
die Welt nicht mehr verstanden. Da hab ich schon
gefragt, ob ich was falsch gemacht hätte. Die meinte nur, wir könnten ja Freunde bleiben.

KRÖHNERT *(lacht)* Bleiben!

DEUTSCHMANN Sehr wichtig: Das erste Date muss
an einem neutralen Ort stattfinden. Ich hatte ein-

mal jemanden, den ich fast nicht mehr aus meiner
Wohnung bekommen habe. Unangenehm.

LOHSE Und ich erst! Ich hab mir auf einer kostenlosen Plattform eine Mietnomadin eingefangen.

Bitte?

LOHSE Das war so 'ne Geschichte, man trifft sich
halt, und zwar bei mir, und ich hatte das Gefühl,
das passt halbwegs. Dann kommt ihre tolle Story,
sie könne nicht mehr zurückfahren, das gehe zeit-
lich nicht. Okay, dachte ich, ich hab ein Haus, kein
Thema, Gästezimmer, in Ordnung. Am nächsten
Tag steht ihre 16-jährige Tochter vor der Tür und
erzählt auch so 'ne Geschichte, warum sie gerade
nicht nach Hause könnten. Ich habe acht Wochen
gebraucht, die wieder rauszubringen, mit Polizei
und allem drum und dran. Heute nehme ich die
Frauen mit auf die Pferdekoppel.

DEUTSCHMANN Wenn das Pferd sie nicht mag,
schickst du sie weg?

LOHSE Nö, ich sehe ja, wie sie auf die Tiere reagieren. Viele schreiben nämlich in ihr Profil »natur-
verbunden«, aber was sie meinen, ist ein Spazier-
gang im Park mit dem Pudel an der Leine.

DEUTSCHMANN Mir ist es am wichtigsten, wie er
darauf reagiert, dass ich zwei Kinder habe.

**Die Statistik sagt, dass Begriffe wie »Kinder«
oder »alleinerziehend« auf Männer eher abschre-
ckend wirken. Sie sind dennoch Nummer eins.**

DEUTSCHMANN Das hat vielleicht auch mit dem »Roulette« zu tun, das es bei Friendscout gibt. Man sieht nur ein einziges Bild vom anderen und kann auswählen: »Ja, will ich treffen« oder »Nein, möchte ich nicht«. Ich habe da nur Jas bekommen, kein Nein. Das Profil sieht man erst danach. Da steht: getrennt lebend, zwei Kinder.

Würde die anderen hier das abschrecken?

KEITH Ja. In meinem Alter wäre das für mich zu viel.

ALEXANDRO D. Also, in meinem etwas höheren Alter würde ich das als Chance sehen, schneller eine Bindung aufzubauen, gerade indem ich den Partner in seiner Situation unterstütze.

Viele Paare, die sich über Onlinebörsen kennengelernt haben, schämen sich dafür. Können Sie das nachvollziehen?

KEITH In meinem Alter ist das etwas völlig Alltägliches. Das machen alle.

KRÖHNERT Vor ein paar Jahren hatte das vielleicht noch den Ruf: hässliche Brillenträger, die sich gar nicht raustrauen. Aber das hat sich verändert.

LOHSE Ich habe mal eine Kollegin aus meiner Klinik vorgeschlagen bekommen. Ich hab sie dann drauf angesprochen. Sie ist knallrot geworden. Aber so trifft man sich heute eben.

KRÖHNERT Mich hat mein Physiotherapeut bei Friendscout angeschrieben, und wir haben uns dann privat getroffen. Im realen Leben wäre das nicht passiert.

Ist das nicht absurd?

LOHSE Gar nicht. Man weiß eben erst dann, dass der andere auch Single ist. Wenn jeder einen Sticker tragen würde, auf dem Single steht, wäre das Leben einfacher. Wenn man weiß, der andere sucht auch, ist die Hemmschwelle viel niedriger.

Wer findet hier am Tisch jemanden so attraktiv, dass er gerne noch mit ihm oder ihr sitzen bliebe?

STEINERT Für ein Date? Nein.

LOHSE Vom Altersunterschied her würde das wohl nicht funktionieren, aber: Was Meike Deutschmann gesagt hat, ihre Positionen, ihre Gedanken, da würde ich mich schon gern länger mit ihr unterhalten.

DEUTSCHMANN Danke. Ich finde Rüdiger Keith sehr attraktiv, aber für dich bin ich ja ein Ausschlusskriterium mit meinen Kindern.

KEITH Ich finde dich schon auch anziehend, aber ja, du hast recht.

KRÖHNERT Wenn ich ein Mann wäre, würde ich auch dich nehmen, Meike..

LOHSE Da lässt sich doch bestimmt was machen .

ALEXANDRO D. Irgendwie war das eh wie ein Date hier, oder? Man wurde ausgesucht, eingeladen und persönlich befragt. Wir haben sogar über Kinderwünsche geredet.

Die große Ver-wir-ung

VON TILL RAETHER   ILLUSTRATION BENDIK KALTENBORN

Sie sind verliebt? Glückwunsch. Und jetzt achten Sie bitte darauf, dass Sie ab und zu noch »Ich« sagen.

Zweistimmiger Gesang, herrlich – aber es wäre schön, wenn jede Stimme auch einzeln gut zu hören ist.

Sie und ich leben in Zeiten eines neuen Wir-Gefühls. Das zeichnete sich schon vor einem Jahr ab, als die SPD mit ihrem Slogan »Das Wir entscheidet« immerhin 25,7 Prozent der Wählerinnen und Wähler nicht abschrecken konnte. Und spätestens seit wir Weltmeister sind, ist klar: Wir sind wieder wir.

Das Wesen des Wir kennen wir alle aber nicht nur aus der Politik oder dem Sport, sondern vor allem aus der Paarbeziehung. Und aus unseren Erfahrungen wissen wir: Es ist ein mächtiges Wort, und man darf ihm nie trauen, es ist wie ein Gesicht mit tausend Masken. In der Liebe wird das Wörtchen oft benutzt, um Gemeinsamkeiten zu betonen, auch oft, um Unterschiede zu verwischen – und besonders gern, um Verantwortung abzuwälzen.

Die erste Person Plural fängt dabei harmlos an. Am Anfang einer Beziehung ist Wir tatsächlich ein Ausdruck von Zuneigung, es umgrenzt so eine Art Liebeskleingarten, in dem man ein besseres und innigeres Leben führt als der versprengte Rest der Welt. Man merkt es als Unbeteiligter, wenn man den Kollegen oder die Freundin fragt: »Was hast du am Wochenende gemacht?«, und plötzlich keine individuelle Antwort mehr bekommt: »Wir waren super schön essen«, »Wir haben den ganzen Tag im Bett gelegen«. Vor allem der zweite Satz unterscheidet sich fundamental von »Ich habe den ganzen Tag im Bett gelegen«, man hört förmlich die Federn quietschen. Selbst eine an und für sich banale, fast deprimierende Auskunft über die Wochenendeinkäufe bekommt durch das Wir etwas leicht Süßliches: »Ich war im neuen Baumarkt« klingt pragmatisch bis resigniert, »Wir waren bei Ikea« klingt nach Händchenhalten, Lebensplanung, Küchenabteilungszank und Versöhnungsknutschen vor der Kasse.

Die einschließende und abgrenzende Funktion des Wir verschärft sich, wenn man beide Partner im Gespräch direkt vor sich hat. Man redet übers Kino, und sie sagt: »Also, wir fanden *Boyhood* magisch.« Er nickt. Es mag stimmen, aber, liebe Paare, das ist wirklich viel langweiliger, als wenn jeder für sich antwortet. Wenn ihr immer »wir« sagt, macht ihr euch zur zwischenmenschlichen Geschmacks- und Weltsichteinheit, und das wollt ihr womöglich sogar, aber ihr macht damit das Leben auch deutlich uninteressanter, als es ist. Wir haben ja begriffen, dass ihr ein Paar seid. Wenn Paare »wir« sagen, ist das immer ein bisschen Angeberei, Überbetonung der vollkommenen Privatutopie, die man sich zu zweit erschafft; aber vielleicht wird es auch benutzt aus Angst, den anderen irgendwie hängenzulassen oder den Eindruck von Illoyalität zu erwecken, wenn man plötzlich »ich« oder »du« sagt.

Besonders deutlich wird das an der übereifrigen Formulierung »Wir sind schwanger«, die ja naturwissenschaftlich gesehen Unfug, aber geläufig ist; sogar ein Buch und ein Blog heißen so. »Wir sind schwanger«, damit ganz klar ist: Ich zieh' das hier nicht alleine durch.

Der Schlüssel zum Verständnis einer längeren Partnerschaft aber ist, wer wann »wir« und wann »ich« sagt. Man kann das lesen wie einen Code, bei dem es immer um Machtverteilung geht. Jeder Satz, der in einer Beziehung mit »Wir müssen mal…« beginnt, bedeutet übersetzt: »Kannst du mal bitte, und zwar pronto..?« Also etwa: »Wir müssen endlich mal den Router so einrichten, dass er alle Geräte erkennt« bedeutet: Dein nächstes Wochenende wirst du am Telefon mit mehreren Hotlines verbringen. Hier wird im Grunde, genderunabhängig, die utopische Einheit des frühen Wir ausgenutzt, um kleine und mittlere Aufträge im Haushalt zu verteilen: »Wir haben schon so lange nicht mehr deine herrlichen Involtini gekocht.« Schon klar.

Noch deutlicher aber zeigt sich die Gestalt einer Beziehung am Einsatz der besitzanzeigenden Fürwörter: »Unser Kind ist so wahnsinnig groß geworden, deine Tochter liegt den ganzen Tag im Bett und telefoniert.« Die Rede ist vom selben Mädchen, aber diesmal wird das »dein« genutzt, um dem anderen einen Erziehungsauftrag unterzujubeln: Wir müssen dringend mit ihr über Telefonzeiten reden. Also mach du mal.

Meistens geht es bei »mein«, »dein« oder »unser« allerdings um Gegenstände. Statt von besitzanzeigenden Fürwörtern sollte man vielleicht von verantwortungsabwälzenden Fürwörtern

Jeder Satz, der in einer Beziehung mit »Wir müssen mal ...« beginnt, bedeutet übersetzt: »Kannst du mal bitte, und zwar pronto?«

sprechen. In der Phase nach dem Zusammenziehen lässt sich damit leicht passiv-aggressiv die Unzufriedenheit über Klein- und Großmöbel ausdrücken, die der andere irgendwie doch in die gemeinsame Wohnung gekriegt hat: »Wie oft soll ich mir eigentlich noch an deiner Lampe den Kopf stoßen« (Betonungshilfe: ohne Fragezeichen sprechen). Später ist interessant, wie und wem der gemeinsam erworbene Besitz zugeordnet wird. Eher prosaische Gegenstände bekommen dabei gar kein Fürwort: Niemand sagt »mein Klodeckel« oder gar »unser Klodeckel«, das ist einfach »der«. Wir müssen nur daran denken, ihn runterzuklappen. Verstehe. Beim Auto ist es »unser«, solange beide drinsitzen, doch sobald der andere nicht mehr in Sichtweite ist, wird es »mein Auto« (bis man einen Blechschaden hat: »Ich habe unser Auto zu Schrott gefahren«). Wobei von Eltern und Schwiegereltern prinzipiell alle technischen Geräte, die nicht im weitesten Sinne mit Hygiene zu tun haben, gern dem Mann im Paar zugeordnet werden: »Sohn, bist du noch zufrieden mit deinem Auto?« Dies über eine fünfsitzige Familienkutsche mit Dachsarg und Hello-Kitty-Aufklebern an der Innenseite der Fenster.

Jedenfalls kommt immer eine seltsam unscharfe Botschaft dabei heraus, wenn man »wir« sagt. Das Wir-Gefühl ist eins, das wohl einfach gefühlt und nicht dauernd ausgesprochen werden sollte. Wir waren ja in Wahrheit damals auch gar nicht Papst, zumindest ich ganz bestimmt nicht. Beim Wir-Sagen rührt man so eine süßliche Sauce an, die beim Kaltwerden stockt und die kleinen Risse und Brüche verdeckt, die das Leben an sich und als Paar überhaupt erst interessant machen. Zu viel von der Sauce, und eines Tages hört man sich sagen: »Also, wir fanden die Paartherapie nicht so magisch.«

»Wer sagt, er sei noch nie eifersüchtig gewesen, ist für mich hochauffällig«

INTERVIEW SACHA BATTHYANY **FOTO** CHRISTIAN LESEMANN

Eifersucht kann einen rasend machen. Aber ab wann ist sie krankhaft? Und kann man irgendwas dagegen tun? Ein Gespräch mit Harald Oberbauer, dem Leiter der einzigen Eifersuchtssprechstunde im deutschsprachigen Raum.

Die Eifersucht nährt sich vor allem von dem, was man nicht sehen kann.

Herr Oberbauer, nehmen wir an, ich wäre ein Durchschnittspatient bei Ihnen. Ich würde erzählen, dass ich meiner Frau nachspioniere, dass ich in der Nacht an ihrem Kleid schnuppere, um zu prüfen, wo sie war – und vor allem mit wem. Würde ich mich für meine Eifersucht schämen?

HARALD OBERBAUER Ja. Den meisten ist es unangenehm, dass sie ihre Partner kontrollieren, wobei die Sache mit dem Kleid heute eher ungewöhnlich wäre. Als ich vor mehr als 15 Jahren mit der Eifersuchtssprechstunde begann, ging es noch um blonde Haare am schwarzen Jackett oder Lippenstift am Revers. Heute geht es um E-Mails, Nacktselfies und SMS von Arbeitskollegen. Sie würden sich also viel eher dafür schämen, dass Sie sich in den Computer Ihrer Frau eingeloggt haben. Aber viel wichtiger ist: Sie würden unter Ihrer Eifersucht leiden. Wäre Ihr Leidensdruck nicht groß genug, säßen Sie nicht hier. Doch das alles würden Sie mir nicht erzählen, denn Männer wie Sie, also Durchschnittspatienten, sind sehr zugeknöpft.

Wie brechen Sie das Eis?

Bei Frauen geschieht das von allein. Frauen suchen sich Hilfe, tippen bei Google die Wörter »Eifersucht« und »krankhaft« ein und landen früher oder später bei mir. Sie wollen reden. Männer werden in der Regel von ihren Frauen zu mir geschleppt und sitzen dann mit verschränkten Armen vor mir. Im Anamnesegespräch ist die Eifersucht vorerst kein Thema. Ich sage: »Erzählen Sie mir von Ihrer Beziehung«, »Haben Sie Kinder?«. Schön langsam nähern wir uns der Eifersucht, aber ich werte nie.

Spielt es eine Rolle, ob ich Beweise habe für die Untreue meiner Frau? Werden Ihnen zum Beispiel ausgedruckte E-Mails unter die Nase gehalten?

Verwackelte Fotos interessieren mich nicht. Ich bin nicht Sherlock Holmes. Wären Sie also mein Patient, ginge es nicht um die Frage, ob Ihre Frau fremdgeht, sondern darum, wie Sie damit umgehen. Wenn Ihre Frau Sie tatsächlich betrügt, Sie aber deshalb nicht depressiv sind, haben Sie zwei Möglichkeiten: Entweder Sie ziehen die Konsequenzen, oder Sie ordnen das für sich ein. Jeder nach seinen moralischen Vorstellungen. Mich brauchen Sie dafür nicht.

Wann brauche ich Sie?

Krankhaft ist die Eifersucht dann, wenn die Lebensqualität des Eifersüchtigen – oder die Lebensqualität des Partners – beeinträchtigt ist. Das heißt, wenn ich mich nicht mehr auf meine Arbeit konzentrieren kann. Wenn ich ständig denke: Wo ist sie? Was macht er gerade? Belügt sie mich? Wenn ich dauernd kontrolliere, wir nennen das Checking. Oder wenn ich Gewalt anwende, wenn ich jemanden einsperre oder züchtige. Man muss sich das wie ein ansteigendes Kontinuum vorstellen: Es fängt mit der liebesfördernden Eifersucht an. 98 Prozent der Menschen kennen diese leichte Form, das haben amerikanische Forscher belegt, und diese Erregung hat ja auch etwas Schönes, dieses Gefühl also, eine Frau neben sich zu haben, nach der sich alle Männer umdrehen.

Und wo hört es auf?

Beim Wahn. Der Eifersüchtige hat die unumstößliche Gewissheit, dass es so ist und nicht anders. Die Wahrnehmung ist dermaßen eingeengt, dass man sonst nichts mehr denken kann.

Haben Sie ein Beispiel?

Ich hatte einen 92-jährigen Mann bei mir, der mit einer erheblich jüngeren Frau zusammen war. Als Beweis ihrer Untreue brachte er Tonbänder mit, außerdem hat er sie wüst beschimpft. Dass sie eine Schlampe sei, gehörte noch zu den freundlicheren Ausdrücken. Mit der Zeit war er der Meinung, sie habe auch was mit mir. Er war im Wahn – und warum? Weil bei ihm eine altersgemäße erektile Dysfunktion eingesetzt hatte. Er hatte eine fesche, vollbusige Frau neben sich, die er für anbetungswürdig hielt, gleichzeitig hatte er Panik, sie würde ihn verlassen, weil er sie sexuell nicht befriedigen konnte.

Hat sie ihn am Ende verlassen?

Er verstarb eines natürlichen Todes, bevor sie sich trennen konnten.

In Internetforen schreiben junge Frauen, dass sie es nicht aushalten, wenn ihre Freunde die neuen H&M-Models auf den Plakaten sehen. Wird Eifersucht durch die extreme Freizügigkeit, die heute herrscht, befeuert?

Der Druck ist immens, weil wir alle so darauf bedacht sind, schick, sportlich, gesund und schlank zu sein. Bei mir waren Paare, die Schwierigkeiten haben, sich gemeinsam Filme anzusehen, weil die

HARALD OBERBAUER

ist Facharzt für Psychiatrie und psychotherapeutische Medizin. Seit mehr anderthalb Jahrzehnten leitet er in Innsbruck die einzige Eifersuchtssprechstunde im deutschsprachigen Raum, aber »nicht so ein Frauenzeitschriften-Ding«, wie er sagt, sondern eine medizinische Klinik. Zu ihm kommen Männer wie Frauen, »von der Fließbandarbeiterin bis zum Uniprofessor«.

Schauspieler so perfekt sind und man selbst gegen diese Bilder immer verliert. Noch hübschere Frauen, noch potentere Männer sind immer nur einen Klick entfernt.

Eifersucht ist die Angst vor Vergleich, sagte Max Frisch.

Das ist so – wobei wir uns früher mit ein paar Schulkameraden oder Nachbarn verglichen haben. Heute vergleichen wir uns mit der ganzen Welt.

Warum werden manche Menschen krankhaft eifersüchtig, andere nicht?

Wir sprechen von Wegbereitern oder Triggern für paranoide Eifersucht. Chronischer Alkoholismus kann ein solcher Trigger sein. Oder ein vermindertes Selbstwertgefühl. Wenn ich das Gefühl habe, ein kleines Würstchen zu sein, nicht potent genug, kann das ein Sprungbrett sein für Eifersuchtsgedanken. Dann spielt die Qualität der Paarbeziehung eine Rolle, die Art der Kommunikation, das Alter. Die Konstellation älterer Mann und jüngere Frau ist gefährdet, wie das Beispiel des 92-Jährigen zeigt. Und was dazu kommt: Die Eifersucht des Mannes kann Zeichen einer latenten Homosexualität sein.

Klingt nach Sigmund Freud.

Bingo. Der Ehegatte ist eifersüchtig auf seine Frau, weil sie mit anderen Männern herumturtelt, was er sich selbst nicht erlaubt, weil es ja nicht sein darf. Wenn ich das mit der Homosexualität meinen

Patienten erkläre, winken viele ab. »Um Gottes willen«, heißt es dann, »Homosexualität ist für mich so weit entfernt wie China.«

Sind eifersüchtige Menschen kranke Menschen?

In meiner Ambulanz sind wir biologisch orientiert. Wir schauen, ob eine Grundstörung vorhanden ist, Alkoholismus, Hirnschädigung, Depression, Libidostörung. Was auch bekannt ist: Menschen mit einer Hirnschädigung, einem Schädel-Hirn-Trauma, können Eifersuchtssymptome zeigen. Der Psychiater Alois Alzheimer hat bei seiner Patientin Auguste Deter Eifersuchtssymptome festgestellt. Deter war die Patientin, die Alzheimer berühmt machte, weil er bei ihr eine Demenzerkrankung beschrieb, die später nach ihm benannt wurde. Ich kläre die Patienten deshalb zu Beginn medizinisch ab, führe eine Schädelcomputertomografie durch, mache psychologische Tests, das ganze Programm.

Schreckt es Ihre Patienten nicht ab, wenn sie wegen verbotener E-Mails kommen und in der Röhre landen?

Im Gegenteil. Viele empfinden es als wohltuend: Endlich werden sie ernst genommen, sind keine Spinner mehr. Man muss wissen: Bei gesteigerter Eifersucht ist Feuer im Dach.

Was genau spielt sich im Gehirn ab?

Es ist ein Erregungszustand. Ob positiv oder negativ, spielt keine Rolle, es ist ein Rausch. Die Botenstoffe Adrenalin, Noradrenalin, Dopamin, Serotonin spielen Rambazamba, sind also in totaler Dysbalance.

Wie viele Ihrer Patienten mit einer Eifersuchtsstörung gehen geheilt aus Ihrer Praxis?

Das Wort geheilt ist nicht korrekt. Ich sage mal so: Bei achtzig Prozent der Patienten erkenne ich die Grundstörung, eben Alkoholismus, Impotenz und so weiter. Diese Menschen werden von Spezialisten in den einzelnen Gebieten behandelt. In den meisten Fällen löst sich die Eifersucht dann von selbst.

In Shakespeare-Dramen wurde die Eifersucht gefeiert. »Das grüngeäugte Ungeheuer«, heißt es in *Othello*, »das dem Fleische höhnt, von dem es sich nährt.« Heute darf sie nicht sein, weil sie stört?

Mozart soll spiel- und sexsüchtig gewesen sein. Van Gogh soll sich im Wahn das Ohr abgeschnitten haben – beide waren unglaublich kreativ, und trotzdem litten beide nach heutiger Auffassung an der einen oder anderen psychischen Störung. Ich halte es für wichtig, dass man solche Menschen nicht einfach ihrem Schicksal überlässt, dass wir einen Krankheitsbegriff haben, an dem wir uns festhalten können. Nehmen wir die Depression, die mit Eifersuchtssymptomen einhergehen kann: Was ist falsch daran, eine depressive Person mit Psychopharmaka zu behandeln, um ihre Lebensqualität zu verbessern? Ich als Mediziner bin darüber hinaus dazu verpflichtet, vorbeugend zu handeln, um schlimmere Dramen zu verhindern. Die Zeitungen sind voller sogenannter Eifersuchtsmorde. Was glauben Sie, was ich mir für Fragen anhören muss, wenn es wieder mal so weit ist!

Kam es je so weit?

Da war dieser 60-jährige Bauer aus dem Tiroler Unterland. Es war Freitagnachmittag, er kam und meinte, seine Frau habe jeden Tag einen anderen Liebhaber, was für mich schon unglaubwürdig klang. Er saß lange bei mir, ich habe schon gemerkt, dass da was nicht stimmt, und ihm eine stationäre Aufnahme angeboten, die er aber ablehnte. Einen Tag später erschoss er seine Frau, er selber hängte sich im Stall auf. Ich weiß schon, was Sie als Nächstes fragen werden.

Der Mann saß einen Tag zuvor auf diesem Stuhl? Konnten Sie denn gar nichts tun?

Ich hielt ihn nicht für akut selbst- oder fremdgefährdend, deshalb durfte ich ihn nicht einweisen.

Wie haben Sie sich gefühlt, als Sie davon hörten?

Super habe ich mich gefühlt. Blöde Frage. Es ging mir natürlich nahe. Es ist nicht der erste Patient, den ich verloren habe. Ich gehe dann die Fälle mit anderen Therapeuten durch, das hilft.

98 Prozent der Menschen waren schon mal eifersüchtig in ihrem Leben, sagten Sie. Was ist mit dem Rest?

Wer prahlerisch sagt, er sei noch nie eifersüchtig gewesen, ist für mich hochauffällig. Da könnte man ja auch davon ausgehen, dass er beziehungsunfähig ist. Wer nie eifersüchtig war auf seine Partnerin, der muss sich schon fragen: Liebe ich sie überhaupt?

Es gibt in Marcel Prousts *Auf der Suche nach der verlorenen Zeit* eine Szene, in der der Erzähler einer Frau namens Albertine überdrüssig wird. Er kann Albertine nur begehren, wenn ein anderer sie begehrt. Eifersucht als Lustgewinn also. Haben Sie das schon erlebt?

Mehr als einmal. Oft habe ich das Gefühl, dass dies auch ein Motiv ist, warum man als Paar in einen Swingerclub geht. Man will sich spüren, einerseits. Andererseits ist es auch ein Gefühl von Stärke, seine aufkommende Eifersucht in Schach halten zu können, im Sinne von: Das packe ich schon! Nur packen es nicht immer alle.

Soll man seine Untreue lieber verschweigen oder gestehen?

Früher oder später kommt die Affäre ja doch ans Licht. Vor Kurzem war hier eine Frau, die mit einem sehr eifersüchtigen Mann zusammenlebte. Sie erzählte mir, dass sie neulich an einem Betriebsausflug teilnahm, ihrem Mann aber nichts davon erzählte, weil er sonst ausgerastet wäre und ihr den Ausflug verboten hätte. Natürlich ist die Lüge aufgeflogen, worauf der Mann sich wieder mal im Recht wähnte, eifersüchtig zu sein – dabei ist gar nichts passiert. Nur glaubte er ihr das nicht mehr. Sonst hätte sie ja nach seiner Logik nicht lügen müssen.

Darf der Eifersüchtige das Handy des Partners kontrollieren?

Nein.

Den Facebook-Account durchstöbern?

Nein.

Tagebuch lesen?

Alles Grenzüberschreitungen. Von verbaler wie physischer Gewalt nicht zu sprechen. Es ist nicht so, dass ich meine Patienten zu Tode verstehe und alles billige. Jeder Mensch verdient eine gewisse Privatsphäre, eine Intimität.

Kann ich eifersüchtig sein auf den Range Rover meines Nachbarn?

Das wäre dann Neid. Ich behandle nur Eifersucht, und die setzt eine zwischenmenschliche Beziehung voraus.

Die Ethnologin Margaret Mead analysierte vor hundert Jahren die Bewohner auf Samoa, ein Naturvolk, das ohne Eifersucht auskommt. Die wahre freie Liebe sei möglich, schrieb Mead.

Ich kenne das Buch. Herausgekommen ist ja, dass sie sich in vielem irrte, weil sie es gerne so gehabt hätte. Aber für mich ist das nicht der Punkt. Vielleicht gibt es ein Volk, das Eifersucht nicht kennt. Wir aber sind nicht in der Südsee, sondern in Innsbruck. Zu mir kommen Tiroler, vielleicht auch ein paar Wiener, Münchner von mir aus – keine Samoaner. Es sind Menschen, die sich ihrer westeuropäischen Wertvorstellungen nicht entledigen können.

Sind Asiaten, Südamerikaner, Araber auf andere Art eifersüchtig als wir?

Es gibt Unterschiede. Ich hatte gestern ein traditionell türkisches Ehepaar bei mir. Sie sprachen kaum Deutsch, die Frau mit Kopftuch. Der Mann kam mit Weisung vom Gericht, weil er seine Frau geschlagen hatte. Es stellte sich heraus, dass er an einer beidseitigen Makuladegeneration leidet, was bedeutet, dass er zunehmend an Sehkraft verliert. Er hat deswegen mehrere Jobs verloren, brachte wenig Geld nach Hause. Außerdem nahm er Kortison, einen Wirkstoff, der seine Libido minderte, worauf seine Frau begann, ihn zu triezen. Erst bringt er kein Geld mehr, und jetzt steht er nicht mal mehr im Bett seinen Mann. Was für eine Entwürdigung, verstehen Sie?

Jedes Wort.

Da ist er heißgelaufen. Ich will das nicht entschuldigen. Ich versuche nur, seine Gewalt zu verstehen. Als er sie dann im Nachbarhaus antraf, behauptete er, sie gehe fremd, und hat ihr eine geknallt.

Was hat das damit zu tun, dass sie Türken waren?

Die Degradierung des Mannes ist in der muslimischen Kultur ganz anders konnotiert. Hätte es sich um ein modernes Paar aus Norwegen gehandelt, wäre vieles vielleicht anders gekommen. Da hätte die Frau gearbeitet, der Mann wäre zu Hause geblieben, sie hätten das Gespräch gesucht. Ich will damit sagen: Der Kulturkreis meiner Patienten ist in der Therapie von hoher Bedeutung.

Wie steht es um die Eifersucht bei homosexuellen Paaren?

Sie unterscheidet sich durch nichts – und doch ist bei Schwulen alles ein wenig komplizierter, denn die Promiskuität gehört beinahe zum Lebensstil. Der eifersüchtige schwule Mann, der in einer Partnerschaft lebt, hat es schwer, weil er ja eigentlich nicht eifersüchtig sein darf. Wie schwer muss für so jemanden ein Abend in einem Gay-Club sein, mit all den Darkrooms, das sind ja keine Teekränzchen. Erst neulich erzählte mir einer von so einer Party. Er war dort mit seinem Freund. Nach der Party warf er sich vor das fahrende Auto seines Partners, so zerrissen war er. Interessant ist, dass eifersüchtige Schwule den Fehler oft bei sich selber suchen. Weil sie glauben, nicht mehr zu genügen. Dieses Verhalten übernimmt in heterosexuellen Beziehungen meistens die Frau, während die Männer eher externalisieren, also die Schuld im anderen suchen.

Können Sie selbst mit Eifersucht besser umgehen als andere Menschen?

Nur weil ich mich therapeutisch mit Eifersucht herumschlage, macht mich das nicht frei davon. Es gibt Ärzte, die ihren Patienten das Rauchen abgewöhnen und sich in der Pause eine anzünden. Wir sind Menschen.

Seit dem Jahr 2000 leiten Sie die Eifersuchtssprechstunde. Wer war Ihr seltsamster Patient?

Ich hatte einmal einen Mann, der Bewegungssensoren im Bett installierte. Außerdem hat er die Slips seiner Frau aus der Schmutzwäschebox genommen und sie mit einem Färbemittel angefärbt, um zu erfahren, ob Sperma drauf ist. Aber das ist wirklich nicht mehr kreativ, sondern eher psychotisch.

Bildnachweise

Impressum

© Magazin Verlagsgesellschaft Süddeutsche Zeitung mbH,
für die Süddeutsche Zeitung Edition 2017

Herausgeber

SÜDDEUTSCHE ZEITUNG MAGAZIN

Redaktion

MAX FELLMANN

Projektmanagement

TILL BRÖMER

Gestaltung und Layout

JULIA OTTERBACH, BIRTHE STEINBECK

Bildredaktion

JAKOB FEIGL, MARTINA BORSCHE

Repro

COMPUMEDIA GMBH, MÜNCHEN

Herstellung

HERBERT SCHIFFERS, HERMANN WEIXLER

Druck- und Bindearbeiten

CPI BOOKS GMBH, ULM

Printed in Germany

ISBN: 978-3-86497-391-8